Fahrt in den Tod

Das Buch

Endlich eine neue Bewährungsprobe für das ungleiche Ermittlerduo aus Genua: Die junge Erica Franzoni ist zur Hauptkommissarin aufgestiegen und steht ihrem Chef, dem bärbeißigen Antonio Maffina, wie immer zur Seite. Ein heikler Fall wartet auf die beiden: Auf der Zuglinie Turin–Genua versetzt ein Serienkiller die Reisenden in Todesangst. Ist der Täter der gleiche, der schon im Jahr zuvor als Drache maskiert Reisende überfallen und beraubt hatte? Ein Kind ist der einzige Zeuge. Doch kann der kleine Michelino den Mörder seiner Mutter wirklich identifizieren, bevor dieser erneut zuschlägt? Die Zeit läuft Erica und Maffina davon. Da erhält die Kommissarin einen Anruf des Killers …

Die Autorin

Annamaria Fassio wurde in Genua geboren und lebt heute in einem kleinen Ort an der ligurischen Küste. Für ihren ersten Krimi in der erfolgreichen Reihe um das Ermittlerduo Erica und Maffina ist sie mit dem Premio Tedeschi ausgezeichnet worden.

Von Annamaria Fassio sind in unserem Hause bereits erschienen:

Tödliches Wissen

Das Rote Haus

Annamaria Fassio

Fahrt in den Tod

Roman

Aus dem Italienischen
von Esther Hansen

List Taschenbuch

GRANDE

Besuchen Sie uns im Internet:
www.list-taschenbuch.de

Umwelthinweis:
Dieses Buch wurde auf chlor- und säurefreiem Papier gedruckt.

List Verlag
List ist ein Verlag der Ullstein Buchverlage GmbH.
Deutsche Erstausgabe
1. Auflage Juli 2004

Titel der italienischen Originalausgabe: *Biglietto di sola andata*
(Arnoldo Mondadori Editore, Milano)
Übersetzung: Esther Hansen
Redaktion: Julia Sailer, München
Umschlagkonzept: HildenDesign, München – Stefan Hilden
Umschlaggestaltung:
Hauptmann und Kampa Werbeagentur, München – Zürich
Titelabbildung: © photonica/Elizabeth McCullough
Gesetzt aus der Bembo
Satz: Buch-Werkstatt GmbH, Bad Aibling
Druck und Bindearbeiten: Clausen & Bosse, Leck
Printed in Germany
ISBN 3-548-68062-3

Die Hauptpersonen

ANTONIO MAFFINA
Erster Leiter der Kriminalpolizei Genua

ERICA FRANZONI
Hauptkommissarin der Kripo Genua

LO PASCIO
Inspektor der Kripo Genua

VINCENZO PERGOLIZZI
Inspektor der Bahnpolizei Asti

GATTI
DIGHERO
Beamten der Bahnpolizei Asti

ALBERTO PAISANO
Zahnarzt

CRISTINA
Seine Frau

EMILIO BORNACINI
Vorbestrafter

ALESSANDRO DALLORTO
Pensionär

PAOLA CARPI
Psychologin

CELESTE DALTON
Verkäuferin

MICHELINO
Ihr Sohn

PATRIZIA BUFFETTI
Psychomotorikerin

VALERIO RUBEN
Eisenbahningenieur

ROBERTA DIRENZO
Schülerin

PIER FRANCESCO TOFANO
Genueser Anwalt

ERSTER TEIL
(VON FEBRUAR BIS ENDE MAI 2000)

Nur die extreme Erfahrung bewirkte einschneidende
Veränderungen der Persönlichkeitsstruktur.
Bruno Bettelheim, *Die leere Festung*

1

Eigentlich hatte Tancredi die Leiche entdeckt, obwohl Lorenzo und Biscardi später dieses Verdienst für sich beanspruchten und prompt an Tancredis Stelle ins Fernsehen kamen; woraufhin er nie wieder ein Wort mit seinen Freunden wechselte …

Der alte Mann musste so um die siebzig sein. Mit verrenkten Gliedmaßen lag er auf dem Bahndamm, kurz hinter dem Bahnhof von Arquata Scrivia in einem Abschnitt, in dem Holundersträucher und Akazien ein wild wachsendes Pflanzendickicht bildeten. Etwas entfernt konnte man schon die beginnende Hochgeschwindigkeitstrasse erkennen, die sich wie eine schnurgerade Linie durch die Landschaft zog.

Tancredi sah zuerst einen Schuh, dann noch einen, schließlich den rötlich-violett angelaufenen Fuß, über dem das Weiß eines freiliegenden Knochens in das schmutzige Gelb der Socke überging. Besser gesagt in das, was von der Socke noch übrig war, auf der sich ganze Armeen schwarzer Ameisen tummelten.

»He, seht euch das mal an!«, hatte er voll ehrfürchtigem Entsetzen geflüstert und auf die Leiche gestarrt, auf die der anbrechende Abend schon seine Schatten warf. Die Dämmerung überzog die Gleise mit kitschigen Postkartenfarben und zehn Meter talabwärts floss wie jeden Tag ruhig und verdreckt der Scrivia.

»Seht euch das mal an!!« Dieses Mal gellte Tancredis Stimme jäh durch die Stille. Am liebsten hätte er geheult, sich übergeben, wäre zu seiner Mutter gerannt, einfach verschwunden. Stattdessen stand er wie angewurzelt da und starrte auf die von Gasen aufgedunsene Leiche. Eine schwarze, zähe Flüssigkeit sickerte aus den zwei obszönen Löchern, die einmal die Augen gewesen waren.

Er hieß Alessandro Dallorto, war dreiundsiebzig Jahre alt und wohnte ein wenig außerhalb Astis in einem neben der Staatsstraße nach Turin gelegenen Viertel. Seit mindestens zehn Jahren Witwer, hatte er allein gelebt, weshalb auch niemand nach ihm gesucht oder sein Verschwinden angezeigt hatte. In der Innentasche seiner Jacke fand man den Personalausweis, außerdem etwas Kleingeld und Kreditkarten.

Sowohl Tancredi als auch später Lorenzo und Biscardi beschworen, dass sie nichts angefasst und nichts Auffälliges bei der Leiche bemerkt hatten.

Wie auch? Alessandro Dallorto war schon eine ganze Weile tot, als die drei Jungen ihn fanden.

Selbstmord? Mord? Raubüberfall?

Alles war möglich, und eine Woche lang war Dallorto auf allen Titelseiten zu sehen, zusammen mit dem Nahostkonflikt. In den ersten Tagen wurde Tancredi immer wieder aufs Kommissariat bestellt, mindestens dreimal, bis es seiner Mutter zu viel wurde und sie ihn zu den Großeltern nach Pavia schickte. So blieben nur noch Lorenzo und Biscardi, um über jenen Nachmittag zu berichten, an dem sie den armen Dallorto neben den Bahngleisen gefunden hatten.

»Die Würmer hatten ihn schon halb aufgefressen«, sagte Biscardi immer wieder.

Lorenzo nickte, steckte einen Finger in die Nase und echote: »Schon halb aufgefressen.«

Dann tauchte eine Angehörige des Opfers aus Voghera auf. Sie erschien in Begleitung zweier Bahnbeamter im Ospedale Nuovo von Alessandria. Es war ein kalter und wolkenverhangener Vormittag und die Frau (die ebenfalls Dallorto hieß) fröstelte in ihrem knappen Wolljäckchen.

»Er ist aber kein schöner Anblick«, warnte sie der Arzt, bevor er das Laken anhob.

»Ich weiß wirklich nicht, ob das … ob das Alessandro ist«, seufzte die Frau und verzog angeekelt das Gesicht. Das war alles. Es war der 15. Februar.

2

In der Wohnung klingelte das Telefon. Antonio Maffina, erster Leiter des mobilen Einsatzkommandos der Kriminalpolizei Genua, hörte es, als er sein Stockwerk erreichte, wo durch ein hohes, schmales Fenster gedämpftes Licht auf die gesprungenen Kacheln des Bodens fiel. Es war ein windiger Märzsonntag und die Sonne ließ sich nur sporadisch am verwaschen blassblauen Himmel blicken.

»Dottore, tut mir Leid«, ertönte die näselnde Stimme des einfachen Beamten Pasovani. »Ein Notfall. Wir haben schon einen Wagen losgeschickt. Er müsste jeden Moment bei Ihnen sein.«

Als er auflegte, hörte Maffina bereits das durchdringende Heulen des Martinshorns.

In der Via Diaz standen mindestens fünf Einsatzwagen mit rotierendem Blaulicht und es herrschte ein reges Kommen und Gehen uniformierter Beamten. Der Fahrer, der Maffina abgeholt hatte, war nicht besonders gesprächig gewesen: Am Stadion hatte es ein paar Prügeleien gegeben, nichts Besonderes, nur die üblichen sonntäglichen Halbstarken.

»Aber was in Castelletto passiert ist, Dottore, ist wirklich eine Sauerei. Unglaublich … in einer so anständigen Gegend!«

Pier Francesco Tofano hatte sich immer für einen glücklichen Menschen gehalten: erfolgreicher Strafrechtler, eine Familie, die hinter ihm stand, eine Frau, die in den glorreichen sechziger Jahren Miss Ligurien gewesen war, zwei Töchter, Federica und Alma, Ebenbilder ihrer Mutter in jungen Jahren. Er wohnte im Corso Solferino, in einer eleganten Dachwohnung von zweihundert Quadratmetern, und in Genua war er einer der Ersten gewesen, wenn nicht gar der Erste überhaupt, der farbige Hausangestellte beschäftigte. Ein glückliches Leben, dachte Pier Francesco oft. Er liebte das Leben und seinen Beruf, er schlief nach all den Jahren noch immer gern mit seiner Frau und er genoss es, die Mächtigen der Stadt mit Vornamen anzureden.

All dieses Glück zerbrach an einem Sonntag im März. Es war sechs Uhr abends, als Pier Francesco Tofano einen Hausangestellten sowie seine beiden Töchter Federica und Alma erschoss, um sich anschließend mit seiner Frau und einem Gewehr mit abgesägtem Lauf im Schlafzimmer zu verbarrikadieren.

Polizeipräsident Luzzi hatte sämtliche Leiter und Kommissare ins Präsidium gerufen (außer Maffina waren Pisani, Lucenti und Viacava anwesend) sowie einige Beamte des speziellen Einsatzkommandos der Polizei, NOCS, die sich alle um seinen Schreibtisch drängten und auf Anweisungen warteten. Die vom NOCS mit ihren schwarzen Bomberjacken, Kopfschützern und schusssicheren Westen starrten mit undurchdringlichen Mienen vor sich hin, wie um sich damit von den anderen zu distanzieren.

»Der Pförtner hatte selbstverständlich einen Bund mit Ersatzschlüsseln, den er bereits unseren Leuten ausgehändigt hat«, sagte Luzzi gerade.

»Wer ist vor Ort?«, fragte Maffina.

»Die Franzoni. Die kann doch was, oder?« Der Polizeipräsident erklärte, Erica habe die Meldung persönlich entgegengenommen. Sie war seit wenigen Monaten Hauptkommissarin. Bei der Bewerbung hatte sie die volle Punktzahl erhalten, doch obwohl sie großes Verhandlungsgeschick besaß und der Presse stets umsichtige Interviews gab, kam ihre Karriere nicht so recht in Schwung.

»Die Franzoni hat sofort Verstärkung angefordert. Wir müssen uns eine Strategie zurechtlegen, und zwar rasch.« Luzzi sah auf die Uhr. »Der Anruf ging vor weniger als zwanzig Minuten ein. Das sollte doch früh genug sein, um diesen Wahnsinnigen zu stoppen, oder?«

Maffina zuckte mit den Schultern. »Wer hat die Sache gemeldet?«

»Die Nachbarn aus der Wohnung darunter. Sie haben die Schreie der Mädchen und dann die Schüsse gehört.«

»Wie viele Schüsse?«

»Das wissen sie nicht.«

»Wieso wissen sie das nicht?«

»Es ist wie verhext. Der eine will zwei Schüsse gehört haben, der andere wiederum drei.«

»Und was sagt die Franzoni?«

»Sie hat natürlich sofort die Feuerwehr und das Rote Kreuz verständigt und in den Krankenhäusern Bescheid gesagt.«

»Wie viele Personen befinden sich in der Wohnung?«

Luzzi schüttelte den Kopf. »Das wissen wir nicht genau. Die Töchter, die Ehefrau, wahrscheinlich ein oder zwei Bedienstete …«

Maffina drückte entschlossen seine Zigarette aus. »Wir müssen jemanden finden, der bereit und fähig ist, in die Wohnung einzudringen und zu verhandeln. Ich möchte Erica nicht allein lassen.«

»Das ist ein hervorragender Vorschlag, aber leichter gesagt als getan …« Und der Polizeipräsident warf ihm einen vielsagenden Blick zu.

Zehn Minuten später standen sie vor Tofanos Haus. Auf dem Bürgersteig hatte sich eine beachtliche Menschenmenge versammelt; sogar ein Priester war dabei, der besorgt zu den großen Fenstern des Gebäudes hinaufsah. Ein paar Feuerwehrmänner stiegen über die Feuerleiter nach oben. Obwohl es noch hell war, wurde die Fassade des Palazzos von starken Scheinwerfern angestrahlt, in deren Licht die Stuckverzierungen aus der Jahrhundertwende ins Riesenhafte zu wachsen schienen.

»Das habe ich angeordnet«, sagte Erica ohne Begrüßung. Dunkle Schatten lagen auf ihrem Gesicht.

Maffina bemerkte, dass ihre schusssichere Weste offen stand. »Die Weste«, sagte er mit einer Handbewegung.

Mechanisch machte Erica die Jacke zu, während sie nach oben starrte und ungeduldig mit den Füßen über den Boden scharrte.

»Jetzt, wo alle da sind, können wir es ja auch durch die Wohnungstür versuchen.« Sie wies auf die Feuerwehrmänner, die nun beinahe die Terrasse erreicht hatten. »Auf dieser Seite liegen die Zimmer des Wohnbereichs, hat mir zumindest der Pförtner gesagt.«

»Hoffen wir, dass Tofano sich in einem der anderen Zimmer aufhält. *Bon*, ich gehe mit ihnen hoch.« Maffina blickte zum Dach hinauf, auf dem sich ein Wildwuchs exotischer Pflanzen vor der einsetzenden Dämmerung abzeichnete.

In diesem Moment hörten sie weitere Schüsse.

Als es Maffina endlich gelang, die Wohnung zu betreten, waren alle tot. Die zwei Mädchen lagen wenige Meter voneinander entfernt in dem geschmackvoll eingerichteten Salon, der auf die Terrasse hinausging. Die jüngere der beiden, die Alma hieß, wie er später erfuhr, war wahrscheinlich nicht sofort tot gewesen, sondern hatte noch zu fliehen versucht, wie man der Blutspur entnehmen konnte, die sie hinter sich hergezogen hatte. In der Küche lag in einer Blutlache ein Angestellter. Tofano hatte ihm mitten ins Gesicht geschossen. Im Schlafzimmer fand Maffina schließlich Tofanos Frau. Der Strafrechtler hatte sie an das Kopfende des Bettes gefesselt, sie mit einer zerbrochenen Flasche anal penetriert (die Glassplitter waren überall im Zimmer verstreut) und ihr anschließend eine Kugel in den Kopf gejagt.

Dann hatte er die Waffe erneut geladen und versucht, dem Ganzen ein Ende zu bereiten.

In der Notaufnahme des Klinikums Galliera standen dicht gedrängt Journalisten, Polizeibeamte und medizinisches Hilfspersonal. Maffina versuchte, sich möglichst unerkannt seinen Weg durch die Menge zu bahnen. Endlich war er bei Erica angelangt. »Und, hast du schon was in Erfahrung bringen können?«

»Er lebt. Sie haben ihn gerade in den OP gebracht.«

»Was sagen die Ärzte?«

»Die geben keine Auskunft.«

Maffina sah sich um. »Ich kann Luzzi gar nicht entdecken.«

»Er ist mit Beneventi unten im Leichenschauhaus. Sie wollen einen Blick auf die Toten werfen.«

»Warum so eilig?«

Erica fuhr sich mit der Hand über die Augen. Ihre Stimme war rau. »Ich weiß es nicht und will es auch gar nicht wissen. Diesen Anblick werde ich nie vergessen, nie! Was für einen Scheißjob wir haben.«

Maffina fiel keine Erwiderung ein.

3

In den neuen Schnürstiefeln hatte sie sich bereits eine große Blase an der Ferse gelaufen. Den einen Fuß auf den Badewannenrand gestützt, den anderen fest auf den Frotteeteppich gestellt, begutachtete Erica skeptisch die rote, entzündete Stelle. Sogar ein wenig Eiter war zu erkennen, eine gelbliche, rot durchzogene Beule.

»Mist!«, fluchte sie. Sie nahm einen Wattebausch und Wasserstoffperoxid und machte sich daran, die Wunde zu säubern. Dann tupfte sie etwas Salbe darauf und versorgte das Ganze mit einem Pflaster. Auf der Suche nach frischen Socken humpelte sie ins Schlafzimmer. Schließlich blieb sie in Unterhemd und Slip vor dem Spiegel stehen und betrachtete sich kritisch. In den letzten Wochen hatte sie schon wieder abgenommen und in ihrem Gesicht waren neue Falten aufgetaucht, vor allem um die Augen und den Mund. Ihre wunden Punkte.

»Ich sollte mehr ficken«, sagte sie laut zu sich selbst. Sie schnitt dem Spiegel eine Fratze. »Und ich sollte aufhören, Selbstgespräche zu führen wie ein Vollidiot.« Wieder verzog sie das Gesicht. Dann schüttelte sie zwei-, dreimal energisch den Kopf, bis die Haare so lagen, wie sie es mochte. Etwas Gel auf den Pony und die kurze Strähne über der Schläfe. Sie zog eine Stretchhose und einen militärgrünen Pullover aus dem Schrank, musterte sich kritisch, warf den Pulli zur Seite und griff nach einer weißen Bluse mit Spitzenkragen.

»Ich bin nun mal nicht Soldatin Jane«, sagte sie zu ihrem Spiegelbild. Die Bluse war aus einem weichen, leichten Stoff und verlieh ihrem Gesicht etwas Farbe. Sie packte die Beretta in ihre Tasche, ergriff ein Sweatshirt und verließ die Wohnung.

In knapp einer Stunde würde Danieles Zug ankommen.

Ans Eisengitter gelehnt, beobachtete Maffina, wie die Leute mit der typischen Trägheit von Menschen, die nichts zu tun haben, über den Corso Galileo Ferraris schlenderten. Trotz des bedeckten Himmels war es ein warmer, drückender Tag, wie es sie in Turin im Mai häufig gab. Es war Sonntag und er wartete auf Annalisa, die sich wie immer verspätete. Endlich sah er sie die Via Magenta heraufkommen, mit ihren typischen eiligen Schritten. Sie trug einen langen Rock aus indischer Seide und hatte sich die Haare abgeschnitten. Anstelle des Zopfes war nun ein glatter und kompakter Pagenkopf getreten, der Maffina sofort an die Comicfigur Valentina von Guido Crepax erinnerte.

»Wie schön, dass du da bist! Endlich mal ein Sonntag für uns«, sagte Annalisa, als sie vor ihm stand. Dann erschien ein Lächeln auf ihrem Gesicht, doch ihre Augen blieben ernst, als sei sie mit den Gedanken woanders.

Auch Michelino beobachtete an diesem Sonntag die Straße. Auf einem Stuhl stehend, die Fenster fest verschlossen, weil seine Mutter befürchtete, er könne hinausfallen, betrachtete das Kind die Passanten, die an den Ständen der Trödelhändler stöberten und über den Borgo Dora flanierten wie ein diszipliniertes Ameisenheer.

Michelino beobachtete die Straße und träumte vom Meer …

Der Himmel in der Ebene ist kein gewöhnlicher Himmel: Er hat eine andere Konsistenz, wie auch der Lauf der Wolken ein anderer ist. Manchmal scheint er fast auf einen herabzufallen, ein anderes Mal ist er weit weg und sein Dasein nur eine abstrakte Vorstellung. Und dann wiederum ist er wie inexistent, verborgen hinter einer großen Helligkeit, die jedes Gefühl für Entfernungen aufhebt.

An jenem Sonntag im Mai entzog sich der Himmel über Felizzano den Blicken. Eine frühe Hitzewelle lastete auf der Gegend und von den Straßen oberhalb des Bahnhofs erhob sich eine Wolke aus weißem Staub. Alles war still und schläfrig.

›Eine Totengegend‹, dachte Paola Carpi, als sie die Piazza überquerte und den kleinen Bahnhof betrat, in dem die einzige vorhandene Bank von zwei alten Männern besetzt war, die auf den Zug warteten.

Paola blieb stehen. Sie war eine junge Frau von kräftiger Statur mit dem breiten, flachen Gesicht von Asiatinnen. Sie trug einen grauen Rock und eine lange Bluse, mit der sie wenig erfolgreich ihre ausladenden Hüften zu kaschieren versuchte. Die Frau sah auf die Bahnhofsuhr (der Zug hatte bereits Verspätung) und schlenderte dann den Bahnsteig entlang in der Hoffnung, ihn in der Ferne zu erspähen.

Als das durchdringende Pfeifen den einlaufenden Zug ankündigte, lächelte Paola und strich sich die Bluse über den Hüften glatt.

4

»Bei Morbelli liegt alles am Licht«, sagte Maffina zu Annalisa. Sie saßen in der kleinen Cafeteria des Turiner Museums für moderne Kunst, vor sich zwei Tassen Kaffee. Annalisa spielte mit dem Kaffeelöffel und hörte ihm schweigend zu. Maffina rauchte und hatte das Gefühl, Selbstgespräche zu führen. »Es liegt etwas Magisches, Geheimnisvolles in seinen Gemälden. Etwas, was mich in Unruhe versetzt … Ich wüsste gerne, wie du darüber denkst«, meinte er dann und sah sie an.

Annalisa trank ihren Espresso aus. Als sie antwortete, war ihr die Verbitterung deutlich anzuhören: »Wir haben das Bild doch schon ein Dutzend Mal gesehen, Maf. Findest du nicht, dass du etwas übertreibst?«

Er sah sie betreten an. »Nein, warum?«

Annalisa zuckte mit den Schultern. »Ich finde das Gemälde irgendwie morbid, typisch Crepuscolarismo eben … Es passt gar nicht zu dir, Maf. Was ist bloß los?«

Er nahm schweigend ihre Hand.

Kurz vor Baldichieri drosselte der Zug das Tempo, bis er fast zum Stehen kam. Ans Fenster gelehnt, betrachtete Paola Carpi die menschenleere Landschaft unter dem erbarmungslosen, weißen Himmel.

›Vielleicht wird es regnen‹, dachte sie und wickelte ein Bonbon aus dem Papier. Turin im Regen musste herrlich dekadent sein, sagte sie sich. Sie lächelte bei dem Gedanken, dass sie gerade genau wie die Frau aus diesem Gedicht von Pavese war, das sie so mochte … Hieß sie Deola? Jedenfalls war auch sie ein Freigeist, wie sie selbst, und gewiss hätte auch sie diesen Halt auf offenem Felde begrüßt, inmitten der im Dunst verblichenen Farben und …

Paola merkte, dass sie nicht mehr allein war.

Einen Moment lang schwankte es vor ihren Augen und die Landschaft schien sich in einem merkwürdigen Scherz auf sie stürzen zu wollen. Paola war kräftig und kämpfte lange, trat wild um sich und kratzte alles, was sie zu fassen bekam. Dann blieb ihr die Luft weg und vor ihrem Blick verschwamm alles, als dringe roter Nebel in das Abteil ein.

Sie wehrte sich noch ein paar Sekunden, bis sie erschlaffte, den gläsernen Blick starr auf eine Welt gerichtet, die sie nicht mehr sehen konnte.

Das Gemälde, das Annalisa so ärgerte, trug den Titel *Weihnachten im Pio Albergo Trivulzio* und Morbelli hatte es 1909 gemalt.

Maffina und Annalisa gingen in den Saal zurück, stellten sich vor das Bild und versuchten, es mit den Augen des jeweils anderen zu betrachten. Es zeigte ein spartanisch eingerichtetes Zimmer mit einer Reihe von Bänken. Mit Hilfe der Farbgebung war es Morbelli gelungen, den Raum so zu vergrößern, dass der Eindruck von Weite und Einsamkeit entstand. An einer Wand lehnte ein alter Mann, ein anderer lag auf einer Bank und sah aus, als schliefe er. Sein Körper war wie zerlegt, der Kopf hing hinten über, verloren in einem Schlaf, der dem Tod ähnelte. Ein einsamer Lichtstrahl fiel auf die Bänke und spaltete das Bild in zwei Teile.

»Das Licht ist einfach perfekt«, fand Maffina. Er sah Annalisa an, um herauszufinden, was der wirkliche Grund ihres Streits war.

»Ich will dich nicht verlieren, Annalisa«, sagte er leise.

Sie lächelte.

Michelino sah, wie seine Mutter aus der Via delle Orfane kam und unter dem kleinen Bogengang zu ihrem Haus einbog. Als er den Schlüssel im Schloss hörte, rannte er freudig zur Tür. »Wann fahren wir ans Meer?«, fragte er und vergrub das Gesicht in Mamas Rock.

5

»Dein Look ist echt aggressiv«, befand Daniele und verzog das Gesicht.

»Ich habe extra die weiße Bluse angezogen.« Erica bemühte sich erfolglos um ein Lächeln.

»Auf mich wirkt es trotzdem aggressiv«, beharrte Daniele. Sein Blick glitt über die Außenwände des großen Segelschiffes, auf dem Polanski angeblich seine »Piraten« gedreht hatte. »Ist das wirklich das Schiff aus dem Film?«, fragte er zerstreut.

Erica zuckte mit den Schultern. »Das wird zumindest behauptet.«

Sie schwiegen eine Weile, nippten an ihren Gin Tonics und betrachteten den Strom der Passanten. Wind war aufgekommen und die Boote schwankten leicht hin und her. Es entstand ein klapperndes Geräusch, als mache sich irgendwo jemand den Spaß, Muscheln aufeinander zu schlagen.

»Avvocato Maggioni hat eine neue Kanzlei eröffnet«, sagte Daniele. Sein Blick lag forschend auf Ericas Gesicht. »Eine sehr große Kanzlei, auf der Piazza Castello. Er sucht noch einen Partner, wusstest du das?«

Sie schüttelte den Kopf.

»Einen jungen Partner, der sich um die Strafrechtsfälle kümmert. Da ließe sich doch was machen, oder?«

»Was ließe sich denn da machen?« Erica wandte den Blick ab. Sie schlüpfte in ihr Sweatshirt und zündete sich eine Zigarette an. »Was ließe sich denn machen, Daniele?«, fragte sie noch einmal. »Ich habe bereits einen Job. Hier. In Genua.« Die letzten drei, mit Nachdruck geäußerten Worte schoben sich wie Felsbrocken zwischen sie. Sie betrachtete die lange Schlange, die sich vor dem Aquarium gebildet hatte. Ihre Ferse begann wieder zu schmerzen und sie nahm den anderen Fuß zu Hilfe, um ihren Stiefel abzustreifen. »Ich mag meine Arbeit. Also nerv mich bitte nicht mehr damit.« Doch sie wusste, dass dies erst der Anfang eines langen Sermons aus Klagen und Vorwürfen war. »Ach, Scheiße!«, sagte sie leise.

Daniele schüttelte den Kopf.

Sie gingen auseinander, ohne ein nächstes Treffen zu vereinbaren. Erica brachte Daniele zum Bahnhof und wartete, bis der Zug einlief. Sie hatten keine Lust, sich zu unterhalten, weil alles, was sie hätten sagen können, falsch geklungen hätte. Zum Abschied küssten sie sich beiläufig wie ein altes Ehepaar, hörten aber nicht auf zu winken, bis der Zug im Dunkel des Tunnels verschwunden war.

Dann erst verließ Erica den Bahnhof.

Inspektor Vincenzo Pergolizzi von der Bahnpolizei Asti spürte ein Gefühl von Panik in sich aufsteigen, als er die Leiche der Frau sah, die auf dem Boden zwischen den beiden Sitzen lag. Der Zug stand am Bahnhof von Baldichieri auf einem Abstellgleis, das in einem Maisfeld endete.

Es war fünf Uhr nachmittags und es regnete.

»Regen hat uns gerade noch gefehlt.« Pergolizzi betrachtete das aufgedunsene, blau angelaufene Gesicht der Frau. Zwischen den aufgesprungenen, blutverschmierten Lippen lugte ein Stück graue Zunge hervor. Die Frau musste bis zuletzt heftig gekämpft haben, ihre Bluse war zerrissen und ein Schuh lag sogar auf dem Flur.

»Wer hat sie gefunden?«

»Der Schaffner.« Der Bahnbeamte Gatti räusperte sich. »Da war es wohl gerade erst passiert, die Leiche war noch warm.«

Gatti war ein junger Mann von dreißig Jahren mit einem pausbäckigen Kindergesicht und einem schmachtenden Blick, der bei den Frauen ankam. Er hatte gleich nach der Schule bei der Bahnpolizei angefangen und war gerade erst befördert worden. Er blickte seinen Vorgesetzten an, der nervös mit den Fingern auf das Glas der Tür trommelte. »Ich an Ihrer Stelle würde das nicht tun … Nein, ich meine nur wegen der Fingerabdrücke, verstehen Sie …« Er verstummte.

Seine eigene Zerstreutheit verfluchend, erkundigte sich Pergolizzi nach den Personalien des Opfers.

»Bisher wissen wir nur, dass sie Paola Carpi hieß und in Felizzano wohnte. Das geht aus dem Führerschein hervor, den wir bei der Leiche gefunden haben; die Carabinieri versuchen gerade, ihre Angehörigen zu erreichen. Sie können jeden Moment hier sein.«

Wer hingegen nicht auftauchte, war der Untersuchungsrichter. Pergolizzi und Gatti machten sich auf ein langes Warten gefasst.

Paola Carpis Leiche wurde um 19 Uhr weggebracht. Pergolizzi sah zu, wie zwei Beamte die Frau in einen grauen, steifen Plastiksack schoben. Auf dem Bahnsteig hatten sich immer mehr Menschen versammelt, Tagediebe, die die Köpfe reckten und leise miteinander tuschelten. Auch die RAI war anwesend und ein paar Jugendliche rangelten miteinander, um ins Fernsehen zu kommen.

»Jetzt mal weitergehen, Leute, los los!« Erhitzt und mit rotem Kopf versuchte Pergolizzi ein paar Minuten, sich Gehör zu verschaffen, bis er einsah, dass er auf verlorenem Posten stand. Er überließ es Gatti, mit den Reportern zu reden, und kehrte nach Asti zurück.

Als Gatti später ins Büro kam, saß sein Vorgesetzter mit gekrümmtem Rücken vor dem Computer. Der Bildschirm war voller Tabellen und Diagramme und Pergolizzi fuhrwerkte mit der Maus herum, als handele es sich um einen Tischtennisschläger.

»So werden Sie alles durcheinander bringen«, bemerkte Gatti etwas herablassend.

Pergolizzi arbeitete stumm weiter. Schließlich hob er den Blick: »Ich hatte erst später mit dir gerechnet.«

Gatti zuckte mit den Schultern: »Dighero hat mich mitgenommen.«

»Dighero? Wie denn das?«

»Er war gerade in der Gegend.«

»Ich dachte, er hätte heute frei.«

»Das dachte ich auch.«

Pergolizzi wischte das Thema mit einem Achselzucken beiseite. »Und wie steht es in Baldichieri?«

»Die Spurensicherung ist jetzt da. Sie haben den Waggon sozusagen einbruchsicher gemacht.« Gatti kicherte belustigt und Pergolizzi vermutete, dass er an die Fingerabdrücke dachte, die er auf der Glasscheibe hinterlassen hatte.

»Außerdem ist die Schwester des Opfers gekommen ... Sie haben sich wohl kurz vorher gestritten.«

»Und weswegen haben sie gestritten?«

»So Weiberkram«, erwiderte Gatti geheimnisvoll. »Und

jetzt ist die Schwester untröstlich. Verständlicherweise übrigens«, fügte er halb laut hinzu. Der Cursor begann zu blinken und er reckte den Hals, um einen Blick auf den Bildschirm zu erhaschen.

In blauer Schrift leuchteten die Informationen zu Alessandro Dallorto auf, geboren 1926 in Turin und gestorben mit dreiundsiebzig Jahren in Arquata. Darunter blinkte gleichmäßig der Schriftzug LAUFENDE ERMITTLUNGEN.

»Ermittlungen weswegen?«, fragte Gatti erstaunt.

Ohne zu antworten, starrte Pergolizzi auf den Computerbildschirm.

Auch in Turin regnete es. Annalisa schob mit den Füßen die Bettdecke zurück und setzte sich mit gekreuzten Beinen im Bett auf. »Wann geht dein Zug?«, fragte sie.

Maffina sagte, er wisse es nicht und es sei auch nicht so wichtig. Er beobachtete, wie der Regen an den Fenstern herabrann, dann wandte er sich wieder Annalisa zu. Ihr Körper war noch kräftig und voll, zeigte erst wenige Anzeichen des Verblühens. Ihre Haut war nicht mehr so straff wie früher und die Muskeln an den Oberschenkeln waren weniger fest und rund. Maffina vergrub sein Gesicht zwischen Annalisas Beinen. »Wie gut du riechst!«, murmelte er unter Küssen.

»Du wirst noch mal ganz blöd im Hirn, wenn du immer mit diesem Ding spielst«, stellte Celeste fest. Sie hatte sich ein Frotteehandtuch um den Leib geschlungen und zwischen den Zehen steckten kleine Wattebäusche. Der Nagellack, den sie gerade auftrug, war blau mit perlmuttfarbenen Effekten. Sie warf einen prüfenden Blick auf ihre Füße. »Das stand sogar in der Zeitung, wusstest du das?«

Michelino sah von seinem Gameboy auf. »Warum lässt du mich dann immer allein?«, fragte er und in seiner Stimme schwang schon ein Weinen mit.

»Michelino beschwert sich, dass ich ihn zu viel allein lasse«, verkündete Celeste ihrer Freundin Matilde. Den Telefonhörer zwischen Wange und Schulter geklemmt, saß sie auf dem Bett und lackierte sich die Nägel zu Ende. »... Das sagt sich so leicht ... Aber wer soll das bezahlen? Babysitter kosten ein Vermögen, ich weiß das, ich hab mich informiert ... Wirklich? Weil Vorsaison ist oder was? ... Ja? Anfang Juni? Ist vielleicht gar keine schlechte Idee ... Und warum kommst du nicht mit? Ach ja, klar. Aber da muss ich zuerst meinen Chef fragen ... In Lavagna? Klar ist es schön dort ... Ach komm schon, wer denkt denn ans Abschleppen?!«

Später verabschiedete sie sich von Michelino. Er schlief tief und fest, leicht verschwitzt von der Bettwärme, seinen Kuschelbären fest im Arm. Der Gameboy lag bei den Strümpfen und der Unterhose auf dem Boden.

»Ich fahre mit dir ans Meer, Mic. Gefällt dir das?«, flüsterte Celeste.

»Schon das zweite Verbrechen in drei Monaten«, stellte Pergolizzi fest, während er eine Landkarte auseinander faltete. »Februar in Arquata und heute in Baldichieri. Hier und hier!« Sein Zeigefinger deutete auf zwei Punkte der Karte. »Was hältst du davon?«, fragte er dann.

Gatti antwortete mit einer Gegenfrage: »Haben Sie schon mit jemandem darüber gesprochen?«

»Du bist der Erste.«

»Dieser Dallorto wurde neben den Gleisen gefunden ... Nach dem, was wir bisher wissen, könnte er auch an einem Herzinfarkt gestorben sein oder Selbstmord begangen haben.«

»Und was soll er bei den Gleisen gemacht haben? Kannst du mir das sagen?« Pergolizzi seufzte. »Nein, der ist nicht an einem Infarkt gestorben.«

»Ich meine ja nur. Er war immerhin schon eine Weile tot, oder? Wenigstens einen Monat, wenn es stimmt, was die Carabinieri von Alessandria sagen, also mehr oder weniger seit Januar. Ich glaube nicht, dass es da eine Verbindung gibt ... Und außerdem hatte die Carpi mit ihrer Schwester gestritten, obwohl ...«

Pergolizzi hob den Kopf. »Obwohl was?«

»Die Schwester hat ein lückenloses Alibi, so scheint es zumindest. Der Untersuchungsrichter verhört sie noch.«

»Siehst du?« Pergolizzi schüttelte den Kopf. Von den Gleisen ertönte eine Art Brummen, wie ein Vibrieren. Er blickte durch die Fensterscheiben, als sähe er den Bahnhof zum ersten Mal.

6

Seit Jahren hatte man nicht mehr so viele Menschen und Fahnen auf der Piazza Vittoria gesehen. Ein buntes und lärmendes Volk hatte den Platz in Beschlag genommen, quoll unter den Bogengängen hervor und schwärmte bis zum Messegebäude der Fiera del Mare aus, wo gerade eine Tagung zum Thema Biotechnologie stattfand. Von irgendwoher ertönten Trommeln im Rhythmus eines Liedes, das die Menge aus vollem Hals grölte. Maffina fand das Ganze sehr hübsch und volkstümlich, obwohl er sich an diesem heißen und sonnendurchfluteten Vormittag mit dem lautstarken und ausgelassenen Gesang in eine andere Zeit, an einen anderen Ort zurückversetzt fühlte. Einen endlosen Moment lang war er nicht mehr in Genua, sondern in Turin. Er brauchte nur die Augen zu schließen, um den herben Geruch des Po an jenem Morgen zu riechen. Auch die Hitze der Sonne schien dieselbe wie damals zu sein. Mit einem Lächeln auf den Lippen, das alles und nichts meinte, überquerte er die Straße und verschwand im Polizeipräsidium.

»Richter Beneventi erwartet Sie seit mindestens einer halben Stunde«, sagte Inspektor Lo Pascio, als er seinen Vorgesetzten auf dem Flur abfing. Er war wie immer tadellos gekleidet: Das einzige Zugeständnis, das er an die Mode machte, waren seine kurz geschorenen Haare und ein kleiner Ring im rechten Ohrläppchen.

»Beneventi? Was will er?«

»Ich glaube, es ist wegen Tofano. Mir gegenüber war er nicht besonders gesprächig, er wollte mit Ihnen und Erica reden.«

»Wo ist Erica?«

»Noch nicht aufgetaucht.« Lo Pascio wies mit einer Hand zum Fenster. »Glauben Sie, dass es zu Zusammenstößen kommen wird?«

Maffina schüttelte den Kopf. Er sah Lo Pascio herausfordernd an: »Warum sollte es?«

»Weil wir alle in Alarmbereitschaft versetzt wurden, darum.«

»*Bon*, bis es so weit ist, wollen wir versuchen, ruhig zu bleiben, Lopà.«

»Wer, ich? Ich bin die Ruhe selbst ... Sie berichten mir dann, was Beneventi wollte?«

Maffina hätte ihn am liebsten zum Teufel gejagt, stattdessen verschwand er wortlos in sein Zimmer, wo der Untersuchungsrichter wartend aus dem Fenster sah.

»Dann sind die Töchter also vor der Mutter gestorben?«, fragte Beneventi noch einmal.

Maffina wunderte sich, warum er immer wieder darauf zurückkam. »Eine gute halbe Stunde vor ihr.«

»Du warst doch als Erster vor Ort. Welches Bild hast du dir von dem Geschehen gemacht?«

»Tofano muss zuerst den Hausangestellten getötet haben. Er hat ihn mit einem Schuss in der Küche niedergestreckt, wo dieser gerade Gemüse putzte, dann ist er durch den Flur gegangen, traf auf der Schwelle zum Wohnzimmer Federica, das ältere der beiden Kinder, und schoss ihr ins Gesicht. Anschließend hat er das Gewehr auf Alma gerichtet. Alma war jedoch nicht sofort tot, sie muss sich noch einige Meter weit geschleppt haben, vielleicht beim Versuch, dem Vater zu entkommen.«

Beneventi nickte. »Die Franzoni hatte denselben Eindruck, ebenso die Feuerwehrmänner. Und die Ehefrau? Wo war seine Ehefrau, als er die zwei Mädchen erschoss?«

»Sie lag gerade in der Badewanne. Wir haben ihren Bademantel im Flur gefunden. Er war voller Blut, Federicas Blut. Wahrscheinlich ist die Frau ins Wohnzimmer gelaufen, als sie die Schüsse hörte; vielleicht wollte sie ihren Mann aufhalten und den Mädchen helfen ...« Maffina unterbrach sich. Dann sprach er mit matter Stimme weiter: »Ich wünschte, ich hätte diese Wohnung niemals betreten. Ich kann an nichts anderes mehr denken.«

Der Richter seufzte tief. »Weil du dich davon verrückt machen lässt … Kennst du Avvocato Faralli? Dieser Faralli ist der Anwalt der Familie Morello, so hieß Tofanos Frau mit Mädchennamen … Es gibt da einen Rechtsstreit zwischen der Familie Morello und der Familie Tofano, wusstest du das? Wegen der Erbschaft. Sie wollen um jeden Preis wissen, ob zuerst die Mädchen gestorben sind oder zuerst die Mutter. Und du machst dich deswegen verrückt …« Er sprang auf und trat ans Fenster. Auf der Piazza della Vittoria formierten sich die Globalisierungsgegner zu einem relativ disziplinierten Demonstrationszug. Beneventi sah ihnen zu und rieb sich nachdenklich das Kinn. »Irgendwie kann ich sie ja verstehen«, sagte er dann unvermittelt. »Aber was ich nicht gutheißen kann, ist ihre Vorgehensweise. Du etwa?«

Maffina seufzte. »Willst du mich provozieren, Antonino?«

»Aber keineswegs! Ich frage nur so. Immerhin sind wir doch eine Familie, oder?«

Maffina dachte, dass Annalisas Bruder nerven konnte wie kaum ein anderer, wenn er es darauf anlegte. »Was machst du heute Mittag?«, fragte er dann.

»Ich habe eine Verhandlung, ich glaube kaum, dass ich da einen Happen dazwischenschieben kann … Fährst du am Wochenende nach Turin?«

Maffina schüttelte den Kopf.

»Ich aber. Annalisa hat mich zu sich bestellt wegen irgendwelcher Angelegenheiten mit unseren Besitztümern. Du weißt ja, wie sie ist. Sie lässt einem keine Ruhe, bis man ihren Wunsch erfüllt hat. Lass mich also wissen, wenn du es dir anders überlegst.« Die letzten Worte sprach er mit einer merkwürdigen Betonung aus, als mache er Maffina für wer weiß welche Ungerechtigkeiten seiner Schwester gegenüber verantwortlich.

›Zum Teufel damit‹, dachte Maffina und verbarg sein Gesicht in den Papieren.

Ganz plötzlich quälte ihn wieder der Gedanke an Tofano. Eine fixe Idee ... Vor allem der eine Moment beschäftigte ihn, in dem das Hirn des Anwalts den Weg ohne Wiederkehr eingeschlagen hatte.

Was war bloß der Auslöser dieses Blutbads gewesen? Wo war die Lunte, die eine solche Detonation bewirkt hatte?

Er vermutete, dass Tofano einige schreckliche Augenblicke lang Gott gespielt hatte. Die ganze Macht in seinen Händen und in dem Gewehr mit abgesägtem Lauf. Absolute Macht ...

Eine symbolische Geste, dachte er und betrachtete den Glanz auf dem morgenfrischen Rasen.

An jenem Tag hatte er die Wohnung nicht verlassen. Er hatte vor dem Fernseher gesessen und sich alle Nachrichtensendungen über das »Blutbad« von Genua angesehen.

Das Wort Blutbad hatte einen ganz besonderen Klang: Das u und der Wechsel von weichen und harten Konsonanten gaben ihm eine eigentümliche, abgründige Tiefe. Eine Weile wiederholte er das Wort wieder und wieder und horchte dem Klang nach, der die Kehle hinabglitt und tief im Bauch und in den Eingeweiden versank.

Ein fernes Lächeln huschte über sein Gesicht, dann riss er sich zusammen und ging hinunter in den Garten.

»Blutbad«, sagte er noch einmal.

7

Ratlos betrachtete Erica das Fax in ihren Händen. Absender war die Bahnpolizei von Asti (»Polizeipräsidium Turin zur Kenntnisnahme«, stand am Rand des Blattes), die Unterschrift lautete »V.P.«.

»V.P. steht für Vincenzo Pergolizzi«, erklärte ihr Lo Pascio gönnerhaft. »Kennst du ihn?«

Erica schüttelte den Kopf. »Es ist an Dottor Maffina adressiert. Ich weiß nicht, wie …« Sie verstummte und fuhr sich mit den Händen durch die Haare. Sie löste ein paar Spangen und schüttelte wieder den Kopf, eine Bewegung, die langsam zum Tick wurde. Sie sah Lo Pascio an. »Soll das heißen, dass ich mich damit befassen muss?«

»Sieht ganz so aus.«

Erica überflog noch einmal das Fax. Mit müder Stimme listete sie auf: »Die Staatsanwaltschaft von Turin, von Asti, die Bahnpolizei und jetzt wir. Weißt du etwas darüber?«

Lo Pascio erwiderte, dass es sich um das noch nicht aufgeklärte Verbrechen in Baldichieri handelte.

»Ich verstehe nicht, was wir damit zu tun haben.«

»Die Carpi arbeitete doch in Genua, wusstest du das nicht? Sie arbeitete in Genua, wohnte aber in Felizzano. Eine Pendlerin also.«

»Und was machte sie in diesem Zug?«

»Das weiß niemand so genau. Die Schwester sagt, dass sie häufig zum Shoppen nach Turin fuhr.«

Erica sah ihn zweifelnd an. »An einem Sonntag?«

»Warum nicht? Ein Zeitvertreib wie jeder andere auch.«

Erica schüttelte den Kopf, noch ratloser als zuvor.

Paola Carpi hatte, als sie noch lebte, als Psychologin in einem katholischen Rehabilitationszentrum in der Nähe der Via del Campo gearbeitet: ein sozialer Brennpunkt mit hohem Ausländeranteil, der langsam, aber sicher wie durch ein unaufhaltsames Siechtum verfiel. Ihre Aufgabe war es gewesen, ehemalige Straftäter, albanische Prostituierte und eine Gruppe von Drogenabhängigen, die sich am Rande der Legalität durchs Leben schlugen, wieder in die Arbeitswelt einzugliedern.

Erica hatte eine Liste der Personen erstellt, mit denen die Carpi häufig zu tun gehabt hatte, und war dann zwei Tage lang in das dunkle Labyrinth des nächtlichen Genuas eingetaucht. Beinah ein initiatorisches Unterfangen, eine Art Reise in die Unterwelt, die ihren Höhepunkt an einem regnerischen Abend auf dem Corso Perrone gefunden hatte. Eine vier Kilometer lange Scheinwerferkette, provisorische Nachtlager, endlose Autoschlangen und dazwischen farbige Prostituierte im Stringtanga und jammernde Ukrainerinnen. Nur die Südamerikanerinnen ließen ein heiteres und ansteckendes Lachen erklingen. Sie hatten ihr Zigaretten angeboten und heiße Brühe, die eine von ihnen in einer Thermoskanne bei sich trug. Erica hatte die Zigaretten angenommen, die Brühe hingegen dankend abgelehnt. Freundlich, aber entschieden. Der Wind pfiff ihnen um die Ohren und die Autos zischten wie Ungeheuer, die sie gleich verschlingen würden.

Sie hatte sich sehr unglücklich gefühlt.

Erica verließ um zehn Uhr abends den Fitnessraum. Über dem Fort von Begato ging gerade groß und rund der Mond auf; er schien aus dem Dunkel der Wälder aufzusteigen und an den Bergen Halt zu suchen. Über dem Gebirgskamm begrenzten die massiven Umrisse des Forts das Blickfeld, quasi eine Barriere aus dunklen Steinen, hinter denen man die Lichter von Albisagno erahnte.

Bei dem Gedanken, sich heute mal nicht mit den Nutten vom Corso Perrone und den Abhängigen der Via del Campo treffen zu müssen, überkam sie eine Art Euphorie. Sie fühlte sich wie im Urlaub und betrachtete lange den Mond. Dann ging sie nach Hause, duschte ein zweites Mal und setzte sich an den Computer.

Die Nacht war noch lang.

Ob er zu viel an Erica delegierte? Und tat er das nur, weil er volles Vertrauen in die Fähigkeiten der jungen Frau hatte, oder steckte mehr dahinter?

Sie beschwerte sich nie und akzeptierte willig alle unangenehmen Aufgaben, die er ihr mit einem Lächeln und einer flüchtigen Berührung ihrer Haare übertrug. Seit drei Jahren arbeiteten Maffina und Erica nun zusammen: Er hatte gesehen, wie sie in den Beruf hineingewachsen war, wie sie gelernt hatte, dem typischen Machogehabe der Kollegen zu begegnen, sich einen Panzer zuzulegen ... Dennoch gab es Augenblicke, in denen er sich Vorwürfe machte, sie auszunutzen. Sie war jung und enthusiastisch, sie konnte achtzehn Stunden am Stück arbeiten, ohne sich zu beklagen.

Und er?

Er fühlte sich wie der Alte in dem Gemälde von Morbelli: abgeschlafft auf einer Bank hängend und in die Betrachtung seiner eigenen, niederschmetternden Einsamkeit versunken. Bei dem Gedanken musste er lächeln. Maffina betrachtete den Mond, der sich langsam auf die Berge zubewegte, und bat dann seinen Fahrer, ihn nach Val Torbella zu bringen.

»Ich habe nichts Interessantes herausfinden können«, begann Erica mit einer Spur von Ärger in der Stimme. »Zumindest nichts, was nicht schon bekannt wäre. Wenn Sie mal einen Blick darauf werfen wollen …« Sie klickte auf PAOLA CARPI – GENUA und auf dem Bildschirm erschienen ein paar Daten. »Diese Carpi führte ein sehr beschauliches, geregeltes Leben. Im Übrigen war sie ja auch nicht mehr die Jüngste …«

»Immerhin zehn Jahre jünger als ich«, präzisierte Maffina sie herausfordernd.

Erica ging nicht darauf ein. »Die Carpi hatte im Zentrum hauptsächlich mit älteren Menschen zu tun. Und sie betreute zwei albanische Prostituierte … Beide arbeiten im Albergo dei Poveri. Die eine putzt und die andere hilft in der Küche. Der Priester des Zentrums sagt, dass die Carpi eine ruhige, sanftmütige Frau war, die sich niemals Feinde machte, trotz ihrer Arbeit, die sie ständig mit gestörten und psychisch labilen Menschen in Kontakt brachte. Hier in Genua kannte sie niemanden außer einem gewissen Alberto Paisano, einem Zahnarzt, mit dem sie vor langer Zeit mal eine Affäre hatte …«

»Eine ganz liebe Person«, sagte Paisano und sah Erica mit traurigem Lächeln an. »Es war sehr schmerzlich für mich, als ich von ihrem Tod erfuhr.«

»Wie lange hatten Sie sich nicht mehr gesehen?«

»Seit letztem Oktober, aber unsere Beziehung war schon sehr viel länger zu Ende.«

»Und warum …« Erica sprach ihre Frage nicht aus. Ihr Blick schweifte zur Terrassentür und durch den Garten. Ein perfekt gemähter Rasen von leuchtendem, sattem Grün, ein schmiedeeisernes Geländer, dahinter scheinbar nichts als das Meer und ein leichter Dunst. Paisano schwieg und Erica kam auf ihre Frage zurück. »Und warum haben Sie sich getrennt?«

Er zuckte mit den Schultern. »Paola hat mich verlassen … Sie ertrug es nicht, mich mit meiner Frau teilen zu müssen, verstehen Sie?«

Er benutzte genau diese Worte, abgedroschen und banal wie aus einer Vorabendserie.

»Hast du Paisanos Alibi überprüft?«, fragte Maffina.

»Das war das Erste, was ich getan habe. An besagtem Sonntag war er die ganze Zeit bei seiner Frau. Ihr ging es wohl nicht so gut.«

Paisanos Frau hieß Cristina und hatte lange, zu einem weichen Zopf geflochtene Haare. Sie trug verwaschene Jeans und einen weiten, dunkelblauen Pulli. In ihren Augen blitzte es bei dem Namen Carpi auf: »Da erzählen Sie mir nichts Neues, Dottoressa Franzoni. Ich wusste von dieser Beziehung. Die Geschichte hatte keinerlei Bedeutung.« Sie wischte das Thema mit abschätziger Miene beiseite. Es war offensichtlich, dass sie Paola Carpi und ihre Naivität verachtete. »Eine schlichte Person«, fügte sie hinzu.

Erica rieb sich müde die Augen. »Die Carpi hatte sich spontan entschlossen, nach Turin zu fahren. Sie nahm den Zug um 15.30 Uhr, obwohl sie eine Viertelstunde zuvor noch ganz andere Pläne gehabt hatte. Sie sollte wohl ihre Schwester zum Einkaufscenter nach Serravalle begleiten, dann kam aber der Streit dazwischen …«

»Und die Schwester?«

»Hat ebenfalls ein Alibi, sie ist mit ein paar Freundinnen nach Serravalle gefahren. So dass also nur die Möglichkeit einer zufälligen Begegnung mit dem Mörder bleibt. Eine Möglichkeit, die mir überhaupt nicht gefällt.« Erica fuhr sich mit der Hand durch die Haare.

»Dann bist du also fertig?«

»Sieht ganz so aus.«

»Ich habe dich nicht etwa ausgenutzt, oder?«

»Ach was!« Sie stand auf und streckte sich. Unter dem kurzen T-Shirt tauchte ihr glatter, gleichmäßig gebräunter Bauch auf.

Maffina fragte sich, woher sie noch die Zeit nahm, in der Sonne zu liegen.

»Hätten Sie Lust, etwas zu essen?« Erica ging in die Küche, ein langer, schmaler, nur durch eine Theke vom Wohnzimmer abgetrennter Schlauch. Ein nettes Apartment, wenn auch einfach und durchschnittlich möbliert. Es war offensichtlich, dass Erica ihre Küche kaum benutzte, sondern sich darauf beschränkte, Fertiggerichte in der Mikrowelle aufzuwärmen.

»Ist es dafür nicht ein wenig spät?«

Sie schüttelte den Kopf. Mit einem schmalen Lächeln gestand sie, heute noch nichts gegessen zu haben. Außer einem Glas Nutella am Mittag zusammen mit Ida Merenghini, einer Polizistin, mit der sie sich seit dem Abend im Hause Tofano angefreundet hatte.

8

Die junge Frau war im Türrahmen aufgetaucht, ohne dass Gatti und Dighero sie bemerkten. In schwarzer Hose und Pullover lehnte sie an dem schmutzigen Glas, die Windjacke um die Hüften geschlungen. Die Unbekannte hatte zweifelsohne ein schönes Gesicht, stellte Gatti fest, trotz ihrer ernsten und resoluten Miene.

Der einfache Beamte Dighero schien sich von diesem Besuch nicht ablenken lassen zu wollen und tippte in aller Seelenruhe weiter am Computer.

»Hauptkommissarin Franzoni«, verkündete das Mädchen an beide gewandt. Ihr Gesicht hellte sich zu einem Lächeln auf. »Ich möchte nicht aufdringlich sein, aber …«

Gatti grinste, ganz Bruce Willis, und schloss seinen Kollegen automatisch von dem Gespräch aus. Er rückte sogar seinen Stuhl so zurecht, dass Erica Dighero den Rücken zuwenden musste. Wieder ein breites Grinsen. »Aber keineswegs, Dottoressa! Wenn ich Ihnen behilflich sein kann. Leider ist Inspektor Pergolizzi gerade außer Haus, aber …« Er breitete die Arme aus. »Geht es um die Carpi? Haben Sie etwas herausgefunden?«

Erica stöhnte. »Bisher nicht, und Sie?« Sie machte eine halbe Drehung, um Dighero in das Gespräch mit einzubeziehen, ein etwas problematisches Unterfangen, da sie auf diese Art Gatti den Rücken zuwenden musste.

Derselbe Gatti kümmerte sich nicht im mindesten um solche Kommunikationsstörungen, sondern dachte an Pergolizzis Recherchen. Während er Erica beobachtete, überlegte er, ob er ihr davon erzählen sollte. Sie lächelte ruhig, die langen Beine übereinander geschlagen, der Pulli eng an ihren schmalen Oberkörper geschmiegt. Gatti fragte sich, wo zum Teufel sie ihre Dienstwaffe hatte. Wahrscheinlich in der Tasche, einem grauen Umhängebeutel mit unzähligen Fächern und Täschchen.

Als könne sie Gedanken lesen, griff Erica nach dem Beutel und wühlte darin herum. Endlich fand sie, was sie suchte: ein dickes Ringbuch (»100 ruled index cards«, las Gatti), dessen zerfledderte Ecken sein Alter verrieten.

»Hier«, sagte sie und klappte es auf. »Ich habe mir ein paar Dinge notiert, über die ich mit Ihnen von der Bahnpolizei sprechen wollte. Darf ich?«

Gatti tat nickend sein Einverständnis kund.

»Gut … Sie werden sicher einsehen, dass dieser Mord ziemlich aus der Reihe fällt …«

Sofort unterbrach er sie. »Wir dachten da an einen Raubüberfall, Dottoressa. Die Tasche wurde nicht gefunden und die Schwester hat angegeben, dass diese Paola niemals ohne Geld unterwegs war.«

Erica fuhr sich mit den Händen durch die Haare. »Aber sie wird sicherlich keine riesige Summe dabeigehabt haben!«

»Riesig nicht, das stimmt, aber die Kreditkarten, die EC-Karte, das Scheckheft. Und dann das brandneue Handy …«

»Alles völlig nutzlose Dinge, inklusive Handy.«

Gatti warf ihr wieder einen langen Blick zu. »Haben Sie einen bestimmten Verdacht?«, fragte er schließlich.

Erica zündete sich eine Zigarette an, nahm einen langen Zug und stieß den Rauch dann in Richtung Decke aus. »Vielleicht«, sagte sie nachdenklich, die Augen fest auf Gatti gerichtet. »Vielleicht.«

»Ein hübsches Mädchen«, sagte Dighero, ohne von seinem Bericht aufzusehen. Er konnte nicht gut formulieren und manchmal korrigierte Pergolizzi unter sanftem Tadel ganze Sätze, doch ohne ihm dabei den Eindruck zu vermitteln, völlig unfähig zu sein, wie Gatti es gerne tat. Jetzt zum Beispiel blies der ihm seinen nach Zigaretten und Kaugummi stinkenden Atem in den Nacken, um einen Blick auf den Text zu erhaschen.

Dighero schaltete den Computer in den Stand-by-Modus. »Hier gibt es absolut nichts zu sehen«, sagte er und stand auf.

Gatti brach in Gelächter aus. »Ich mag deinen Schreibstil … Ich bin geradezu ein Fan von dir.«

»Leck mich.«

Zufrieden stellte Gatti fest, dass es ihm wieder einmal gelungen war, Dighero auf die Palme zu bringen.

Bei jedem Schichtwechsel druckte derjenige, der das Büro verließ, die eingegangenen E-Mails aus und legte sie Pergolizzi auf den Schreibtisch. An diesem Abend war Gatti an der Reihe, und nachdem er einige Bekanntmachungen des Ministeriums ausgedruckt hatte, versuchte er Digheros Dateien zu öffnen. Mindestens zehn Minuten klickte er erfolglos umher. Der Kollege musste sein Passwort geändert haben und Gatti, der eher zu der faulen Sorte gehörte, hatte keine Lust, orientierungslos im Computer zu treiben wie die Scheiße in der Kanalisation. Der Vergleich brachte ihn zum Lachen, er würde ihn bei der nächsten Gelegenheit anbringen. »Wie die Scheiße in der Kanalisation … Klasse!«, sagte er laut mit einem breiten, selbstzufriedenen Grinsen. Er wollte gerade den Computer ausschalten, als ihm einfiel, dass er dort noch nicht im Papierkorb nachgesehen hatte. Dighero und Pergolizzi vergaßen nämlich regelmäßig, ihn zu leeren, und auch heute Abend war noch alles da … Er fand auch eine an Dighero gerichtete E-Mail. Gatti las sie erstaunt und fragte sich, was sie wohl zu bedeuten hatte … Die Nachricht war eine Woche alt, doch da sich niemand die Mühe gemacht hatte, sie zu löschen, lag sie immer noch zusammen mit nicht mehr benötigten Dokumenten und den vor Fehlern strotzenden Berichten des Kollegen im Papierkorb.

Gatti druckte sie aus und fuhr dann den PC herunter.

Obwohl Maffina an Tragödien gewöhnt war, hatte er die Ereignisse im Hause Tofano immer noch nicht verarbeitet. Manchmal schien es ihm, als tue er nichts anderes im Leben, als den gesamten Dreck der Gesellschaft aufzulesen. Wie ein Aasgeier stürzte er sich auf das Unglück anderer und versuchte, Ordnung zu schaffen, aufzuräumen, den Abfall zu beseitigen. Bei Tofano war ihm das nicht gelungen. Als er die Wohnung betreten hatte, war schon alles vorüber gewesen. Machtlos angesichts dieser Laune des Schicksals, hatte er nur noch seine eigene Nutzlosigkeit feststellen können.

Besessen von den Geistern, die nach Gerechtigkeit schrien, verzichtete Maffina auf die zweite Hälfte seines Brötchens, verließ das Polizeipräsidium, ohne sich bei jemandem abzumelden, durchquerte den Park des Unbekannten Soldaten und war zehn Minuten später im Klinikum Galliera. Er sprach mit niemandem und ging schnurstracks zur Intensivstation, wo Tofano lag.

Im Treppenhaus begegnete ihm ein Arzt, den er kannte,

ein gewisser Meucci, der, kaum dass er ihn sah, wild zu gestikulieren begann.

»Antonio, du kommst gerade recht. Hast du einen Moment Zeit?«

»Ich wollte mich nach Tofano erkundigen.«

»Deswegen möchte ich dich sprechen. Setz dich doch«, sagte er und schob ihn in das Behandlungszimmer.

»Und der Befund ist auch bestimmt richtig?«, fragte Maffina ungläubig.

»Hundertprozentig ... Wir waren nicht weniger erstaunt als du.« Der Arzt betrachtete ihn nachsichtig lächelnd.

»Aber wie ...«

»Routineuntersuchungen.«

»Dann war Tofano also HIV-positiv ... Ich kann es einfach nicht glauben. Was meinst du, wie das passiert ist?«

Meucci zuckte mit den Schultern. »Wer weiß das schon? Aber er wird genügend Gelegenheit zur Ansteckung gehabt haben, hielt sich doch häufig genug da unten in Kenia auf. Der ein oder andere etwas unorthodoxe Kontakt und schon ...«

»Dann könnte das auch ein Motiv sein für ...« Maffina konnte an diesem Tag einfach keinen Satz zu Ende sprechen. Avvocato Pier Francesco Tofano HIV-positiv! Wieder schüttelte er ungläubig den Kopf.

»Könnte sein.« Meucci schien nicht sonderlich überrascht. Er sah ihn mitleidig an. »Hattest du ... ähm ... irgendwie näher mit ihm ...« Auch er beendete den Satz nicht.

Maffina verneinte stumm. »Und die Frau? Und die Töchter?«

»Die Obduktionen haben nichts ergeben. Ich wollte heute noch im Polizeipräsidium anrufen.«

»Weiß Richter Beneventi schon Bescheid?«

»Du bist der Erste.«

»Dann ist Tofano also ruiniert?«

Meucci lächelte betrübt und hob die Arme. »Das ist nun nicht mehr wichtig, meinst du nicht? Ja, letztlich ist er ruiniert. Ich glaube, dass damit auch seine Tat etwas durchsichtiger wird ... Verstehst du, ein erfolgverwöhnter Mann, angesehen und beneidet ... Passt doch alles zusammen, oder?«

9

Dallorto hatte eine elegante kleine Villa am Rand von Asti bewohnt. Auf der Anhöhe eines niedrigen Hügels gelegen, ein kleiner Panettone aus grünem, weichem Gras inmitten eines luxuriösen Wohnviertels, das nach einer Enzianart »Le Genzianelle« hieß. Die gesamte Gegend vermittelte das wohlige Gefühl von Ruhe und beständigem Wohlstand.

Pergolizzi stellte den Wagen vor einem gelb-blauen Nebeneingang ab. Sämtliche Fenster waren verschlossen und die vernachlässigten Blumen welkten in ihren Tontöpfen vor sich hin.

Aus dem Nachbarhaus trat eine ältere Frau. Sie trug eine geblümte Kittelschürze, die Pergolizzi bei sich »Tantenkittel« nannte.

»Ich bin von der Bahnpolizei. Darf ich Sie einen Moment stören?«

Die Frau beäugte ihn neugierig und knetete dabei unentwegt einen Zipfel ihrer Schürze.

»Kannten Sie Signor Dallorto? Er wohnte doch hier, nicht wahr?«

Sie nickte.

»Tja also, wenn es Ihnen nichts ausmacht, würde ich Ihnen gerne ein paar Fragen stellen.«

»Zu Dallorto? Da kann ich Ihnen wirklich nicht viel sagen … außerdem bin ich allein hier«, sagte die Frau. »Sie müssten mit meinem Mann reden, aber der ist zum Augenarzt nach Turin gefahren. Ich bin allein hier«, wiederholte sie larmoyant.

»Kannten Sie ihn denn gut?«

»Nicht besonders. Er war nicht sehr gesprächig, mit niemandem, kapselte sich ab, war häufig unterwegs …«

»Bekam er Besuch?«

»Wer, Dallorto?« Die Frau gluckste vor sich hin. »Er war ein Einzelgänger … Da würden Sie besser mit meinem Mann sprechen, aber der ist in Turin. Ein Termin beim Augenarzt, wissen Sie?«

Pergolizzi seufzte demonstrativ.

Dallortos Cousine sah Pergolizzi wenig begeistert an und runzelte mit einem etwas tumben Gesichtsausdruck die Stirn. Sie steckte in einem türkischen Gewand, das um die Hüften herum leicht spannte, und erzählte schließlich bereitwillig von dem armen Alessandro, den sie zu Lebzeiten selten gesehen hatte, da sie in verschiedenen Städten wohnten: Sie hatte keinen Führerschein und er, die arme Seele, hatte sich noch nie viel um seine Verwandtschaft gekümmert, schon gar nicht, wenn sie arm war.

»Geld hatte er jedenfalls reichlich«, schloss sie ihre Rede. Sie rollte die Augen und fügte hinzu: »Der alte Brummbär!«

»Und womit hat er sein Geld verdient?«

»Da fragen Sie mich zu viel, keine Ahnung. Aber er hatte genug davon, so viel ist sicher.« Ohne Aufforderung berichtete sie, dass es mit den Geschäften von Cousin Alessandro vor etwa zehn Jahren bergauf gegangen wäre, nachdem seine Frau gestorben war. »Sie hatte ein schlimmes Lungenleiden«, fügte sie hinzu. »Innerhalb von zwei Monaten ist sie von uns gegangen, die arme Renata!« Ihr Blick wanderte über den Hof, wo die Nachmittagssonne merkwürdige Lichtreflexe auf die weißen Platten zeichnete.

Womit hatte Dallorto sein Geld verdient?

Angesichts eines Hasenpfeffers nahm Gattis Miene immer den Ausdruck verzückten Erstaunens an.

Pergolizzi, der tendenziell Vegetarier war, sah ihn gereizt an. »Ich war sogar bei den Carabinieri von Alessandria«, sagte er, während er sich eine Scheibe von der Melone abschnitt, die deutlich unter der Hitze gelitten hatte.

Ohne aufzuschauen, wischte Gatti mit einem Stück Brot seinen Teller aus. »Und was meinen die dazu?«

»Dass sie den Fall zu den Akten legen wollen. In ihren Augen wurde Dallorto ermordet, Schluss, aus. Sie glauben nicht an eine Verbindung zu dem Fall Carpi.«

»Heute hatten wir Besuch«, sagte Gatti plötzlich. »Eine Hauptkommissarin von der Kripo Genua.«

»Ach was!«

»Hübsche Frau«, kommentierte Gatti.

»Ach was!«

»Sie wollte ein paar Informationen.«

»Die du ihr nur allzu gern gegeben hast, wie ich mir denken kann.«

Gatti lief rot an. »Gar nichts habe ich ihr gegeben. Dighero war dabei, Sie können ihn ja fragen, wenn Sie mir nicht trauen.«

Pergolizzi ging nicht darauf ein.

»Sie interessierte sich für die Diebstähle von letztem Jahr, erinnern Sie sich?«, fuhr Gatti fort.

Pergolizzi erinnerte sich, schwieg jedoch und versuchte, sich auf dieses ungewöhnliche Herzklopfen in seiner Brust zu konzentrieren.

»Ganz außergewöhnliche Diebstähle«, fügte Gatti hinzu. »Allesamt innerhalb von drei Monaten.«

»Zwischen Januar und März«, präzisierte Pergolizzi. »Ich kenne die Fakten, die muss uns nicht erst irgendeine Hauptkommissarin erzählen. Trotzdem sehe ich da keinerlei Verbindung, egal was diese Frau glauben mag. Und sie sieht tatsächlich gut aus?«

»Sehr gut.«

»Schön für sie. Also, was ist so außergewöhnlich an diesen Diebstählen?«

»Die Maske«, erwiderte Gatti geheimnisvoll.

Das erste Diebstahlopfer war ein Mädchen aus Serravalle Scrivia gewesen, eine gewisse Roberta Direnzo, der man auf der Rückreise nach einem Besuch bei der Tante in Turin den Rucksack entwendet hatte. Sie war dem Dieb im Gang vor dem Abteil begegnet und beschrieb ihn als groß und schlank mit einer Karnevalsmaske vor dem Gesicht. Das war Anfang Januar 1999 gewesen.

Mitte Februar wurden ebenfalls auf der Strecke Turin – Genua einer Frau im Schlaf all ihre Sachen gestohlen, einschließlich des Koffers. Sie hieß Elvira Puggioni und war kurz vor Asti eingenickt: Als sie in Alessandria aufwachte, merkte sie, was geschehen war. Sie erinnerte sich »wie im Traum« daran, dass jemand ins Abteil gekommen war, der eine Karnevalsmaske trug, sehr auffällig und bunt.

Aber wenn sie geschlafen hatte, wie konnte sie sich dann an Einzelheiten erinnern? Es muss wohl eher ein Halbschlaf gewesen sein, meinte die Frau und fügte hinzu, dass man sie vielleicht betäubt hatte. »Und wen soll ich nun verklagen?«, hatte sie abschließend gefragt.

Dasselbe Schicksal ereilte einen Rentner aus Novi Ligure und einen Angestellten aus Villanova d'Asti: Beide wurden allerdings überfallen und verprügelt, bevor man sie beraubte. Lediglich der Angestellte aus Villanova erinnerte sich jedoch an eine Maske. Der Rentner war zu schockiert und verängstigt gewesen, um sich irgendetwas zu merken.

Die letzten beiden Übergriffe hatten sich im März zugetragen, seitdem war alles ruhig.

»Was ja noch nichts zu bedeuten hat«, sagte Gatti. »Er könnte einfach die Gegend gewechselt haben, meinen Sie nicht?«

Da war es wieder, dieses merkwürdige Herzklopfen. »Und, hat er?«, fragte Pergolizzi, obwohl er die Antwort schon zu kennen glaubte.

»Scheint so. Zuerst Cuneo und dann die Provinz Savona.«

»Und warum haben wir nichts davon erfahren?«

Gatti zuckte mit den Schultern. »Ich weiß es nicht. Die Franzoni ist im Computer darauf gestoßen.«

»Weiß sie von Dallorto?«

»Ja.«

»Auch aus dem Computer wahrscheinlich.«

Ohne auf den unterschwelligen Vorwurf einzugehen, reichte Gatti Pergolizzi einen gefalteten Zettel. »Davon weiß sie allerdings nichts.«

»Soll ich das lesen?«

Gatti musste unwillkürlich grinsen. »Sonst würde ich es Ihnen wohl kaum geben, oder?«

Spielen … Er hatte immer gerne gespielt. Wenn er die Maske aufhatte, war er eine andere Person …

10

Erst gegen Abend war sie nach Genua zurückgefahren, weil sie plötzlich das dringende Bedürfnis verspürt hatte, sich Felizzano anzusehen. Paola Carpis Haus stand ganz am Ende des Dorfes: ein ausgebauter alter Bauernhof. Blendend weißer Putz, der Garten von einer Reihe Maulbeerbäume begrenzt. Es stank nach Chemieabfällen, altem Kot und getrockneten Kräutern. Es war ein drückender Tag, die niedrigen Hügel, an deren Hängen sich dicht an dicht die Villen drängten, erstickten unter der Last der Feuchtigkeit und dem Dunst.

›Eine wahre Wohlstandsidylle‹, dachte Erica verächtlich. Obwohl ihr die Hose an den Beinen klebte und die Umhängetasche schwerer wog denn je, blieb sie lange stehen und betrachtete das Haus, dessen Fenster alle geschlossen waren bis auf eines im Erdgeschoss.

Plötzlich kam eine Frau heraus: klein, schlank, grau gekleidet. Wahrscheinlich die Schwester der Carpi. Die Frau warf ihr einen gleichgültigen Blick zu und stieg in einen grünen Nissan. Ganz in Gedanken vertieft, interessierte es sie gar nicht, was die junge Frau an der Gartentür zu suchen hatte.

Erica rauchte noch zwei Zigaretten, bevor sie wieder ging.

Zurück im Polizeipräsidium setzte sie sich an den Computer. Sie gab »Unfälle auf der Strecke Turin–Genua« ein und las begierig sämtliche Informationen (es waren nicht besonders viele) über Dallorto. Dabei aß sie zwei Schokoriegel, fuhr sich durch die Haare und schwitzte in ihrer schwarzen Jeans.

»Meinst du nicht, dass du ein wenig zu weit gehst?«, fragte Maffina.

Auf der Stuhlkante kauernd und mit dunklen Ringen unter den Augen verzog Erica müde das Gesicht. »Hat sich etwa jemand beschwert? Vielleicht die aus Asti?«

»Nein, wie kommst du darauf? Ich dachte nur, du hättest mit der Carpi bereits abgeschlossen, aber da habe ich mich wohl getäuscht. Sonst nichts.«

Erica entspannte sich etwas und setzte sich bequemer auf dem Stuhl zurecht. Sie war verschwitzt und hatte seit zehn Stunden dieselben Kleider an, was ihr Wohlbefinden nicht gerade steigerte. Sie versuchte, nicht daran zu denken, und klappte ihr Ringbuch auf. »Ich bin da auf ein paar Dinge gestoßen«, sagte sie schnell. »Wenn Sie kurz Zeit hätten.«

»Die Sache mit der Maske ist ziemlich zentral«, schloss Erica und klappte den Block zu, der ein trockenes Ploppen von sich gab. »Wenn man bedenkt, dass auf den Kleidern der Carpi winzige Kunststoffpartikel gefunden wurden. Wahrscheinlich Latex.«

»Woher weißt du das?«

»Ich habe mit der Spurensicherung Turin gesprochen. Hätte ich das nicht tun sollen?«

Was konnte er ihr antworten? Sie sah ihn an, als erwarte sie ein Lob, und er wollte sich nicht über sie lustig machen. »Ich glaube tatsächlich, dass du da etwas zu weit gehst. Ich möchte jegliches Kompetenzgerangel tunlichst vermeiden, schließlich hat man uns lediglich um Kooperation gebeten, meinst du nicht?«

Erica akzeptierte den Tadel, ohne mit der Wimper zu zucken. Sie zündete sich eine Zigarette an und schlug wieder ihr Notizbuch auf. Auf einer weißen Seite stand mit rotem Stift »NEF« geschrieben und darunter in kleineren Buchstaben: »Nur einfache Fahrt«.

»Dann wäre da noch Dallorto«, fügte sie eilig hinzu, bevor er das Gespräch beenden, aufstehen und verschwinden konnte.

Cristina Paisano beobachtete, wie die Nacht allmählich in alle Winkel des Gartens kroch und sie mit ihrer Dunkelheit erfüllte. Eine mond- und sternenlose Nacht, das Meer am Horizont war glatt und schwarz, irgendwie feindselig. Eine halbe Stunde zuvor hatte sie einen Joint geraucht, doch sie spürte keine Wirkung bis auf eine beginnende Migräne, die sich schnell, das wusste sie aus Erfahrung, in einen dumpfen und zugleich schneidenden Schmerz verwandeln würde. Sie zog die Schuhe aus und trat in den Garten; das taunasse Gras beruhigte sie etwas. Vor vielen Jahren hatte ihr jemand Verse vorgelesen, an die sie sich trotz der langen Zeit noch deutlich erinnerte: »Hicrher, hierher, Süße .../ Es ist ein Lager aus Blüten .../ Hierher, hierher, Süße!/ Es ist der Tau der Frühe!«

Cristina sprach leise die Worte vor sich hin und staunte, wie sehr diese sie immer noch berührten. Erst als die Tränen über ihre Lippen rannen, merkte sie, dass sie weinte.

Sehr viel später, tief in der Nacht, schliefen sie und Alberto miteinander. Er drang gewaltsam in sie ein, presste ihr mit harten und herrischen Händen rücksichtslos die Beine auseinander.

»Tu mir nicht weh«, flüsterte Cristina.

Albertos Lippen schmeckten nach Wodka und Tabak und sie tat so, als mochte sie seine Zunge, die wild durch ihren Mund fuhr. Gierig und lüstern erforschte er sie lange und auch sie bewegte ihre Zunge, vergrub schließlich ihre Fingernägel in Albertos Rücken und biss ihm in die Schulter, weil sie wusste, dass er das mochte.

Sie empfand keinerlei Lust in dieser Nacht und täuschte einen Orgasmus vor, der nur in ihrem Kopf stattfand. Vielleicht kannte Alberto die Wahrheit, hatte aber so viel Anstand, sich nichts anmerken zu lassen.

Danach lag Cristina lange wach, sah ihm beim Schlafen zu und fragte sich, ob sie besser alles erzählen sollte. Vielleicht am nächsten Morgen, wenn die Sonne und der Widerschein des Meeres auf dem Gartentisch spielten, an dem sie immer frühstückten.

Pergolizzi fing Dighero vor dem Zeitungskiosk ab, wo er gerade die neu eingetroffenen Videokassetten begutachtete. »Könntest du bitte kurz bei mir im Büro vorbeischauen?«

»Dauert es länger?«

»So lange wie es eben dauert, warum?«

Dighero murmelte etwas von einer dringenden Verpflichtung. »Ich muss meine Mutter für Untersuchungen zum Arzt bringen und bin schon spät dran ... Können Sie nicht Gatti fragen? Er hat jetzt Dienst, glaube ich.«

»Ich will aber mit dir reden ... Tut mir Leid wegen deiner Mutter, aber es ist wirklich dringend, daher ...« Ohne weiterzusprechen, manövrierte er den Beamten zu seinem Büro, von dem er wusste, dass es leer war. Gatti hatte er losgeschickt, um den Bahnhof von Villanova zu überprüfen: Wie er ihn kannte, würde er sich dabei viel Zeit lassen ...

»Also? Warum hast du mir nicht gesagt, dass du Paola Carpi kanntest?«

Dighero errötete und stammelte wirres Zeug.

»Sprich lauter. Ich habe kein Wort verstanden!« Ein Ausdruck von Gattis Mail lag auf dem aufgeräumten Schreibtisch. Als Dighero ihn sah, wurde er noch röter.

»Ich warte immer noch auf eine Antwort.«

»Das durfte Gatti nicht ...«

»Gatti hat nur den Papierkorb geleert. Lenk bitte nicht ab!«

Hartnäckig fuhr Dighero fort, den Kollegen zu beschuldigen. »Gatti spioniert immer in meinen Sachen herum ... Er hat es auf mich abgesehen ...«

Pergolizzi zwang sich zur Ruhe. »Hör zu, Dighero, es gibt

zwei Möglichkeiten. Entweder rückst du jetzt mit der Geschichte raus und erklärst mir alles haarklein einschließlich des Umstandes, wieso du am Todestag von Paola Carpi in Baldichieri warst, oder wir gehen sofort zum Ermittlungsrichter. Du hast die Wahl ... Also?«

Dighero saß mit gesenkten Augen da und begann dann zögernd zu erzählen.

Er hatte Paola Carpi vor vielen Jahren kennen gelernt, in einer Zeit, als er eine schlimme Krise hatte. Ein Mädchen, mit dem er damals ausging, hatte sie ihm empfohlen. Zwei Jahre lang war er zu Paola gegangen, als die Psychologin noch in Alessandria arbeitete, eine Sitzung pro Woche. Dighero war sehr jung, nicht einmal achtzehn, und er lief im wahrsten Sinne des Wortes Gefahr, abzudriften. Paola hatte ihm da herausgeholfen, hatte ihm ein Ziel gegeben, indem sie ihm vorschlug, die Polizeischule zu besuchen. Als die Therapie zu Ende war, hatten sie sich weiter getroffen ... Manchmal hatten sie sich geschrieben. Dighero benutzte den Computer im Büro, weil er zu Hause keinen hatte. Er hatte nicht geglaubt, damit etwas Verbotenes zu tun, wirklich nicht. Er druckte die Nachrichten von Paola aus und löschte die Originale. Nur dieses eine Mal hatte er es vergessen. Das war alles.

HEUTE BIN ICH SEHR GLÜCKLICH! ICH ERZÄHL DIR SPÄTER, WARUM ... PAOLA CARPI

»Und du hast keine Ahnung, was sie damit meinte?«

Dighero schüttelte den Kopf. »Nein, tut mir Leid«, sagte er so leise, dass Pegolizzi ihn kaum verstand.

Celeste beobachtete, wie Michelino durchs Schultor kam, einigen Klassenkameraden zum Abschied zuwinkte und sich gleichzeitig mit einem blassen blonden Jungen boxte, der viel besser angezogen war als er. Celeste hatte sich mächtig fein gemacht, um Michelino abzuholen. Schwarze Jeans, schwarze Plateauturnschuhe und ein apricotfarbenes Top. Sie war beim Friseur gewesen und die Haare fielen ihr lockig ins Gesicht, in dem feine Müdigkeitsfältchen die Winkel um Augen und Mund nachzeichneten.

»Hallo, Mama!«, rief Michelino und umarmte sie. »Ich habe ein ›Super‹ in Geschichte bekommen!«

Celeste lächelte. Sie hatte zwar noch nie begriffen, warum die Lehrerinnen immer diese unverständlichen Noten gaben, wenn doch eine Zehn oder eine Neun viel sinnvoller waren. Michelino jedoch schien sich darüber zu freuen und das war für sie die Hauptsache.

»Weiß die Lehrerin, dass heute dein letzter Schultag ist?«

»Klar! Sie hat mir sogar Hausaufgaben für die Ferien aufgegeben. Wann fahren wir los?«

Celeste entdeckte ein paar Mütter, die redend beieinander standen. Sie sahen alle älter aus als sie und waren wie Karrierefrauen gekleidet: Kostüm und hochhackige Schuhe. Einen kurzen Moment irritierte sie der offensichtliche Unterschied, dann war es ihr egal. »Morgen geht's los«, sagte sie. »Morgen in aller Frühe.«

»Hurra!«, rief Michelino.

Hand in Hand wie ein Liebespaar schlenderten sie in Richtung Porta Palazzo davon.

»Michelino scheint einen ganzen Umzug vorzubereiten«, sagte Celeste in den Telefonhörer.

»Wer ist denn dran?«, fragte das Kind.

»Matilde … Nein, ich habe gerade mit Michelino geredet, der gründet ein Transportunternehmen …«

Er sah sie argwöhnisch an.

»Er wollte sogar eine Taucherbrille, dabei kann er doch gar nicht schwimmen. Was weiß denn ich … vielleicht kann er ja irgendwo Stunden nehmen. An solchen Stränden gibt es doch alles, sogar philippinische Masseurinnen … o ja, die sind klasse!«

»Mama, kann ich das mitnehmen?«

»Ja, pack es ein … nein, Matilde, das wird wohl nicht gehen. Wir müssen morgen früh aufstehen … Ja, ich frage ihn … Hör mal, Mic, Matilde will wissen, ob wir mit ihr ein Eis essen gehen wollen …«

»Und die Koffer?«

»Hör zu, Matilde, dräng mich nicht. Michelino ist müde, und wenn du das Durcheinander hier sehen könntest. Ja? Sieh mal einer an … So ein kleines Luder! Michelino, was machst du denn nun schon wieder?«

Endlich legte Celeste den Hörer auf. Das Bett war ein Schlachtfeld, auf dem Kleider und Sachen kreuz und quer durcheinander lagen. »Komm, ich helfe dir«, sagte sie und begann, einzelne Kleidungsstücke herauszusuchen.

Sie verbrachten den Abend mit Packen: zwei Koffer und eine bunte Reisetasche. Als sie ins Bett gingen, waren sie erschöpft, doch Michelino war zu aufgedreht, um einzuschlafen.

Schließlich ließ Celeste ihn zu sich ins Bett schlüpfen. »Na, komm schon, morgen müssen wir früh aufstehen«, sagte sie und legte die Arme um ihn. Von der Straße schlugen in Wellen Stimmen und Lärm herauf, die Nacht war schwül und drückend. »Morgen um diese Zeit sind wir schon am Meer, freust du dich?«, flüsterte Celeste.

Es gab Tage, an denen die Einsamkeit ihn zu erdrücken drohte, als könnten das Wasser und das Grün seiner Umgebung ihn von einem auf den anderen Augenblick verschlingen. Und dennoch liebte er diesen von der Welt abgeschnittenen Ort über alles …

Er liebte ihn, aber er genügte ihm nicht mehr.

ZWEITER TEIL
(VON JUNI BIS JULI 2000)

Diese Kinder leugnen das Vorhandensein
der äußeren Welt, weil sie alles, was hassenswert,
schmerzhaft und erschreckend ist,
in sie hineinprojiziert haben.
Bruno Bettelheim, *Die leere Festung*

11

Braun gebrannt und ein halbes Kilo schwerer betrachtete Michelino das Meer, das zwischen zwei Tunnels vor dem Fenster auftauchte und wieder verschwand. Ein aufgewühltes Meer, mit Wellen so hoch wie eine Achterbahn. Mit einer Mischung aus Furcht und Erregung beobachtete der Junge, der erst in den letzten Urlaubstagen schwimmen gelernt hatte, gebannt die hohen Brecher und eine Weile blieb der Gameboy in der durchsichtigen Plastiktasche seiner Mutter liegen.

Neben ihm schrieb Celeste eifrig SMS an ihre Turiner Freundinnen.

Heute Abend Pizza bei W?
Nein, Fab kann nicht
Chinesisch ok?
Ja! Kiss

»Wem schreibst du gerade?« Michelino betrachtete sie neugierig.

»Matilde. Hast du Lust, heute Abend zum Chinesen zu gehen?«

»Au ja!« Michelino fand, ein Abendessen im Chinarestaurant an der Porta Palazzo sei genau das Richtige. Er sah seine Mutter zärtlich an. Celeste hatte ein weißes Kleid an (das sie in Lavagna erstanden hatte: ein Wahnsinn!) und war braun gebrannt. Das Haar hatte sie sich mit Gel nach hinten gekämmt und Michelino fand, dass sie einfach toll aussah. »Du bist die schönste Frau im ganzen Zug«, stellte er fest.

Doch sie war schon wieder ganz in ihre Handytasten vertieft, um den Abend im Chinarestaurant zu organisieren und allen möglichen Leuten alles Mögliche zu erzählen.

»Bald sind wir in Genua«, verkündete Michelino und rutschte unruhig auf seinem Sitz hin und her.

Kurz vor Pieve wurde der Zug langsamer. Celeste sah abwesend aus dem Fenster, bis das Blau des Himmels wieder vom Tunnel verschluckt wurde.

»Ich muss mal«, jammerte Michelino. Plötzlich fand er die Aussicht, im Restaurant zu Abend zu essen, nicht mehr so lustig. Seine Mutter würde wahrscheinlich sowieso die ganze Zeit nur mit Matilde oder Fabiana oder Marta quatschen und er sich zu Tode langweilen.

»Ich muss mal«, wiederholte er weinerlich.

»Fass dir nicht dauernd dahin … Das wird ja schon zum Tick!« Endlich legte Celeste ihr Mobiltelefon weg. »Kannst du nicht noch bis zu Hause warten?«

»Ich muss ganz dringend.«

»Na komm, dann bring ich dich zur Toilette.«

Jetzt, wo Celeste wieder bei ihm war, fühlte Michelino sich sofort besser. Sie befanden sich zwar in einem Tunnel (er hasste Tunnels) und der Zug stand still (er hasste Züge, die in Tunnels stillstanden), aber er hatte trotzdem keine Angst mehr, das war die Hauptsache.

Der Waggon war fast leer und durch die geöffneten Fenster strömte ein feuchter Geruch nach Eisen, Tunnel und Tod herein.

Sie kamen durch ein Abteil, in dem ein Mann in seinem Aktenkoffer kramte. Als sie an ihm vorbeigingen, sah er kurz auf.

›Drachenaugen‹, dachte Michelino und ein Schauer lief ihm über den Rücken. »He, hast du den Mann eben gesehen? Hast du seine Augen gesehen? Wie der geguckt hat?«

»Weil ich eben eine schöne Frau bin, darum. Die schönste Frau im ganzen Zug.«

»Bin ich auch schön?«

»Du bist der Allerschönste.«

»Und warum guckt mich dann Francesca Tocci nie an?«

»Keine Ahnung … So, da wären wir … Nicht abschließen, hörst du? Soll ich mit reinkommen?«

»Ich bin doch schon groß. Ich will nicht, dass mir Frauen beim Pipimachen zugucken.«

»Du spinnst ja!«

Wie lange war er auf der Zugtoilette gewesen, hatte zuerst mit seinem Strahl in die Kloschüssel gezielt und dann mit dem Pedal gespielt, das den Wasserzufluss regelte?

Wie lange?

Als er wieder herauskam, sah er die Mama, wie sie sich in den Armen des Fremden wand. Er hatte eine Maske auf, aber Michelino war sich sicher, dass es Drachenauge war, der seine Mama entführen wollte.

Die Mama schlug um sich, trat mit den Füßen nach dem Mann, während die Zugtür offen stand (ein grauenhaftes Detail) und der Wind mit dem Geheul einer wild gewordenen Bestie durch den Gang fegte …

Ein unglaublich wohliges Gefühl, wie ein nicht enden wollender Orgasmus …

So hatte er Celestes Tod erlebt. Der Juni stürmte mit der Wucht und der zerstörerischen Kraft eines Zyklons dahin. Morgens kaufte er die Zeitung, süchtig nach Neuigkeiten, doch schon allzu bald bestanden die Nachrichten nur noch aus Wiederholungen und Ausschmückungen des Geschehens.

Häufig musste er einen Artikel fünf- oder sechsmal lesen, um innerlich noch einmal zu jenem Nachmittag zurückzukehren, noch einmal eine Ahnung des Wohlbehagens und der Allmacht zu bekommen, die er verspürt hatte, als Celeste auf die Gleise gestürzt war.

Dann warf er die Zeitung in den Mülleimer und von der ganzen Sache blieben nicht mehr als ein paar bruchstückhafte Erinnerungen.

Manchmal fragte er sich, warum ihm das Leben anderer so gleichgültig war.

Er las, er pflegte seine Blumen, er schlenderte durch den Garten bis zu der Bank, von der sich der Horizont in scheinbar endlosen Weiten verlor. Sein Lieblingsort …

In ihm drin war alles wie immer, oder war die Veränderung etwa so gewaltig, dass er sie noch gar nicht realisiert hatte?

Einzig die nagende Angst, entdeckt zu werden, ließ ihm keine Ruhe.

12

Eine informelle Runde, hatte Maffina gesagt, doch als Erica das Büro von Polizeipräsident Luzzi betrat, erblickte sie eine ganze Schar von Leuten, die sich unterhielten und Mineralwasser tranken, darunter kaum ein bekanntes Gesicht. Die Hitze war drückend, trotz der Klimaanlage, die laut in einer Ecke brummte.

»Hauptkommissarin Franzoni«, stellte Maffina sie vor und Erica spürte, wie sich die Blicke der Anwesenden forschend auf sie legten. In ihrer Alltagskleidung kam sie sich unpassend angezogen vor, eben informell. Schnell schob sie den Gedanken beiseite und ließ sich neben Angelo Macciò nieder, den sie noch aus Turiner Zeiten kannte.

»Hallo, schönes Kind«, säuselte er mit einem Wolfslächeln. »Du fehlst uns allen sehr in Turin. Wie ich hörte, bist du befördert worden. Ganz schöner Karrieresprung, wie?«

»Kann ich nicht finden«, sagte sie kühl.

»Nein? Dann sind wir da wohl verschiedener Ansicht.« Macciò sah sich zufrieden um. »Schöne Scheiße, dieser Fall, wie? Jetzt steckt ihr also auch mit drin … Hast du die Typen aus Alessandria gesehen?« Er zeigte auf ein paar Carabinieri in ihren wie immer tadellos sitzenden Uniformen. »Die müssen doch umkommen vor Hitze, wie?«

»Ich würde gerne zuhören.« Erica bereute es schon, sich neben ihn gesetzt zu haben.

»Haben alle die Dokumentation bekommen?«, fragte gerade der Polizeipräsident. »Brunero, austeilen«, befahl er dann knapp.

Der einfache Beamte Brunero ging durch die Reihen der Anwesenden und gab jedem eine blaue Aktenmappe mit Vernehmungsprotokollen, Berichten der Spezialabteilung für Serienmorde, der Spurensicherung, Fotos der Opfer und einer Zusammenstellung der Parallelen zwischen den Fällen. Ein dicker Stapel Papier, in dem sofort alle zu blättern begannen, ohne der wohlgesetzten Rede Luzzis weiter Beachtung zu schenken.

Erica warf einen Blick auf Maffina, der zusammen mit Lo Pascio am Computer zugange war. Hinter dem Polizeipräsidenten flimmerte das erste Bild auf: die verrenkte Leiche Paola Carpis, fotografiert von den Kollegen der Turiner Spurensicherung. Der Inspektor von der Bahnpolizei Asti, ein gewisser Pergolizzi, erläuterte dazu haarklein, was ohnehin problemlos auf den Fotos zu erkennen war, die nun über den Bildschirm flimmerten. Pergolizzi sprach mit starkem dialektalen Einschlag und in seinem gutmütigen Gesicht leuchteten zwei sanfte, freundliche Augen.

Erica vermutete, dass dies Gattis Vorgesetzter sein musste, derjenige, der seine Fingerabdrücke auf der Tür des Zugabteils hinterlassen hatte. Sie konzentrierte sich auf einige Details der Fotos: die Hände des Opfers, die zerrissene Bluse, ein verdrehtes Bein, doch sie konnte nichts Auffälliges entdecken außer der Obszönität des Todes, die sich den Blicken darbot.

Mit einem Räuspern und entschuldigenden Mienen in Richtung der Kollegen gestand Pergolizzi, die einzig verwertbaren Fingerabdrücke, die man gefunden habe, seien seine eigenen gewesen. Es gab ein wenig Gelächter und Macciò warf Erica einen vielsagenden Blick zu, was den Ärger in ihr hochkochen ließ. Keinesfalls wollte sie sich mit diesem Gernegroß Angelo Macciò verbünden, dessen Ruf als Frauenheld selbst bis in die Via Grattona gedrungen war.

Pergolizzi ließ sich derweil lang und breit über die Strecke Asti–Baldichieri aus, über die Neuaufschüttung des Bahndamms, darüber, dass der Mörder ganz leicht aus dem Zug aussteigen, die Straße erreichen und innerhalb weniger Minuten verschwinden konnte. »Eine Möglichkeit, die man in Betracht ziehen sollte«, beendete er seinen Vortrag. Unerwähnt blieben hingegen Dallorto sowie die Raubüberfälle vom Vorjahr, warum auch hätte er sie erwähnen sollen?

Erica hob die Hand. »Ich wüsste gerne, wie weit Sie mit der Analyse der Kunststoffpartikel sind.« Damit nannte sie zum ersten Mal ihre Geister, die sie umtrieben, beim Namen und fragte sich kurz, ob sie sich vielleicht zu weit vorwagte. Letztlich hatte sie bisher ja nur vage Vermutungen ohne Beweise.

Pergolizzi wandte sich an Curotti von der Turiner Spurensicherung. »Wenn du dazu etwas sagen möchtest ...«

Aber Curotti hatte nicht viel zu sagen. Die Spurensicherung arbeite noch an den Befunden, doch ohne viel Hoffnung auf ein schnelles Ergebnis. An der Leiche Paola Carpis habe man außer dem üblichen Schmutz wie Staub, Milben, Geweberesten und Spuren organischer Materie auch in erheblichem Ausmaß Spuren von Kunststoff gefunden. Vielleicht Latex, mit neunzigprozentiger Wahrscheinlichkeit. »In einigen Tagen müssten die Ergebnisse vorliegen, dann können wir seine Herkunft bestimmen.« Er sah

Erica neugierig an, bevor er weitere Informationen preisgab. »Der Pathologe hat winzige Reste dieser Substanz auch an den Händen des Opfers sichergestellt. Wir nehmen an, dass die Frau sich eine Weile gewehrt hat, bevor sie überwältigt wurde.«

»Und was ist mit den Resten?«, fragte jemand.

Curotti ließ sich nicht aus der Ruhe bringen. »Wir arbeiten daran, sind aber noch zu keinem abschließenden Ergebnis gekommen.«

»Wenn es sonst keine Fragen mehr gibt, möchte ich das Wort weitergeben. Bitte, Dottor Maffina«, sagte Luzzi.

Auf dem Bildschirm erschienen ein paar Angaben zu Celeste Dalton: ledig, wohnhaft in Turin in der Via Borgo Dora, ein achtjähriger Sohn, Verkäuferin in einem großen Supermarkt in der Nähe der Stadtautobahn. Kein fester Partner, wenige Bekannte außer einer Clique von Freundinnen, mit denen sie regelmäßig ausging.

»Diese ganzen Infos habt ihr von uns«, raunte Macciò Erica zu.

Nun flimmerten die ersten Fotos über den Bildschirm: makabre Fundstücke, jedes mit einem großen schwarzen Buchstaben gekennzeichnet.

»Der Alarm ging von der Dienststelle in Bogliasco aus«, begann Maffina. »Kurz nachdem der Schaffner den kleinen Michelino gefunden hatte …«

Der Junge hatte schreckgeweitete Augen.

»Na, was machst du denn hier?« Damiano sah ihn besorgt an. Das Kind schwankte wie besessen mit dem Oberkörper hin und her, den Daumen im Mund und das ausdruckslose Gesicht schweißüberströmt.

»Was zum Teufel ist denn passiert?« Dann sah er die Zugtür. »Scheiße! Scheiße! Scheiße!«, rief Damiani und griff nach seinem Handy.

»Von Brignole ging der Befehl aus, augenblicklich jeglichen Zugverkehr zu stoppen. Wir wurden sofort informiert. So waren wir innerhalb von dreißig Minuten vor Ort …«

»Der hat nie aufgehört, Polizist zu sein, wie?«, flüsterte Macciò mit ärgerlichem Unterton in der Stimme Erica zu. Maffinas Beförderung zum Ersten Leiter hatte alle überrascht, doch dass er sich nicht darauf beschränkte, seine Abteilung zu leiten, sondern manchmal auch selbst mit seinen Beamten zusammenarbeitete, war noch erstaunlicher.

›Ein unerträglicher Mensch‹, dachte Macciò mit wachsendem Unmut.

»Hier ist etwas«, ertönte die Stimme eines Bahnpolizisten namens Federici.

Erica ging fröstelnd ein paar Schritte in den Tunnel hinein. Ihre Gummistiefel gaben ein quatschendes, unheimliches Geräusch von sich, das sie zu ignorieren versuchte.

Der Tunnel war eine schwarze, feuchte Höhle, die im Licht der Scheinwerfer noch gespenstischer wirkte. Um sie herum herrschte ein Gewirr aus Stimmen, Befehlen und Flüchen.

»Brauchst du Hilfe?« Maffina war neben ihr aufgetaucht, genau wie sie in einen orangefarbenen Regenmantel gehüllt, mit Gummihandschuhen und einer Taschenlampe. Er strich ihr leicht über die Schulter, eine sanfte Geste, die ihr gefiel. Sie hätte gern eine Zigarette geraucht, doch wollte sie die schlechte Luft des Ortes nicht noch mehr verpesten.

Zuerst fanden sie einen Unterarm, dann einige Meter entfernt den anderen, schließlich ein blutiges, mit Erde und Schlamm verdrecktes Bündel. Es waren die sterblichen Überreste von Celeste Dalton, gestorben im Alter von dreißig Jahren auf der Rückfahrt aus dem Urlaub.

13

»Die Dalton war schrecklich zugerichtet«, referierte Maffina. Beim Zusammenprall mit dem Zug war ihr Kopf völlig zerquetscht und beide Arme auf Höhe der Ellbogen abgetrennt worden. »Ihre Kleider waren in einem Umkreis von zehn Metern verstreut, der einzig brauchbare Fund besteht in einem Stückchen weißem Stoff, der ersten Analysen zufolge vom Kleid des Opfers stammt. Wir haben es nur deshalb gefunden, weil es in einer Einbuchtung des Tunnels gelandet war. Keine Blutspuren, nur Erde und Eisenstaub, weshalb wir annehmen, dass es schon im Augenblick des Sturzes abgetrennt wurde …«

Warum hatte Erica sofort an Paola Carpi denken müssen, obwohl der Ablauf der beiden Morde allem Anschein nach so verschieden war?

Auf den Gleisen stehend, hatte sie ins Dunkel des Tunnels geblickt, dorthin, wo das Licht der Scheinwerfer nicht hinreichte. An dieser Stelle, hatte ihr ein Sachverständiger der Bahn erklärt, beschleunigten die Züge gewöhnlich, so dass es gut sein konnte, dass Celeste Dalton genau dort von dem Intercity erfasst worden war und nicht da, wo sie vermutlich aus dem Zug gefallen war.

Sollte Celeste sich noch fast einen halben Kilometer weitergeschleppt haben, mit der Absicht, wieder in den Zug zu klettern oder ihrem Mörder zu entkommen?

Erica ließ die Taschenlampe langsam über die Tunnelwand gleiten, während sie zu verstehen versuchte, was geschehen war. Sie konnte nichts entdecken, außer dem Kadaver einer fetten Maus. Schnell schaltete sie die Lampe aus.

»Michelino Dalton wurde von Damiani genau vor der Toilettentür gefunden. Wie Dottor Maffina bereits erläutert hat, war das Kind offensichtlich verwirrt und stand unter Schock …« Erica blickte in die Runde der Kollegen, die sich beim Zuhören Notizen machten. Es war das erste Mal, dass sie vor so vielen Menschen sprach, und mit einer Mischung aus Verwunderung und Freude stellte sie fest, dass sie es gut machte. Stolz hob sie den Kopf und sprach weiter. »Stellen wir uns doch mal den Ablauf des Unfalls vor. Die Dalton hat aller Wahrscheinlichkeit nach ihren Sohn zur Toilette gebracht, während der Mörder lediglich eine junge Frau in einem fast leeren Waggon sieht. Genau dieselbe Situation wie bei Paola Carpi. Der Mörder greift die Dalton an, wird dann jedoch durch irgendetwas gestört …« Sie schloss einen Moment die Augen.

Es war im Tunnel …

Der Zug stand still …

Der herbe Geruch nach Eisen …

Der Zug stand still …

»Also, er wird durch etwas oder jemanden gestört«, fuhr

sie fort, »aller Wahrscheinlichkeit nach durch Michelino. Was tun? Er muss dieses sperrige Bündel loswerden und so schnell wie möglich fliehen. Deshalb wirft er sein Opfer durch die Tür nach draußen. Ich möchte Sie bitten, in aller Ruhe die Schlussfolgerungen durchzulesen, die der Pathologe zieht. Die Dalton hat noch gelebt, als sie aus dem Zug fiel, wahrscheinlich hat sie sich noch ein ganzes Stück weitergeschleppt und sich dabei am Fuß die vielen Schnittwunden zugezogen. In den Wunden wurden kleine Steinchen, Erde und Eisenstaub gefunden. Bei dem Sturz hat sie die Schuhe verloren, die, soweit ich weiß, ein gutes Stück von der Leiche entfernt gefunden wurden und an denen sich kein Blut befand.«

Auf dem Bildschirm erschienen die Schuhe. Dianetten mit Plateausohle, die mit einem großen A gekennzeichnet waren.

»Trotz der Verstümmelungen an den Armen sind einige Finger der rechten Hand erhalten geblieben. Professor Tuma hat winzige Kunststoffpartikel unter dem Nagel des Zeigefingers gefunden. Tuma ist ein hervorragender Pathologe«, stellte Erica abschließend fest, während sie ihre Zettel ordnend zusammenlegte. »Jetzt muss noch überprüft werden, ob die Kunststoffpartikel mit denen, die bei der Carpi gefunden wurden, übereinstimmen. Und das ist, glaube ich, auch der Grund, warum wir hier versammelt sind.« Sie ging an ihren Platz zurück, im vollen Bewusstsein der Wirkung, die ihre Worte sowie ihr schwarzes, eng anliegendes T-Shirt gemacht hatten, aus dem vorne ein Rand des Spitzen-BHs hervorlugte.

»Was soll's!«, murmelte sie, als sie sich neben Macciò niederließ.

14

Er hatte sich im Zimmer eingeschlossen und lange in seinen Schätzen gewühlt, vor allem in den Dingen, die den Frauen gehört hatten.

Vorsichtig hob er Celestes Anhänger hoch. Ein silberner Halbmond mit kleinen, glitzernden Kristallen. Er betrachtete ihn ausführlich, ließ die Kette im Licht blitzen und stellte sich dabei Celestes Gesicht vor, auf dem sich blankes Entsetzen und Todesangst spiegelten.

»Warum?«, murmelte er bei sich. Und tröstete sich mit dem lustigen Glitzern des hin und her schwingenden Anhängers.

Maffina hatte Ericas Bericht mit einer Mischung aus väterlichem Stolz und einem seltsamen Verlangen verfolgt, das gewiss nichts mit Vatergefühlen zu tun hatte. Sie sprach konzentriert, ohne sich wichtig zu machen, aber in dem Bewusstsein, dass ihre Worte glaubwürdig und überzeugend waren: Worte, über die man nachdenken, mit denen man arbeiten konnte. Das gefiel ihm so an ihr: die Fähigkeit, sich nicht zu produzieren, zu übertreiben oder in den Vordergrund zu spielen wie viele ihrer Kolleginnen. Für diese hatte Erica den Namen »Soldatin Jane« geprägt und sie belächelte ihre Manie, besser sein zu wollen als die Männer, immer eine Stufe über den Machokollegen stehen zu wollen. Die Soldatinnen Jane präsentierten ihren Schnellziehholster mit übertriebenem Stolz, als seien sie Hauptdarsteller in einem Fernsehkrimi.

Erica hingegen …

Ihre langen, gewellten Haare, ihre weißen Blusen, die

schwarzen T-Shirts, aus denen die BH-Träger hervorschauten, die schmale Taille und der mädchenhafte Torso, obwohl sie beileibe kein Kind mehr war. Im Juli wurde sie dreißig.

Genauso alt wie Celeste Dalton.

Maffina lebte seit Jahren allein, ohne sich als Single zu fühlen, und er hatte nie mit dem Gedanken gespielt, seine geräumige Wohnung aufzugeben (zweihundert Quadratmeter auf drei Ebenen verteilt) und in ein für ihn passenderes Apartment zu ziehen. Im tiefsten Innern hatte er immer noch gehofft, dass Annalisa eines Tages Turin verlassen und nach Genua kommen würde. Dann hätten sie den obersten Stock geöffnet und die kleinen Dachzimmer zu Büros umgewandelt, durch deren Fenster man den Hafen sah. Sie wären viel unter Menschen gegangen und er hätte sich weniger allein gefühlt. Je älter er wurde, desto schwerer lastete die Einsamkeit auf ihm …

›Dummes Zeug‹, dachte er und machte die Wohnungstür zu, die mit einem trockenen Klacken ins Schloss fiel. In der Wohnung roch es nach Wachs und frischen Blumen, ein sicheres Zeichen, dass Assunta zum Putzen da gewesen war, obwohl es nicht ihr Tag war. Er teilte sich die Haushaltshilfe mit Beneventi, auch wenn der Frau diese Kombination nicht besonders zusagte. Sie hatte sich schon mehrmals über Beneventi und seine geradezu krankhafte Unordnung beklagt.

»Es macht einfach keinen Spaß, bei ihm zu putzen«, pflegte sie zu seufzen.

In der Küche war schon der Tisch gedeckt (auch dies eine Angewohnheit Assuntas) und auf dem Herd fand er einen

Zettel mit Anweisungen, was er sich aufwärmen sollte. Auf dem Tisch lag unübersehbar ein langer, flacher Briefumschlag.

»Das habe ich total vergessen«, sagte Maffina ins Telefon. »Ich verstehe selbst nicht, wie das passieren konnte …«

»Halb so schlimm, Maf.« Annalisas Stimme klang gelassen wie immer.

»Und du schaffst es wirklich nicht mehr herzukommen?«

»Wie soll ich das anstellen? Es ist schon sieben … Aber ehrlich, halb so schlimm. Nimm Erica mit und mach dir nichts draus.«

»Und du?«

»Ich schaue mir die Oper im Fernsehen an. Sie wird live übertragen, wusstest du das nicht? Vielleicht sehe ich dich ja sogar. Also zieh dir was Nettes an und mach nicht so ein griesgrämiges Gesicht«, fügte sie glucksend hinzu.

Mit den Eintrittskarten in der Hand rief Maffina Erica an. »Hast du heute Abend schon was vor?«, fragte er.

Sie trug ein schwarzes Kleid, lang und fließend wie ein Seidenunterrock. Die Haare fielen ihr locker über die Schultern und sie hatte sich die Augen geschminkt. Maffina, selbst in einem hellen Anzug mit dunkelroter Krawatte, sah sie fasziniert an. »Du siehst gut aus, so anders als sonst«, sagte er mit einem verlegenen Lächeln.

Erica gab das Lächeln zurück. »Sie sehen auch anders aus«, sagte sie, während sie sich bei ihm einhakte. Eine Weile schienen der Tod und alles Unglück Lichtjahre entfernt. Sie sah sich aufgeregt um und war froh, hier im Theater zu sein, Maffina den Arm zu reichen, sich dann auf ihrem Platz niederzulassen, während die Lichter ausgingen und das leise Stimmengewirr abebbte.

Auch Cristina war froh, mit Alberto im Theater zu sein. Er trug einen nüchternen grauen Anzug, sie ein smaragdgrünes, im Rücken tief ausgeschnittenes Abendkleid.

›Ein schönes Paar‹, dachte sie mit einem schnellen Blick in den Spiegel im Foyer. Alberto schien guter Dinge zu sein und lächelte jedermann mit wichtiger Miene zu.

›Ein erfolgreiches Paar‹, dachte Cristina weiter. Heute hatte sie nichts geraucht und nur Kaffee und Mineralwasser getrunken. Sie fühlte sich großartig und sehr selbstsicher. Sie setzten sich in die vierte Reihe, Mitte; Alberto schaffte es immer, die besten Plätze zu bekommen. Cristina lächelte ihn an und er drückte liebevoll ihre Hand.

In der Pause gingen sie auf die Terrasse und rauchten eine Zigarette. Ein Wind war aufgekommen und Erica fröstelte leicht. Noch ganz in die Geschichte von Violetta und Alfredo versunken, bemerkte sie die Frau in Grün erst, als sie direkt vor ihr stand. Sie sahen sich feindselig an, beide irritiert durch diese Begegnung, die den Verlauf des gesamten Abends in Frage zu stellen schien. Während Erica den Alltag über sich hereinbrechen fühlte, war sie in Cristinas Augen der lebende Beweis für Albertos Untreue.

»'n Abend«, sagte Erica.

»Wen haben wir denn da«, murmelte Cristina mit einem Kopfnicken. Beide sahen sich ratlos an.

»Ich vergöttere die Traviata«, sagte Cristina schließlich.

»Meine Lieblingsoper«, erwiderte Erica.

Sie starrten einander an, immer ratloser.

»Eine schöne Frau«, sagte Maffina und sah abwesend auf die Ampel. »Schön und wahrscheinlich unglücklich. Meinst du nicht?«

»Mir gegenüber war sie ziemlich arrogant.« Aus Ericas Worten sprach eine gewisse Bitterkeit, das Thema nervte sie. Sie wollte über die Oper reden, über die Sänger, das Duett von Germont und Violetta, ihr Lieblingsstück. Doch Maffina zwang sie immer wieder in die bedrückende Realität zurück, die sie in diesem Moment lieber vergessen wollte.

»Dann war Paisano also bei seiner Frau zu Hause, als die Carpi starb?«, fragte Maffina ungerührt weiter. Trotz der späten Stunde stauten sich auf der Via Gramsci die Autos in beiden Richtungen. Die Ampeln blinkten sinnlos und auf dem Bürgersteig hatten die afrikanischen Einwanderer ihre Stände aufgebaut, als sei helllichter Tag. »Hast du noch Zigaretten?«

Sie nickte.

»*Bon*, dann brauchen wir nicht anzuhalten. Du sprachst gerade von Paisano«, beharrte er.

»Cristina Paisano ging es schlecht, eine schlimme Migräne … Sie hat angegeben, dass ihr Mann den ganzen Tag nicht von ihrem Krankenbett gewichen ist. Er habe ihre Hand gehalten und ihr mit einem kalten Waschlappen die Stirn gekühlt. Ein vorbildlicher Ehemann, kurz gesagt.«

»Kann jemand diese Version bezeugen?«

»Nein.«

»Nachbarn, Freunde oder sonst wer?«

»Wenn ich Ihnen doch sage, niemand.«

»Bist du sauer, Erica?«, fragte Maffina, von ihrer ablehnenden Reaktion alarmiert.

Sie betrachtete die Baugruben der U-Bahn. Floss der

Verkehr deshalb so zäh? Sie kurbelte das Fenster herunter und atmete die dicke, nach Teer stinkende Luft ein. »Nein«, erwiderte sie schließlich. »Ich bin nicht sauer.«

Erica zog langsam das schwarze Kleid aus, als fürchte sie, etwas abzulegen, das sie glücklich gemacht hatte. Es war ein sehr schöner Abend gewesen, trotz der Begegnung mit der Paisano.

›Eine faszinierende Frau‹, dachte sie, während sie das Kleid sorgfältig zusammenlegte. Warum hatte ein Mann wie Alberto Paisano sie bloß mit einer so farblosen Frau wie Paola Carpi betrogen? Wie hatten sie sich kennen gelernt? Und wo? Sie rief sich das Gesicht der Carpi ins Gedächtnis. Obwohl der Tod ihre Züge entstellt hatte, hatte man doch noch erkennen können, dass sie nicht gerade eine Schönheit gewesen war: ein breites, plattes Gesicht, die Haare von jener nichts sagenden Farbe, der nicht einmal eine Tönung mehr Ausdruck verlieh.

»Eine sanftmütige und ruhige Person«, hatte der Priester des Zentrums gesagt.

»Warum?«, fragte sie sich wieder, bevor sie in tiefen Schlaf fiel.

15

Obwohl Erica niemals behauptet hätte, in Maffina verliebt zu sein, fühlte sie sich doch von ihm angezogen und ahnte, dass mehr zwischen ihnen hätte entstehen können, wenn sie nur etwas älter wäre und Annalisa nicht ihre Freundin. Manchmal hatte sie Lust, dem Lauf der Dinge etwas nachzuhelfen, plötzlich einer anderen Richtung zu folgen als der vorgegebenen, einmal etwas Irrationales und Verrücktes zu tun. Doch so weit würde es niemals kommen: Sie war viel zu sehr Moralistin, um sich den Konsequenzen einer Affäre mit Maffina zu stellen. Außerdem hatte sie keine Lust auf Sex mit ihm, auch wenn sie an gewissen Abenden, wenn sie einen Tag lang zusammen gearbeitet hatten, wünschte, dass es passieren würde. Einmal hätte sie es ihm beinahe gesagt und vielleicht hatte er ihre Verwirrung gespürt; dann war es wieder vorbeigegangen, schnell und flüchtig, wie es gekommen war.

Auch am Abend zuvor, im Theater, hatte sie dieses Gefühl gehabt. ›Warum eigentlich nicht?‹, hatte sie sich gefragt, als er sie auf die Terrasse begleitet hatte. Es war ein ganz besonderer Abend, an dem alles möglich war. Doch dann war Cristina Paisano aufgetaucht und hatte ihre Fantasien auf einen Schlag vertrieben.

Erica sah zur Decke hoch und konnte sich nicht dazu durchringen aufzustehen. Am liebsten hätte sie sich einen Tag freigenommen, um ans Meer zu fahren, wie zu Schulzeiten einfach einen Tag blaugemacht. Was sie allerdings schon damals nie getan hatte.

»Mist!«, sagte sie und rappelte sich auf. Gerade heute wollte sie nicht zu spät kommen, aber sie brauchte viel zu lange zum Anziehen. Kleider aussuchen, wieder verwerfen, im Spiegel begutachten und sich letztlich doch für die gewohnte Jeans entscheiden.

Der Weg kam ihr heute länger vor als sonst. Die Fahrt von

Val Torbella ins Zentrum war normalerweise eine willkommene Ruhepause zwischen ihr und der Welt: Der Zug eilte gleichmäßig dahin und sie ließ ihren Gedanken freien Lauf … Das war gewöhnlich recht angenehm, nicht aber an diesem Morgen. An diesem Morgen veranstalteten die Gesichter von Paola Carpi und Celeste Dalton ein Höllenspektakel in ihrem Kopf, kamen und gingen, führten wilde Tänze auf. Manchmal schienen sie sich zu entfernen und sie in Frieden zu lassen, doch nur um kurz darauf quälender denn je zurückzukehren.

»Warum?«, fragte sich Erica noch immer.

Im Polizeipräsidium ging sie geradewegs in ihr Büro, ohne sich vorher bei Maffina zu melden. »Ist heute Morgen irgendein Beamter verfügbar?«, fragte sie Lo Pascio.

»Da müsste ich nachschauen. Soll ich?«

»Ich brauche jemanden, der ein paar Angaben zur Carpi überprüft und mit Paisano redet.«

»Du könntest es selbst tun, wir sind gerade etwas knapp mit Personal.«

»Ich muss nach Lavagna fahren. Scheiße, Lopà, nerv mich nicht.«

Er grinste. »Soll ich dich begleiten?«

Doch sie schüttelte schlecht gelaunt den Kopf. »Ich mach das schon«, sagte sie, ohne ihn anzusehen.

Als Lo Pascio stumm auf den Bildschirm starrte, erkannte Erica, dass sie ihn beleidigt hatte. Er war erst seit einigen Monaten Inspektor, sie waren im selben Alter und hatten vorher, als sie noch einfache Polizisten gewesen waren, immer alles zusammen gemacht. Das Büro teilten sie sich, weil Erica nicht gerne allein arbeitete: Sie hatte es mit Pflanzen voll gestellt, er mit Nachschlagewerken und Computerzubehör. Durch die Ritzen der Fensterrollos konnte man den Bahnhof Brignole sehen und, wenn man sich hinauslehnte, sogar ein Fitzelchen vom Meer.

›Meine Welt‹, dachte Erica, ohne zu wissen, ob sie froh oder traurig darüber sein sollte.

Der einfache Beamte Dighero wohnte in einem Bauernhaus zwischen Baldichieri und Asti. Es grenzte an ein Maisfeld und war umgeben von hohen Platanen, die ihren frischen, feuchten Schatten auf den Hof warfen. Etwa einen halben Kilometer entfernt war Paola Carpi ermordet worden … Vielleicht auch etwas weniger, wenn man querfeldein ging. Von seinem Standort aus konnte Pergolizzi den Bahndamm sehen, der ein wenig über die Umgebung hinausragte, und daneben die Staatsstraße nach Turin, die in diesem Abschnitt parallel zur Bahnlinie verlief.

Pergolizzi machte sich zu allem Notizen und fertigte sogar eine Skizze von der Bahnlinie, den Feldern und dem Bauernhaus zwischen den Bäumen an. Er hatte den Wagen hinter einem staubigen Brombeergebüsch abgestellt, unter dem sich wie heidnische Opfergaben dreckige Papierchen, zerknüllte Taschentücher und Fetzen von Alufolie anhäuften. Ein trauriger Ort, den auch das Gezwitscher zweier Amseln auf Nahrungssuche nicht freundlicher machte.

An dem Tag, als Paola Carpi ermordet worden war, hatte Dighero dienstfrei gehabt, war aber dennoch »gerade in der Gegend« gewesen, wie Gatti sich ausgedrückt hatte.

Warum?

»Auch das ließe sich so erklären«, notierte Pergolizzi und schrieb in Großbuchstaben darunter: »D. WOHNT IN DER NÄHE!!!!«

War es wirklich nur ein dummer Zufall? Bei der herrschenden Gluthitze, die jede Bewegung zur Qual werden ließ, wollte Pergolizzi nichts mehr ausschließen: Er hielt sich streng an die Fakten. Und die Fakten besagten, dass der einfache Beamte Dighero Paola Carpi gekannt hatte und von ihr exakt an ihrem Todestag eine E-Mail bekommen hatte.

Seufzend schloss Pergolizzi seinen Notizblock und verstaute ihn wieder in der Innentasche seiner Jacke. Einen Moment sah er den Amseln zu, die plump und zerbrechlich zugleich im Gras herumpickten. Schließlich wurden sie von irgendetwas aufgeschreckt, stoben auf und verschwanden.

Die Mittagssonne brannte erbarmungslos auf den Strand herab, an dem der Sand unter einer endlosen Flucht von Liegestühlen und Sonnenschirmen zu verschwinden schien. Stimmengewirr und Lärm, beharrliches Rufen, wildes Gehupe, noch mehr Stimmen und das einsame Weinen eines Kindes.

Ohne auf das allgemeine Durcheinander zu achten, blickte Erica aufs Meer hinaus und kaute an ihrem Brötchen. Sie saß auf dem kleinen Mäuerchen, das die Parkanlage zum Strand und zur Bahnlinie begrenzte, aß mit Appetit und überließ sich ganz ihren Gefühlen, Gedanken und Eindrücken.

Die Sonne schien warm auf ihre Haut. Sie zog die Bluse aus und saß nun im Unterhemd da. Ihr Blick schweifte über den überfüllten Strand. Hier waren Celeste und Michelino jeden Tag hingegangen: »DA TONI« – DUSCHEN UND LIEGESTÜHLE. Michelino hatte schwimmen gelernt, während Celeste auf ihrer Luftmatratze lag und sich von der Sonne braten ließ wie eine Abhängige im finalen

Stadium. Die Schwimmlehrerin, ein junges Mädchen, konnte sich noch gut an Michelino erinnern. »Ein super Junge!«, hatte sie geseufzt. »Und die Mutter war auch klasse. Echt coole Type, verstehen Sie?« Mehr konnte sie allerdings nicht dazu sagen, weil sie tagsüber voll und ganz mit dem Schwimmunterricht beschäftigt war und abends nach Cravasco zurückkehrte, wo sie wohnte.

Alle in Lavagna wussten von Celestes Tod, aber niemand schien sich an sie zu erinnern.

»Mist!«, fluchte Erica, während sie die Serviette zusammenknüllte und sich unentschlossen umsah. Schließlich machte sie sich auf den Weg ins Zentrum, wo die Bogengänge inmitten der Hitze eine schattige und kühle Insel bildeten. Sie ging zügig und betrachtete die Auslagen, wie Celeste es vielleicht getan hätte. Elegante Kleider, horrende Preise, Handtaschen und Holzpantinen in schreienden Farben. In einem Laden kaufte sie sich ein schwarzes Top und unterhielt sich ein paar Minuten mit der Verkäuferin. Auch sie hatte natürlich von Celeste gehört, konnte sich aber nicht erinnern, sie jemals gesehen zu haben, obwohl ihr Geschäft sich in nächster Nähe zur Pension Fieschi befand.

Celeste und Michelino hatten in Lavagna in der Pension Fieschi gewohnt, eine weiße, zweistöckige Villa inmitten eines kleinen Gartens, in dem der gelbe Rasen in der prallen Sonne vor sich hin vegetierte. Eine freundliche, saubere Unterkunft mit geräumigen Zimmern. Celeste mochte sie sofort und betrachtete zufrieden den Holzfußboden und die blassblauen Weidenmöbel. Ihr Zimmer mit Doppelbett und einem kleinen Bad hatte ein Fenster auf den kleinen Stadtpark hinaus. Was wiederum Michelino gut gefiel. So verbrachte Celeste die letzten vierzehn Tage ihres Lebens damit, in der Sonne zu liegen, Chips und abgepackte Süßigkeiten aus dem Supermarkt zu verzehren und mit dem Sohn die Umgebung Lavagnas zu erkunden. An einem Nachmittag nahmen sie ein Touristenboot und fuhren damit bis Portofino, wo Celeste sich eine blaue Leinentasche und für Michelino eine Matrosenmütze kaufte.

Abends gingen sie zur Uferpromenade, um Musik zu hören. Dort gab es ein Lokal mit Piano-Bar. Sie bestellte Cola mit Rum und Michelino einen Eisbecher. Sie besprachen, was sie am nächsten Tag unternehmen wollten, und Celeste fühlte, dass sie glücklich war. Einmal kamen überraschend Matilde und Fabiana zu Besuch. Beide waren ganz schwarz angezogen und hatten die Haare kurz geschnitten. An diesem Tag gingen sie nach dem Baden und einem Bootsausflug nach Sestri Levante zu McDonald's und lachten wie verrückt über die banalsten Dinge. Sie verhielten sich wie große Kinder und vielleicht waren sie es auch. Celeste trug von Kopf bis Fuß orange, war beneidenswert braun und sah, die Haare von einem Gummiband zurückgehalten, sehr hübsch aus. ›Die hübscheste von allen‹, dachte Michelino immer wieder und war sehr stolz auf seine junge und schöne Mama.

Keiner achtete auf den Mann mit der Sonnenbrille. Ein großer, eleganter Mann in hellem Anzug – ein teures, edles Stück.

Er folgte Celeste seit einigen Tagen, aber sie und das Kind hatten nichts davon bemerkt …

Besonders gern beobachtete er sie am Morgen, wenn sie und ihr Sohn die Straße überquerten und in die Unterführung zum Strand einbogen. Sie hatte schon den Pareo an, den sie immer am Meer trug, das Kind eine Bermudashorts aus Jeansstoff. Manchmal sah er sie dann abends wieder, wenn sie zur Promenade gingen, um Musik zu hören. Sie hatte lange, schlanke Beine, trug kurze Röcke und bauchfreie T-Shirts. Dabei war sie niemals vulgär, hatte ein schönes und trauriges Gesicht, genau sein Geschmack.

Dann war es also doch zu etwas gut gewesen, nach Lavagna zurückzukehren …

Eines Tages folgte er ihr zum Bahnhof und hörte, wie sie zwei Fahrkarten nach Turin kaufte. Da beschloss auch er abzureisen. Seit Tagen war alles bereit …

Auf dem Rückweg nach Genua nahm Erica denselben Zug wie Celeste, den Intercity La Spezia–Turin, und lief den gesamten Zug ab, als könne sie wer weiß welche Entdeckung machen. Ein völlig irrationales Verhalten, das es ihr jedoch ermöglichte, die Wut zu beherrschen, die in ihr kochte. Immer wenn der Zug in einen Tunnel einfuhr, vermied Erica es, aus dem Fenster zu sehen, aus Angst, den Horror jenes Sonntags noch einmal zu erleben.

16

Erica fühlte sich glänzend, als sie aus der Dusche kam. Sauber und nach Kölnischwasser duftend, schlüpfte sie in einen weiten, langen Pullover, schnappte sich ihre Notizen und machte es sich auf der kleinen, nach drei Seiten begrenzten Terrasse bequem. Die übrigen Bewohner des Palazzo nannten diese kleinen Balkone »Loggia« und hatten sie mit Markisen, Pflanzen und allen möglichen Dingen ausgestattet, die auf dem spärlichen Raum Platz fanden. Auch Erica hatte sich anpassen müssen: Das Sonnensegel hatte ein Vermögen gekostet und sie war ernsthaft wütend geworden, als der Hausverwalter ihr untersagt hatte, ihre Wäsche vor dem Balkon aufzuhängen.

»Das ist eine Loggia, das werden Sie doch verstehen.«

Erica hatte es nicht verstanden, hängte aber seitdem ihre Sachen zum Trocknen ins Bad. Im Übrigen lief man draußen sowieso Gefahr, dass der ewige Wind die Wäsche wie bunte Drachen in den Himmel wehte.

Sie sah die dreizehn Stockwerke hinab auf die zu dieser nachtschlafenden Zeit menschenleere Straße und die gelben Lichter der Polizeischule auf der anderen Seite des Parkes. Sie vermisste die Schule, obwohl sie Tag für Tag in den Fitnessraum und auf die Schießbahn ging. Im Schießen hatte sie sich in letzter Zeit enorm verbessert, aber das schnelle Ziehen der Waffe fiel ihr immer noch schwer.

Sie klappte ein paar Vernehmungsprotokolle auf und begann zu lesen.

Maffina saß bei offenen Fenstern mit Blick auf den Glockenturm der Chiesa delle Vigne in seinem geräumigen Wohnzimmer, nippte an einem Chablis und las eine Notiz, die Lo Pascio aus dem Internet gezogen hatte. Es ging um die »maskierten Raubüberfälle« (wie sich der Inspektor ausgedrückt hatte) von 1999.

Serravalle, Villanova, Alessandria, Novi Ligure … Und

dann Cuneo und Savona. Allein genommen unbedeutende Vorfälle, abgesehen von der Besonderheit mit der Maske. Hatte Erica vielleicht Recht, wenn sie die Überfälle und die Morde ein und derselben Person zuschrieb?

Maffina hängte sich ans Telefon. »Lopà, diese Stichpunkte, die du mir zu den Raubüberfällen gegeben hast …«

»Was ist damit, Dottore?«

»Könnte man da zeitlich noch weiter zurückgehen?«

»Schon geschehen. War nichts zu finden.«

»Hast du mit der Bahnpolizei von Cuneo und Savona gesprochen?«

Lo Pascio erklärte herablassend, dass dies das Erste gewesen sei, was er getan hätte. Seine Stimme klang belegt wegen eines allergischen Schnupfens und er saß wohl vor dem Computer, da im Hintergrund das Klappern der Tastatur zu hören war.

»Und was sagen die?«

»Das Übliche: Verstärkung der polizeilichen Überwachung, strengere Kontrollen … Das war's.«

»Hast du mit Erica gesprochen?«

»Ja.« Knapp und bündig.

»Und was hat sie gesagt?«

»Dass sie noch andere Gegenden überprüfen will. Sie ist gerade dabei.«

»*Bon*. Irgendwelche Ergebnisse?«

»Lassen Sie mir etwas Zeit, Dottore. Haben Sie das Interview über Michelino Dalton gelesen?«

»Noch nicht.«

»Es liegt bei den anderen Unterlagen, um die Sie mich gebeten hatten. Wenn es sonst nichts mehr gibt, würde ich dann gern mit meinen Recherchen weitermachen.«

AUTISMUS: EIN WEITGEHEND UNERFORSCHTES LEIDEN

Der Kinderpsychologe Simeoni im Gespräch mit unserem Reporter

Professore, ist es zulässig, im Fall von Michelino Dalton von Autismus zu sprechen?

Die Anwendung dieses Begriffs erscheint mir in diesem Fall etwas übertrieben, wobei man natürlich berechtigterweise darauf spekulieren kann. Ich persönlich möchte jedoch lieber von elektivem Mutismus sprechen.

Lassen Sie uns kurz beim Autismus bleiben. Stimmt es, dass es sich dabei um eine unheilbare Krankheit handelt?

Unheilbar würde ich nicht sagen. Die Literatur kennt diverse Fälle, in denen sie sich, sagen wir mal, positiv entwickelt hat. Das hängt selbstverständlich von der Art und Schwere des auslösenden Traumas ab.

Dann sind Sie also ein Verfechter der Traumatheorie?

Ich halte es mittlerweile für erwiesen, dass es sich bei Autismus um einen Verteidigungswall handelt, den das Individuum zum Schutz vor der Welt um sich errichtet. Je feindlicher die Welt sich ihm präsentiert, desto stärker zieht es sich in sich selbst zurück, hört auf zu reden, verweigert in manchen Fällen die Nahrungsaufnahme, reduziert sämtliche Körperfunktionen auf ein Minimum.

Und dies geschieht bei Michelino gerade, oder?

Mehr oder weniger, wobei mein Eindruck ist, dass die autistischen Züge in seinem Fall sehr gering ausgeprägt sind.

Können Sie das näher erläutern?

Michelino spricht zwar nicht, aber er entwickelt sich

auch nicht zurück. Das kann ohne weiteres noch passieren, das will ich nicht leugnen, aber bisher sind noch keine eklatanten Krankheitssymptome aufgetreten.

Dann würde man bei Michelino also eher von einer Art Mutismus reden?

Genau, dieser Begriff scheint mir wesentlich angebrachter.

(*La Stampa* vom 3. Juli 2000)

Maffina hatte das Kind noch am Tag der Tragödie selbst gesehen. Ein mageres, braun gebranntes Kerlchen mit kurzen, dunklen, samtweichen Haaren. Ein hübscher Junge. Er kauerte in sich selbst versunken in einer Ecke und zitterte fiebrig. Seine Augen waren matt und ausdruckslos. Maffina erinnerten sie an die Augen eines Blinden.

»In diesem Moment ist es tatsächlich fast so, als wäre er blind«, hatte der Arzt gesagt. Dann hatte er den Kommissar kalt angesehen. »Sie wissen hoffentlich, dass Sie jetzt *nicht* mit dem Kind reden können, oder?« Die Betonung hatte auf dem »nicht« gelegen, und Maffina hatte sich jede Erwiderung gespart.

Dann war Erica gekommen und gemeinsam, Seite an Seite, Wut an Wut, hatten sie zugesehen, wie Michelino in einen hypnotischen und fiebrigen Schlaf fiel.

Erica las noch einmal die Zeugenaussage des Schaffners Damiani. Sie wusste selbst nicht, was sie suchte, und ging doch immer wieder stur das Protokoll durch.

War sie wegen Michelino so unruhig? Wegen seines abwesenden, leeren Blickes? Was hatte das Kind gesehen? Das Gesicht des Mörders oder vielleicht eine entstellende

Maske, die sich monströs und zornig gegen die Mutter wandte?

Erica stellte sich den Tunnel vor und das winzige Licht in der Ferne, das wie ein leuchtender Punkt sein Ende markierte. War es dieses Licht gewesen, auf das Celeste zugelaufen war?

Und wohin war der Mörder verschwunden? Und warum hatte er sich ausgerechnet in *diesem* Zug befunden?

Erica war überzeugt, wenn sie die Antworten auf diese Fragen finden würde, hätte sie das Geheimnis um Celestes Tod zumindest teilweise gelüftet.

An dem Genua zugewandten Ausgang des Tunnels führte eine Treppe über die dicke Einfassungsmauer zur Küstenstraße Aurelia. Hier gab es viele Gärten, die hinter hohen Mauern, Glyzinien und dicht belaubten Bäumen versteckt lagen. Hatte der Mörder sich dort seinen Weg gesucht? Erica war so gut wie überzeugt davon, und auch, dass er auf diesem kurzen Weg niemandem begegnet war.

Und von der Aurelia aus? Hatte er den Überlandbus genommen? War er getrampt? War er zum nächsten Taxistand gelaufen oder einfach zum Bahnhof zurückgekehrt, um dort in den erstbesten Zug zu steigen? Die Bahnpolizei war nicht sofort alarmiert worden, eine gute halbe Stunde war vergangen, bevor sie den Verkehr gestoppt hatte: In der Zwischenzeit waren zwei Züge durchgefahren, ein Güterzug und der Lokalzug nach La Spezia. Der Güterzug war am Bahnhof von Bogliasco angehalten worden, während der Lokalzug weiterfuhr, vielleicht mit dem Mörder an Bord. Wieder musste sie über die Parallelen zu dem Mord an Paola Carpi staunen. Wie hatte Inspektor Pergolizzi noch gesagt? Für den Mörder war es ein Leichtes gewesen, aus dem Zug auszusteigen, die Straße zu erreichen und innerhalb weniger Minuten zu verschwinden …

Das Klingeln des Telefons riss sie aus ihren Gedanken.

»Hast du schon Pläne für morgen?«, fragte Maffina.

Erica betrachtete die Lichter der Schule und wünschte, Maffina wäre hier bei ihr.

»Bist du noch dran, Erica?«

»Ich habe mich keinen Millimeter wegbewegt.«

»Was hast du morgen vor?« Leicht genervter, herrischer Unterton.

Erica schilderte ihm ausführlich den nächsten Tag. »Nach Asti wollte ich auch noch, mit Lopà.«

»Nach Asti? Mit Lopà? Warum das denn?«

Das wusste sie selbst nicht, doch sie ahnte, dass sie nur so ihren Groll würde zurückhalten können, der sie zu überfluten drohte wie ein Hochwasser führender Fluss seine Ufer.

»Bist du sicher, dass das eine gute Idee ist?«

»Nachforschungen in alle Richtungen ohne geografische Beschränkung … So hat sich der Polizeipräsident doch ausgedrückt, oder?«

»Das meinte ich auch nicht …«

Ericas Puls wurde schneller. Sie löste ihre Haarspange und schüttelte den Kopf hin und her.

»Ich hatte Lopà eigentlich bei mir im Polizeipräsidium eingeplant, damit er mir mit dieser Recherche hilft, weißt du?«

Erica beendete das Gespräch kurz angebunden. Während sie das Gefühl hatte, dass ihre Beziehung zu Maffina immer mehr zu einer Parodie von *Was vom Tage übrig blieb* verkam, ging sie wieder in die Wohnung und legte sich, ohne ihren

Schlafanzug anzuziehen oder die Zahnseide zu benutzen, ins Bett.

»Heute war noch einmal die Polizei da«, sagte Cristina, während sie mit großer Vorsicht das Fleisch zerteilte. Sie wollte nicht, dass Alberto merkte, wie ihre Hände zitterten.

»Die Polizei? Warum das denn?«

Sie sah ihn kalt an. »Du weißt ganz genau, warum. Sie haben sich wegen Sonntag erkundigt, diesem besagten Sonntag«, erklärte sie mit besonderer Betonung auf den letzten zwei Wörtern.

»Und du?«

Cristina legte die Gabel auf den Teller. »Was, und ich? Ich war krank, das weißt du doch.« Sie sah ihn misstrauisch an, hielt aber Albertos Blick nicht lange stand. Sie schluckte die Tränen hinunter und begann lustlos zu essen.

›Vielleicht muss ich sterben‹, hatte Cristina gedacht. Niemals war ein Trip so schrecklich gewesen wie dieser.

»Was soll das? Willst du dich umbringen?«, schrie Alberto, als er sie in diesem Zustand fand. Er hatte ihr eine Adrenalinspritze gegeben und sich dann zu ihr auf die Bettkante gesetzt und gewartet, bis es ihr besser ging.

Keuchend und hustend war sie ins Leben zurückgekehrt, wie eine Ertrinkende, die im letzten Augenblick aus dem Wasser gezogen wird. Dann war sie wieder bei sich, ihr Blick nahm die eisgraue Tapete des Zimmers wahr, auf die die Sonne ihre hellen Flecken warf. Nebenan saß Alberto vor dem Fernseher. Irgendwann, es mag sechs Uhr abends gewesen sein, hatte er sie gefragt, ob sie etwas wolle. Vielleicht einen Tee oder einen frisch gepressten Orangensaft. Sie hatte den Kopf geschüttelt.

»Ich möchte, dass du hier bei mir bleibst«, hatte sie mühsam hervorgebracht, bevor sie wieder bewusstlos geworden war.

Warum hatte er ihr nichts erzählt? Warum hatte er ihr verschwiegen, dass auch er Besuch bekommen hatte?

Der Polizist schielte leicht auf einem Auge, stellte aber sehr geschickte Fragen. Zum Glück hatte er ihn nicht über Cristina ausgefragt und ihr Unwohlsein, sondern sich einzig und allein für Paola interessiert.

Wann hatten sie sich kennen gelernt?

Bei welcher Gelegenheit?

Wie lange hatte ihre Beziehung gedauert?

Er beantwortete die Fragen ruhig und unbeteiligt.

Wir haben uns vor ein paar Jahren kennen gelernt, genau am 6. November 1998.

Paola Carpi war eine Patientin von mir, natürlich ... Nein, normalerweise bändele ich nicht mit Patientinnen an, aber mit Paola war es anders. Ich hatte sie gern, verstehen Sie? Na ja, die Dinge ändern sich ... Die Geschichte zwischen uns ging zu Ende, weil sie zu Ende gehen musste, verstehen Sie?

Wie in diesem Lied von Gino Paoli, hatte der Polizist gesagt und dabei sein rechtes Auge durch das Zimmer schweifen lassen, als hätte er die Nase voll von solch abgeschmackten Reden.

Warum hatte er Cristina nichts von diesem Besuch erzählt?

An diesem Abend wartete der einfache Beamte Dighero, bis Pergolizzi und Gatti weg waren, dann erst schaltete er den Computer an. Eine kleine Lampe warf ihr Licht auf die Tastatur und er arbeitete in völliger Stille, jedes Geräusch vermeidend, das seine Anwesenheit hätte verraten können. Er verzichtete sogar darauf zu rauchen, aus Angst, Pergolizzi würde am nächsten Morgen den Zigarettengestank bemerken. Eine überflüssige Vorsichtsmaßnahme, da Gatti ja auch rauchte …

Dighero saß etwa eine Stunde vor dem Bildschirm, öffnete und schloss Dateien, klickte sich in nicht geschützte Dokumente ein und forschte überall nach persönlichen Spuren, die er eventuell hinterlassen haben könnte. Er prüfte den Posteingang, fand jedoch nichts außer zwei Rundschreiben zur Sicherheit in Bahnhöfen und Zügen, deren Lektüre er sich sparte und die er ließ, wo sie waren. Als er ging, fühlte er sich ruhiger, so dass er sogar zwei deutschen Frauen zulächelte, die am Bahnsteig auf den Zug warteten und sich lautstark miteinander unterhielten.

17

Wecker, Handy und Telefon begannen alle auf einmal zu klingeln, als gäben sie ein Konzert. Erica machte den Wecker aus, warf einen Blick auf das Handydisplay (es war ihre Mutter, die konnte warten) und nahm den Hörer ab.

»Hast du noch geschlafen?« Lo Pascio klang wie der Großinquisitor persönlich.

»Wie viel Uhr ist es?«

»Sieben.«

»Verflucht, Lopà, konntest du nicht ein bisschen später anrufen? Ich fühle mich völlig zerschlagen. Wie auf dem Totenbett.«

»Die ersten Ergebnisse der Dalton-Autopsie liegen vor. Hier ist ein Benachrichtigungsfax angekommen. Ich dachte, das interessiert dich. Was machen wir jetzt? Sollen wir sie persönlich abholen? Oder jemanden hinschicken?«

»Wie bist du unterwegs?« Erica kratzte sich am Kopf.

»Mit dem Motorrad. Soll ich dich abholen?«

»Geht es in einer halben Stunde?«

»*No problem.*« Lo Pascio hatte schon aufgelegt, bevor sie noch etwas sagen konnte.

Barfuß und ungekämmt verzehrte Erica eine Portion Müsli mit Milch, während sie aus dem Fenster auf Val Torbella hinabsah. Während sie überlegte, ob sie tatsächlich mit Lopà nach Asti fahren oder doch besser in Genua bleiben sollte, betrachtete sie, wie das blendende Licht des Morgens sich über den Dächern ausbreitete. Mühsam riss sie sich von dem Anblick los und wurde sofort vom Alltag aufgesogen: waschen, anziehen, dem Drachen lächelnd und in Spitzenbluse entgegentreten.

»Ich bin ja verrückt«, sagte sie laut zu sich selbst. Als sie das Haus verließ, trug sie tatsächlich eine schwarze Spitzenbluse, die kokett den Bund ihrer Jeans umspielte.

Lo Pascio wartete schon auf sie, war mit einem Auge in die Zeitung vertieft und tippte gleichzeitig eifrig auf seinem Handy herum. Sie fühlte eine Regung in sich aufsteigen, wie der Anflug eines Gedankens, ein Blitz, der kurz aufleuchtete, um sofort wieder zu verblassen.

Die Abteilung der polizeilichen Spurensicherung belegt einen ganzen Flügel im ersten Stock der Kaserne in der Via dei Mille, mit einer langen Reihe von Zimmern, deren Anlage eher an Universitätslaboratorien erinnert als an Orte, an denen Verbrechen aufgeklärt werden. Weiße, weite Räume mit grauem Linoleum und Rollos vor den Fenstern, die für ein gedämpftes, angenehmes Licht sorgen. Doch die vielen Fund- und Beweisstücke, die in ordentlichen Reihen auf den Regalen angeordnet sind, machen aus den Räumen kalte Leichenkammern.

›Schrecklich morbid‹, fand Erica, als sie die Innereien einiger Gläser näher betrachtete.

Die Leiterin der Abteilung war um die fünfzig, klein, mit einem Lockenkopf, der erste Ansätze grauer Haare zeigte. Sie lächelte die zwei Beamten herzlich an und erkundigte sich sofort nach Maffina. »Ich habe lange nichts von ihm gehört. Geht es ihm gut?« Sie schien ein wenig enttäuscht zu sein und Erica spürte einen kleinen Stich der Eifersucht.

Die Frau, die Teresa Ricci hieß, führte sie in eine Kammer, in der sich ein Elektronenmikroskop und ein Computer den knapp bemessenen Raum teilten. An einer fensterlosen Wand stand ein weiß gekachelter Tresen.

»Mein Reich«, sagte die Ricci wenig originell. Sie sprach mit dem typischen Akzent der Genueser Oberschicht und spielte unentwegt mit einer Bernsteinkette, die unter ihrem Kittel hervorschaute. Die Haare wurden von einer Stricknadel zusammengehalten, was nicht so recht zu ihrem übrigen Outfit passen wollte, doch Erica umso sympathischer war. Sie betrachtete die Frau mit etwas mehr Wohlwollen.

»Wollen Sie wissen, was ich entdeckt habe?«, fragte die

Frau. Ohne eine Antwort abzuwarten, sprach sie mit einer gewissen Affektiertheit weiter. »Die Partikel, die unter dem Fingernagel der Dalton gefunden wurden, waren zwar minimal, hielten aber nichtsdestotrotz einige hübsche Überraschungen für uns bereit ... Und mittlerweile konnten wir sogar noch mehr Material entdecken.«

»Relevantes Material?«

»Vor allem Spuren von Eisen und Erde. Das passt doch in das Unfallszenarium, oder?« Wieder schien sie keine Antwort zu erwarten. »Ich muss gestehen, dass die Kollegen aus Turin uns auf die Sprünge geholfen haben. Ihnen ist es zu verdanken, dass wir sofort ins Schwarze getroffen haben. Wir wussten, wonach wir suchten, verstehen Sie? Ich habe einige Objektträger vorbereitet, wenn Sie einen Blick darauf werfen möchten?«

Lo Pascio und Erica wehrten mit einem höflichen Lächeln ab.

»Schade. Das Elektronenmikroskop hält immer hübsche Überraschungen bereit, wenn man sich damit auskennt ... Also, Tuma hat durchaus richtig gesehen: Die Partikel stammen von einer Latexart, sehr weich und geschmeidig. Die Turiner Kollegen sind zu derselben Einschätzung gekommen.« Teresa Ricci schob sich eine widerspenstige Locke zurück. »Wenn Sie an etwas Bestimmtes gedacht hatten, wie zum Beispiel eine Maske oder so etwas, dann haben wir hier sozusagen den Hauptgewinn.«

Erica fragte sich, wie jemand so arrogant und banal zugleich sein konnte.

»Es war Latex«, verkündete Lo Pascio knapp, ohne eine Begrüßung oder sonstige Umschweife.

Maffina seufzte. »Wisst ihr schon, ob es dasselbe Material ist wie das, das bei der Carpi gefunden wurde?«

»Dazu müssten wir in Turin anrufen oder auf dem Weg nach Asti dort vorbeifahren.«

Schon wieder diese Geschichte mit Asti! Maffina musterte Lo Pascio kritisch. »Man müsste auch mit dem Pathologen von Alessandria sprechen, wenn wir schon dabei sind, und vor allem weniger im Konditional reden, wenn es genehm ist. Müsste, könnte …«

Erica löste sich die Haare. »Mit dem Pathologen von Alessandria?«

»Du selbst hast doch die These in die Welt gesetzt, dass es eine Verbindung zu diesem Dallorto gibt … Wie nennst du den Fall noch?«

Sie musste gegen ihren Willen lächeln. »N-E-F.«

»*Bon*. Im Übrigen bist du nicht allein mit solchen Spekulationen … Der Inspektor von Asti beispielsweise ist mit von der Partie.«

»Pergolizzi? In der Versammlung hat er aber nichts davon verlauten lassen.«

»Dann muss er es sich wohl anders überlegt haben. Auf jeden Fall spielt er mit der Möglichkeit, dass der Fall Dallorto Teil der Ermittlung ist. Haltet euch also ran, mit dem Konditional kommt man nämlich nicht sehr weit.«

Erica blickte ihn erstaunt an, sagte aber nichts. Sie sah traurig aus und Maffina fragte sich, was mit ihm los war. Warum ärgerte er sich über sie?

»Ich bin so weit«, sagte Erica und packte ihre Sachen zusammen. Mechanisch prüfte sie, ob ihre Waffe in der Handtasche lag. »Können wir, Lopà?«

Er war mit einem ganz üblen Gefühl aufgewacht. Verschwitzt und benommen hatte er gewartet, bis der Schlaf sich verzogen hatte, und war dann in den Garten hinuntergegangen, wo sich das Gras unter dem Gewicht des Taus bog und ein süßer Duft in der Luft lag wie in dem Gedicht von Keats.

Der Morgen war noch fern; nur ein vager Lichtschein dämmerte hinter der Reihe von Platanen auf. Seine ganze Einsamkeit ergriff von ihm Besitz wie eine Krankheit.

Noch nie im Leben war er so unglücklich gewesen. Er ging ins Haus zurück und wühlte in dem Rucksack von Roberta Direnzo. Ein kleines Mädchen, dachte er, mit dem Bild vor Augen, wie er sie im vergangenen Jahr gesehen hatte. Ein kleines Mädchen, das Fingernägel kaute und mit runder Kinderschrift etwas in seinen Taschenkalender schrieb.

Er musste sie unbedingt wiedersehen.

18

An sämtlichen Fenstern des Ospedale Nuovo von Alessandria waren die Sonnensegel heruntergefahren, auf dem Vorplatz glühten ein paar Autos in der Hitze. Das Gebäude lag etwas versetzt zur Staatsstraße, die tiefer im Tal jenseits der oleandergesäumten Allee vorbeiführte. Von der Straße klang ein dumpfes Rauschen herauf, während in der Nähe eine Zikade ihren durchdringenden Gesang angestimmt hatte.

»Meinst du, ich brauche die Diebstahlsicherung?«, fragte Lo Pascio. Sein neues Motorrad, ein japanischer Bolide, fast so breit wie ein Kleinwagen, glänzte in der Sonne.

Erica zündete sich schweigend eine Zigarette an und bereute schon, sich nicht dünner angezogen zu haben. Schnell schlüpfte sie aus der Windjacke und band sie sich um die Taille.

»Du hast deine Dienstwaffe wohl nie dabei, was?« Lo Pascio schien sich in seiner Jacke und Hose aus leichtem Stoff pudelwohl zu fühlen. Er selbst trug die Waffe unter der Achsel, wie es sich für einen harten Burschen wie ihn gehörte.

Erica klopfte mit einer Hand auf ihre Tasche, woraufhin er zweifelnd den Kopf schüttelte.

»Ich habe die Autopsie um den 20. Februar herum durchgeführt«, sagte der Pathologe mit Blick in einen Kalender. »Ja, hier, genau am 19. Das war ein Montag. Brauchen Sie den Befund?« Mit besorgter Miene sah er mal Erica, mal Lo Pascio an.

»Den kennen wir bereits, den Befund.« Aus Ericas Stimme sprach eine Härte, die den Arzt verwundert die Stirn runzeln ließ.

»Sie sprachen von Selbstmord, wenn ich mich nicht irre.«

»Das stimmt nicht ganz. Ich habe lediglich festgestellt, dass dies eine der möglichen Varianten ist. Wenn ich ehrlich sein soll, habe ich ganz allgemein von dem Unglücksfall gesprochen.« Er musterte die beiden Polizisten immer besorgter. »Gibt es Probleme? Habe ich etwas übersehen?«

Erica lächelte ihm zur Beruhigung freundlich zu. »Aber nein, wir wollten nur Ihre persönliche Einschätzung hören.«

Der Doktor entspannte sich. »Das war meine erste wichtige Autopsie«, bekannte er mit einem schüchternen Lächeln. »Deshalb bin ich so sorgfältig wie möglich vorgegangen. Die Leiche war in einem ganz schlechten Zustand. Ich schätze, dass sie mindestens einen Monat im Freien gelegen hat.« Er erklärte, Teile der Leiche seien bereits von Tieren angefressen gewesen. »Vielleicht streunende Hunde, wer weiß. Die Kleider waren stark mit der Haut verklebt.«

»Haben Sie denn nicht daran gedacht, den Stoff analysieren zu lassen?«

»Das gehörte nicht zu meinem Auftrag«, rechtfertigte sich der Mediziner. Dann leuchteten seine Augen auf. »Ich müsste aber noch ein Stückchen davon haben. Wollen Sie mit ins Labor kommen?«

Das Labor lag über den Leichenkammern. Erica fand, dass es gut ausgestattet und angenehm kühl war.

»Hier ist es!«, sagte der Pathologe triumphierend. Er hielt ihnen eine Petrischale hin, auf der ein schwarzer und verklebter Klumpen in einer Buin'schen Lösung lag. »Gewebeproben der Kleider«, erklärte er zufrieden. »Lassen Sie sich nicht von der Farbe in die Irre führen. Ursprünglich war der Stoff wohl heller, wahrscheinlich grau. Was Sie hier sehen ist Blut, Schlamm und anderer Schmutz.«

»Können wir das mitnehmen?«

»Warum nicht? Ich habe es extra aufgehoben. Wonach suchen Sie denn?«

»Nach Latexpartikeln.«

Der Arzt seufzte. »Da werden Sie nichts finden, fürchte ich«, meinte er bedauernd. »Es war nicht ganz einfach, den Stoff abzulösen, denn wie gesagt war er völlig mit Haut und Knochen verschmolzen.« Außerdem, fügte er hinzu, sei alles, was von den Kleidern übrig war, in den Verbrennungsofen gewandert. »Das ist so üblich. Die Proben senden wir zur Analyse nach Genua oder Turin, manchmal, bei einem wirklich komplizierten Fall, auch zu den Spezialisten der RIS nach Parma, und alles Übrige wird verbrannt.«

»Dann wurde das bei Dallorto ebenso gemacht?«

»Da lagen uns von keiner Seite Anfragen vor. Auch nicht vom Richter.«

»Und die persönlichen Habseligkeiten?«

Der Arzt hob in einer hilflosen Geste die Arme. »Dazu kann ich nichts sagen, tut mir Leid. Ich kümmere mich lediglich um die Autopsie.«

Maresciallo Battaglia von den Carabinieri in Alessandria sagte, er habe mit diesem Besuch gerechnet. »Sie sind ja keineswegs die Ersten. Ich habe auch schon mit Inspektor Pergolizzi gesprochen.«

Sie saßen in einem großen, mit Karteikästen und Schreibtischen voll gestellten Raum, in dem sie im Augenblick allein waren. Trotz Battaglias scheinbarer Herzlichkeit und seiner leutseligen Begrüßung blieb sein Blick eisig. Er sah Erica etwas von oben herab an. »Wie kommt es, dass eine Hauptkommissarin aus Genua sich persönlich um diesen Dallorto kümmert?«

»Ich bin auf der Suche nach möglichen Parallelen zum Fall Dalton, der in meinen Zuständigkeitsbereich fällt«, erwiderte sie mit besonderer Betonung auf den letzten Worten. »Vor einigen Tagen hatten wir deswegen ein gemeinsames Treffen, wie Sie sicherlich wissen.«

»Meine Leute haben mich natürlich über die Versammlung unterrichtet. Wenn ich mich nicht irre, wurde Dallorto allerdings bei dieser Gelegenheit nicht erwähnt, oder?« Der Maresciallo wandte sich dabei an Lo Pascio und überging Erica geflissentlich.

Sie ließ sich nicht aus der Ruhe bringen und zündete sich höflich lächelnd eine Zigarette an, während das Ringbuch aufgeschlagen auf ihren Knien lag. »Sie irren sich nicht, dennoch …«

Battaglia sah in eine Akte. »Hier«, fiel er ihr ins Wort und tippte mit dem Finger auf eine Seite. »Hier steht alles drin: Vernehmungsprotokolle, Obduktionsbefund, die Rekonstruktion des möglichen Unfallhergangs. Eben alles. Wir wollten den Fall schon zu den Akten legen, aber nach allem, was passiert ist, haben wir die Ermittlungen wieder aufgenommen.«

Erica musste sich ein Grinsen verkneifen. »Wer hat die Leiche identifiziert?«

»Eine Angehörige aus Voghera. Es war nicht ganz einfach, so wie die Leiche aussah. Aber Dallorto fehlte von Geburt an ein Fingerglied. An diesem besonderen Kennzeichen konnte er identifiziert werden.«

»Und wie weit sind Sie jetzt?«

»Dottoressa, ich möchte offen zu Ihnen sein. Wir halten die Selbstmordvariante immer noch für die wahrscheinlichste. Wir wissen nicht einmal, in welchem Zug Dallorto saß … vorausgesetzt natürlich, er war überhaupt in einem Zug.«

»Konnten Sie das denn nicht über den Fahrkartenschalter herausfinden?«

»Wissen Sie, wie viele Bahnhöfe es zwischen Genua und Turin gibt? Er könnte überall zugestiegen sein.«

»Und bei den persönlichen Gegenständen war nichts dabei?«

Battaglia brach in Gelächter aus. »Was denn für persönliche Gegenstände? Sie machen sich offensichtlich kein

Bild, wie die Leiche aussah. Die Ausweispapiere sind nur deshalb erhalten geblieben, weil sie sich in seiner Brieftasche befanden.«

Hartnäckig fragte Erica weiter. »Und anderes haben Sie in der Brieftasche nicht gefunden? Was weiß ich … eine Eintrittskarte etwa, oder einen Brief. Solche Sachen eben, die man normalerweise in Brieftaschen aufbewahrt.«

»Dottoressa, Sie können mir glauben. Auf dieser Fährte werden Sie nicht weiterkommen.«

Erica schüttelte den Kopf, wagte aber keine Erwiderung mehr.

Battaglia hatte außerdem bereits beschlossen, das Gespräch an diesem Punkt zu beenden, war aufgestanden und reichte ihr mit einem förmlichen Lächeln die Hand. Von ihm würden sie nichts mehr erfahren.

An einer Raststätte auf der Autobahn Turin – Genua aßen sie eine Kleinigkeit zu Mittag. Erica knabberte abwesend an einem belegten Brötchen, die Augen auf den nicht abreißenden Strom vorüberfahrender Autos gerichtet. Ohne zu reden, ohne zu lächeln, nur gelangweilt kleine Stücke abbeißend.

»Was machst du denn für ein Gesicht?«, fragte Lo Pascio. »Von Battaglia war nicht viel zu erwarten, das wusstest du doch.« Er kramte sein Handy hervor. »Ich guck schnell mal, ob ich Anrufe habe.«

»Lass dir Zeit.« Wieder überkam sie diese merkwürdige Unruhe vom Vormittag, wie eine Tür, die in einem entlegenen Teil ihres Gehirns aufging. »Das Handy von der Carpi!«

»Ja?«

»Was glaubst du, wo es hingekommen ist?«

»Wenn es in ihrer Handtasche war, hat es wahrscheinlich der Mörder genommen, vermute ich.«

»Genau das vermute ich auch.« Erica griff nach Zigaretten und Feuerzeug. »Können wir, Lopà?« Jetzt war sie wieder wach, aktiv, strahlend.

Paola Carpis Schwester ließ sie nicht einmal eintreten. »Ich heiße Dorina«, sagte sie. »Ein häufiger Name in Pavia.« Sie sah die zwei Polizisten mit abweisender Miene an. Das Licht des frühen Nachmittags verlieh ihrem Gesicht einen herrischen Ausdruck.

Verlegen und schwitzend warf Erica Lo Pascio einen vielsagenden Blick zu.

»Paola ist tot«, sagte Dorina plötzlich. »Und Sie haben immer noch nichts unternommen. Das hab ich denen von Turin auch schon gesagt … So vergeht die Zeit und sie gerät schon in Vergessenheit.«

»Es tut mir sehr Leid, Signora. Wir tun unser Möglichstes.«

»Natürlich, kann ich mir vorstellen …«

»Es tut mir wirklich Leid.«

Dorina zeichnete mit dem Fuß Schnörkel in den weißen, dichten Staub, der kurz aufwirbelte und dann wieder zu Boden sank.

»Ich habe zu tun«, sagte sie, ohne aufzusehen. »Und ich glaube nicht, dass Sie hier sind, um sich zu entschuldigen. Wenn Sie also irgendwelche Fragen an mich haben, dann stellen Sie sie jetzt, damit wir es hinter uns bringen.« Wieder Schnörkel, wieder kleine Staubwirbel.

»Kennen Sie Alberto Paisano?«, fragte Erica spontan.

»Den Zahnarzt?«

»Genau den.«

Dorina machte eine vage Handbewegung. »Lassen Sie uns in den Schatten gehen«, sagte sie dann mit etwas weicherer Stimme.

»Von einem verheirateten Mann hast du nicht das Geringste zu erwarten, glaub mir. Verheiratete Männer kehren am Ende immer zu ihrer Frau zurück. Früher oder später kehren sie zurück«, sagte Dorina lapidar. Sie schaltete einen Gang zurück und fluchte leise.

Neben ihr saß in angespannter Haltung Paola, die Hände im Schoß vergraben und die Knie aneinander gepresst, und starrte auf die Straße, die sich den Hügel hinaufschlängelte. In zahlreichen Kurven wand sie sich durch das helle Grün der Wiesen und die dunkleren Schatten der Wälder, als wolle sie niemals enden. Hin und wieder tauchte ein Haus auf, ein Kirchturm oder ein landwirtschaftlicher Betrieb.

»Hör auf mich«, wiederholte Dorina. »Es hat einfach keinen Sinn, sich mit einem verheirateten Mann einzulassen.«

Paola errötete sichtlich.

»Denn letztlich hat immer er das Messer griffbereit im Ärmel stecken, wenn du verstehst, was ich meine.«

Paola schüttelte den Kopf. »Ich mag ihn aber«, flüsterte sie und errötete noch mehr. Sie hatte einen Augenblick an Albertos Hände denken müssen, die ihren Körper erforschten und ihr solchen Genuss bereiteten. Wieder wurde sie rot und drehte sich zum Fenster, um ihre Verlegenheit zu verbergen. Olivenhaine hatten nun die Wälder abgelöst und Paola spürte die Magie dieser einsamen Hänge, die einander so ähnlich sahen, dass man glauben konnte, durch ein endloses, sich ewig wiederholendes Labyrinth zu fahren. »Ich mag ihn sehr«, murmelte sie noch einmal und holte kurz Luft.

»Paola war naiv, ein unschuldiges Nönnchen«, sagte Dorina und schenkte Kaffee aus. »Sie glaubte jeden Quatsch, den man ihr erzählte ... Und in Alberto war sie so richtig verschossen, bis über beide Ohren.«

»Haben Sie deswegen an jenem Nachmittag miteinander gestritten?«

Ein paar Tropfen Kaffee landeten auf der Tischdecke. »Aber nein!«, rief Dorina irritiert aus. »Da war die Sache mit Alberto ja schon Monate vorbei ...«

»Wegen was dann?«

Dorina hielt Ericas Blick würdevoll stand. »Wegen nichts. Wegen irgendwelcher Kleinigkeiten, wie das eben so ist zwischen Schwestern. Da ergibt ein Wort das andere und am Ende weiß keiner mehr, wie es angefangen hat. Man verstrickt sich in einem Netz aus ›wenn‹ und ›aber ich‹ und ›aber du‹ ...« Sie unterbrach sich und sah Erica mit einem kleinen Lächeln an. »Oder haben Sie etwa noch nie gestritten?«

Erica erwiderte das Lächeln. »Aber natürlich!«

»Dann verstehen Sie das ja sicher. An jenem Nachmittag war Paola wie besessen. Ich hatte den Eindruck, sie machte das absichtlich, um mich zu provozieren, ich hatte sie noch nie so erlebt. Als sie dann ging und die Tür hinter sich zuknallte, war ich geradezu erleichtert. Sie hatte es so eilig, dass sie sogar den Computer anließ.«

»Könnte ich bitte einen Blick darauf werfen?«

Dorina nippte weiter an ihrem Kaffee. »Was das bringen

soll! Ich habe auch schon in den Computer geschaut und nichts gefunden! Aber kommen Sie nur, ich gehe vor.«

Paola Carpis Zimmer war recht geräumig und wirkte eher wie ein Büro als wie ein Schlafzimmer: Bücher überall, diffuse Unordnung, ein großer Schreibtisch mit einem alten Computer und einem noch älteren Drucker.

»Völlig überholtes Modell«, war Lo Pascios trockener Kommentar.

»Gibt es ein Passwort?«, erkundigte sich Erica.

Dorina schüttelte den Kopf.

»Das macht es einfacher ... Lopà, er gehört dir.«

In den Computer anderer Leute zu schauen war etwa so, wie an einem Beichtstuhl zu lauschen, fand Lo Pascio. In der unendlichen Weite seiner Dateien konnte man die unmöglichsten Dinge entdecken ... Schon an der Anordnung der Dokumente und Ordner erfuhr man etwas über den Menschen, der ihn benutzte: ob man es mit einer ordentlichen oder chaotischen Person zu tun hatte, zum Beispiel. Ganz zu schweigen von jenen paranoiden Charakteren, die jede Zehntelsekunde ihr Passwort änderten. Zu ihnen hatte Paola Carpi jedenfalls nicht gehört: Sie war sehr ordentlich, hatte keinerlei Antivirenprogramm installiert und ihren Computer vor allem sehr selten benutzt, wie man an den wenigen Dateien erkennen konnte.

»Sie war viel im Internet«, sagte Dorina. »Und zur Entspannung spielte sie Schach. Ich glaube, da ist sogar noch eine offene Partie gespeichert.«

Die gab es tatsächlich. Lopà kannte sich mit Schach nicht aus und führte ein paar Züge aus, um zu sehen, ob sich etwas anderes dahinter verbarg, jedoch ohne Erfolg.

»Korrespondierte Ihre Schwester via E-Mail?«

»Manchmal. Warum?«

»Ich kann gar keinen Ordner dazu entdecken, keine gespeicherten Nachrichten.«

Dorina schüttelte den Kopf. »Sie sagte, sie bräuchte das nicht.«

Seufzend machte Lo Pascio den Computer wieder aus.

Sie gingen in das Wohnzimmer zurück, wo sich auf dem Tisch zwischen Kaffeetassen und Kleingebäck eine Perserkatze niedergelassen hatte. Mechanisch nahm Dorina sie hoch und setzte sie in einen Sessel, dann wischte sie den Tisch eilig mit einer Papierserviette ab. »Er verliert Haare«, erklärte sie. »Ist auch schon sehr alt.«

»Kein Problem«, meinte Erica lächelnd, »ich mag Katzen.«

Lo Pascio hingegen begann zu husten und niesen, was Dorina nicht zu registrieren schien.

»Um auf diesen Sonntag zurückzukommen …« Erica hatte ihr Ringbuch aufgeschlagen und fuhr mit dem Zeigefinger darin auf und ab. »Sie haben gestritten, dann hat Ihre Schwester etwas im Computer geschrieben und ist gegangen …«

Dorina schüttelte den Kopf. »Das stimmt nicht ganz.«

»Aber Sie haben doch eben gesagt …«

»Ich habe nur gesagt, dass sie weg ist, ohne den Computer auszumachen, ich weiß aber nicht, wann sie ihn angeschaltet hat.«

»Dann besteht also keinerlei Verbindung zwischen beidem.«

»Nein.«

»Und Sie haben sie danach nicht mehr gesehen.«

»Nein.«

»Und auch nicht mit ihr telefoniert?«

»Aber nein! Ich hatte darauf gehofft, wissen Sie? Paola war ein sehr sanftmütiger Mensch, sie stritt sich äußerst selten, und wenn, dann versuchte sie sofort, sich wieder zu versöhnen. Deshalb habe ich mich gewundert, als sie sich nicht meldete.«

»Sie sagten, Ihre Schwester habe an jenem Sonntag weder Anrufe bekommen noch jemanden angerufen.«

»Auch das stimmt nicht ganz.« Dorina schien den Tränen nahe. »Gegen elf bekam sie nämlich einen Anruf.«

»Auf dem Festanschluss?«

Dorina schüttelte den Kopf. »Nein, auf dem Handy.«

»Und Ihre Schwester nahm das Handy dann auch mit, nicht wahr?«

»Ja, sie ging nie ohne aus dem Haus.« Dorina brach unvermittelt in Tränen aus, die geschlossenen Fäuste vor die Augen gepresst wie ein kleines Kind.

»Tut mir Leid«, sagte Erica mit einem Seufzen.

19

»Die Angehörigen machen mich immer fertig. Sie sehen dich an, als seist du für all ihr Unglück verantwortlich, sie schleudern dir ihr Elend ins Gesicht und dir bleibt nichts anders übrig, als es aufzusammeln.« Lo Pascio sah Erica an, die mit starrem Blick, die Hände in den Taschen vergraben, neben ihm herlief. »Du bist da anders, oder?«

Sie antwortete nicht sofort. »Ich weiß nicht, was du meinst«, erwiderte sie schließlich.

»Du bist immer so engagiert, so verständnisvoll. Du liebst die Herausforderung, stimmt's?«

»Meinst du?« Gedankenversunken war sie Lichtjahre von dem Fluss entfernt, an dem sie entlangliefen. Lo Pascio fragte sich, wie im Übrigen alle im Polizeipräsidium, ob sie Maffinas Geliebte war.

»Als ich zur Polizei kam, dachte ich, ich könnte die Welt verändern. Letztlich war ich aber immer nur Maffinas Schülerin, die seinen Vorstellungen und Prinzipien folgte ...« Erica blieb mitten auf dem staubigen Pfad stehen. »Aber dann habe ich schnell gemerkt, dass das sehr schwierig ist, vielleicht weil ich eine Frau bin oder weil ich mich erst noch beweisen muss, ich weiß es nicht. Ich weiß nur, dass alles um mich herum daran arbeitet, mich zu verändern, aber ich will mich gar nicht ändern.« Sie fuhr sich mit den Händen durch die Haare. »Und das ist eine Herausforderung, ja.«

»Ich möchte nicht, dass du dich veränderst.«

Erica fing zu lachen an und tat so, als versetze sie ihm einen Tritt, wobei sie Staub aufwirbelte. Was sie wiederum an das hoffnungslose Gesicht Dorinas erinnerte. »Komisches Verhalten, das von Dorina Carpi heute, findest du nicht? Was genau hat sie noch mal gesagt?« Erica erinnerte sich sehr gut, was die Frau ihnen berichtet hatte, doch wollte sie es noch einmal von Lo Pascio hören.

»Dass Paola alles tat, um einen Streit vom Zaun zu brechen. Dass sie wie besessen war, so wie sie sie noch nie gesehen hatte.«

Erica nickte gedankenverloren. »Vielleicht war ja alles nur Show. Paola hat Dorina versprochen, am Sonntag mit ihr nach Serravalle zu fahren, aber um elf bekommt sie einen Anruf … Paola weiß nicht, wie sie es der Schwester beibringen soll, deshalb inszeniert sie einen Streit, der ihr erlaubt, ohne Erklärung das Haus zu verlassen. Was hältst du davon? Klingt das überzeugend?«

Lo Pascio stieß ein unverständliches Grunzen aus.

»Vielleicht hat ihr Mörder sie ja angerufen, oder, Lopà? Wenn wir nur dieses Telefonat zurückverfolgen könnten …«

»Wie soll das gehen? Das Handy ist verschwunden.«

»Mist!« Erica hatte sich noch nie so machtlos gefühlt und das gefiel ihr gar nicht.

›Wir stecken in einer Sackgasse‹, dachte sie melodramatisch. Plötzlich war sie hundemüde und die Pappelallee deprimierte sie, anstatt sie zu beruhigen. ›Eine feindselige Landschaft‹, dachte sie mit Blick auf die Bäume und die einsamen Wiesen, hinter denen man Paola Carpis Haus sehen konnte. Um sie herum begannen die Zykaden ihren durchdringenden Gesang, der in Ericas Ohren wie eine Totenklage klang.

»Fahren wir nach Hause, Lopà?«, fragte sie und atmete erleichtert auf, als sie das Motorrad erreichten.

Am Anfang seiner Karriere (doch vielleicht musste man gar nicht so weit in der Zeit zurückgehen) hatte Maffina Tage darauf verwandt, bestimmte Informationen einzuholen. Mit Schrecken erinnerte er sich daran, wie er manchmal halbe Ewigkeiten auf den entscheidenden Telefonanruf gewartet hatte, der Licht in einen Fall bringen sollte.

Ein oft vergebliches Warten, Anfragen, die ins Nichts führten; und dann der Frust und das ungute Gefühl beim

Eingeständnis, dass der Fortgang der Ermittlungen auch von solchen Leerläufen bestimmt wurde. Mittlerweile musste er nur noch auf die richtige Stelle klicken, damit innerhalb weniger Sekunden die gewünschten Informationen vor ihm auftauchten.

Maffina gab einen Befehl in den Computer ein und lehnte sich zurück. Es existierten etwa zwanzig Fabriken im Nordwesten Italiens, die Masken herstellten. Wenn man das Kunsthandwerk (Schwarzarbeit, Schattenwirtschaft) und die Großhändler hinzuzählte, kam man auf etwa fünfzig. Alles in allem eine überschaubare Menge.

Maffina druckte die Liste aus und übergab sie dem einfachen Beamten Venzani. »Als Erstes fragst du überall, ob ihnen noch andere Fabriken oder Läden bekannt sind, die nicht auf der Liste stehen. Dann lässt du dir, soweit möglich, die Verkaufszahlen und die Vertriebsorte nennen: von den Kaufhäusern bis zu kleinen Läden … Wirklich alle.«

Venzani ging die Liste mit skeptischer Miene durch. »Das kann ja Tage dauern«, stöhnte er schließlich.

»Fang erst mal an, dann sehen wir weiter.«

Venzani drehte den Zettel in den Händen und blickte ihn düster an.

Maffina stöhnte, sagte aber nichts. Der Beamte war erst vor kurzem nach Genua versetzt worden und es fehlte ihm sozusagen noch an jeglicher Orientierung. Im Polizeipräsidium hatte es in letzter Zeit einige personelle Veränderungen gegeben. Auch Bisagio und Angelillo waren nicht mehr da: Bisagio war zum Kommissar befördert worden und in einem Dorf auf dem Monte Amiata gelandet, Angelillo hingegen war zur Verkehrspolizei gewechselt. Beide fehlten ihm sehr.

Die SCICOSI, deren Abkürzung das Wissenschaftliche Institut für Verhaltensforschung und unterstützende Ermittlungstätigkeiten bezeichnet, unterhält eine Zweigstelle in der Via Diaz: zwei kleine Räume im Erdgeschoss zwischen dem Immigrantenbüro und der Wartehalle. Da die Einrichtung noch in der Probephase steckt, wird hier eher die Möglichkeit der Zusammenarbeit angeboten als eigenständige Ermittlungstätigkeiten. Dennoch gibt es, vor allem auf internationaler Ebene, eine Internetseite mit zahlreichen Fotos und Daten zu berühmten Serienmördern.

Im Polizeipräsidium wurde die SCICOSI von einem gewissen Antonelli geleitet, seines Zeichens Psychologe und Kommissar a. D. der Dienststelle im Stadtzentrum, wo er sich in den achtziger Jahren an den ersten Wellen der illegalen Immigration die Hörner abgestoßen hatte. Damals hing ihm das Image eines knallharten Burschen an, doch schon bald war er es leid gewesen, sich mit armen Menschenkindern herumzuärgern, die gerade mal seit einem Tag Italienisch sprachen. So wurde er ein »ganz lieber« Beamter, wie er selbst zu sagen pflegte, der in einem Büro des Polizeipräsidiums Personalausweise beglaubigte. In der Zwischenzeit machte er seinen Abschluss in Psychologie und bekam von einem Tag auf den anderen die neu gegründete Abteilung für Verhaltensforschung überantwortet.

Als Maffina ihn an diesem Nachmittag aufsuchte, blätterte Antonelli gerade in den Protokollen des Falles Carpi-Dalton. »Habe sie kurz mal durchgesehen«, sagte er, ohne aufzuschauen. »Warum kommst du zu mir?«

Maffina gestand, das wisse er selbst nicht genau, aber er wolle einfach nichts dem Zufall überlassen.

»Hast du denn etwas oder jemand Konkretes in der Hand?«

Maffina schüttelte den Kopf. »Nichts außer der Sache mit den Masken.«

Antonelli nahm einen riesigen Schluck Wasser. »Was ja nicht unwichtig ist.«

»Darüber wollte ich mit dir sprechen. Sowohl bei der Carpi als auch bei der Dalton wurden Latexpartikel gefunden. Und das ist noch nicht alles ... Es hat eine Reihe von Raubüberfällen gegeben, bei denen die Opfer ebenfalls von auffälligen bunten Masken berichten. Wir vermuten einen Zusammenhang zwischen den Diebstählen und den Morden. Was hältst du davon? Klingt das überzeugend als These?«

»Interessant«, murmelte Antonelli, während er auf einem Zettel herumkritzelte. »Interessant«, wiederholte er nachdenklich. Er hob den Kopf und sah Maffina mit einem schmalen Lächeln an. »Dann fängt der Mörder also mit Raubüberfällen an und geht erst danach zu den Morden über ... Vielleicht dienten die Diebstähle dazu, die psychologischen Barrieren zu überwinden, wer weiß ... Der Weg, der zu einer Zuwiderhandlung führt, ist manchmal sehr kurvenreich. Es gibt Menschen, die ein völlig normales Leben führen, bis irgendetwas oder irgendjemand zum Auslöser wird, um in die Luft zu gehen.« Seine Hände machten eine beredte Geste. »Viele Tragödien nehmen so ihren Anfang ...«

»Wie im Fall Tofano.«

»Genau ... Ich bin ihm hin und wieder am Gericht begegnet. Eine ganz normale Person, äußerlich ein völlig untadeliges Leben, und dennoch ...«

Maffina seufzte. »Die beiden Mädchen waren noch keine zwanzig … Und die Frau! Unglaublich, was er ihr angetan hat. Wenn ich doch nur früher da gewesen wäre …«

»Das hätte auch nicht viel geändert. Du hast ein ganz schön großes Ego, weißt du das?«

Maffina grinste. »Ihr Psychologen seid doch alle gleich.«

Auch Antonelli musste grinsen. »Wie auch nicht! Immerhin ist es unser Job, die Leute auseinander zu nehmen.«

Sie schwiegen eine Weile. Antonelli zeichnete weiter seine Kringel auf das Papier, während Maffina an jenen Märzabend zurückdachte. Noch einmal sah er das Blut auf dem Fußboden, den gepeinigten Körper der Ehefrau. Tofano musste wie ein Besessener an ihr gewütet haben …

Antonelli brach das Schweigen. »Die SCICOSI könnte jemanden wie dich gebrauchen«, sagte er unvermittelt. »Mit deiner Erfahrung und deinen Fähigkeiten …« Er sah Maffina an und faltete die Hände in einer etwas affektierten Geste. »Ich bin froh, dass du gekommen bist, in gewisser Hinsicht schmeichelt es mir sogar.«

Maffina lächelte verlegen. »Kehren wir noch einmal zu unserem Fall zurück …«, setzte er mit einem Räuspern an.

Antonelli schlug eine graue Aktenmappe auf. »Die Gutachten zur Dalton«, erläuterte er, ohne hochzusehen. »Eine völlig andere Vorgehensweise als bei der Carpi. Man würde nicht einmal von demselben Täter ausgehen, gäbe es da nicht diese Latexfasern. Als ich noch Kommissar war, hatte ich einmal einen ähnlichen Fall. Vielleicht erinnerst du dich daran: Ein Zuhälter hatte in verschiedenen Städten drei oder vier Prostituierte ermordet, ich weiß nicht mehr genau, wie viele. Zuerst in Genua, dann in Savona, dann in Massa, glaube ich. Er verwendete jedes Mal eine andere

Technik, aber jedes Mal fanden wir am Tatort dasselbe Detail. Am Ende haben wir ihn dann gefasst. Der Fall erregte einiges Aufsehen, komisch, dass du dich nicht daran erinnerst.«

»Und das Detail?«

»Reifenspuren. Immer dieselben.«

Nun kam Maffina der Fall doch wieder in den Sinn. »Auslöser des Ganzen war irgendeine blöde Geldgeschichte, stimmt's?«

Antonelli nickte mit gerunzelter Stirn. »Die Verteidigung wollte eine psychische Störung geltend machen, aber die Anklage konnte das widerlegen. Die Nutten waren ihren Pflichten nicht nachgekommen und wollten sich selbständig machen, was dem Zuhälter natürlich überhaupt nicht passte ... Das war alles.« Er schenkte sich Wasser nach. »Heutzutage spricht man bei jedem komplizierteren Fall gleich von einem Serienmörder und findet die absurdesten Erklärungen. Serienmörder liegen im Trend, mein Lieber. Experten werden um Rat gefragt und die Väter der Psychoanalyse bemüht. Ein Kindheitstrauma ist immer hoch begehrt.« Antonelli schlug mit der Hand auf die Mappe. »Nein, ich glaube nicht, dass der Mann, den ihr sucht, verrückt ist. Er begeht keine seltsamen rituellen Handlungen und führt wahrscheinlich ein ganz normales Leben. Vielleicht ist er reich, vielleicht hat er viel Zeit, er könnte dein Nachbar sein ...«

»Du bist mir nicht gerade eine große Hilfe ...«

»Nein? Das tut mir Leid.« Auf dem Gesicht des Psychologen erschien ein kleines Lächeln.

»Ich brauche konkrete Fakten. Ich will wissen, warum er die Carpi erwürgt und die Dalton aus dem Zug geworfen hat. Ich will wissen, was er in diesem Intercity tat. Fuhr er jemanden besuchen? Kam auch er aus dem Urlaub zurück? Einfache und konkrete Fakten, Antonelli!«

»Warum konzentrierst du dich nicht auf die Details? Der Umstand mit den Zügen ist doch interessant, findest du nicht? Interessanter vielleicht als die Masken. Du musst das Feld enger eingrenzen, Maffina, das zahlt sich immer aus.«

»Das Feld eingrenzen, sagst du? Bei einer derart breit angelegten Ermittlung … Allein mit der Koordination der verschiedenen Dienststellen verbringen wir Stunden.«

»Ich erstelle dir ein psychologisches Profil, okay? Soll ich auch mit dem Turiner Kollegen sprechen?«

Maffina nickte nachdenklich. ›Einfache und konkrete Fakten‹, dachte er noch einmal.

Eigentlich ging Maffina gern zu Fuß, doch an diesem Abend war er müde und schlecht gelaunt. Antonellis Worte hatten einen üblen Nachgeschmack in ihm hinterlassen sowie die Frage, ob sie vielleicht alles falsch machten.

»Er könnte dein Nachbar sein«, hatte der Psychologe gesagt. Stimmte das denn?

»Wie kann ich Erica nur helfen?«, fragte er sich, während er zerstreut die Auslagen der Schaufenster betrachtete. Er ließ die Bogengänge der Via XX Settembre hinter sich und bog in die Unterführung De Ferrari ein. Der große Platz war durch eine Baustelle auf einen Bruchteil seiner selbst geschrumpft und die hohen Holzzäune strahlten eine feindselige Atmosphäre aus, die ihn erschütterte. Die Luft war zäh und stickig, jeder einzelne Schritt eine Kraftanstrengung. Er dachte, dass er alt wurde und niemanden hatte, mit dem er seine Sorgen teilen konnte. Erica musste sich mit jüngeren Leuten umgeben und Annalisa würde niemals Turin und ihre Wohnung am Po verlassen.

Ganz plötzlich packte ihn eine fast lähmende Sehnsucht. Er trat in einen Hauseingang und rief sie auf dem Handy an.

Sie ging fast sofort dran.

Erica beobachtete Michelino, der gleichgültig dreinblickend mit großen, bunten Klötzen hantierte. Scheinbar sinnlos schob er sie hin und her, ohne zu sprechen oder den Blick zu heben.

»Er ist untergewichtig«, sagte die Psychomotorikerin. Sie hieß Patrizia, hatte kurz geschnittene Haare und eine Menge kleiner Ringe an den Ohren. Die junge Frau war etwa in ihrem Alter, vielleicht ein, höchstens zwei Jahre jünger, und abgesehen von den raspelkurzen Haaren schien sie eine seriöse, ausgeglichene Person zu sein. Sie sprach ohne dialektalen Einschlag und bewegte sich anmutig wie eine Tänzerin. Sie trug einen Leinenoverall und Turnschuhe. Erica fand sie auf Anhieb sympathisch.

»Von der Familie haben Sie immer noch nichts gehört? Ist mal jemand vorbeigekommen?«

»Nur zwei Freundinnen.«

Erica beobachtete immer noch das Kind. Der Junge saß in einem großen Raum, in dem blaue Vorhänge das Tageslicht abdämpften. Vor den Fenstern glänzte das Meer und die Baumkronen der Strandkiefern warfen lange Schatten auf die Terrassenfliesen. Erica fand den Ort trotz der heiteren Umgebung deprimierend. In dem Zimmer waren noch andere Kinder, Kinder mit erloschenen Augen wie Michelino. Jedes von ihnen blieb isoliert, keines hob den Blick oder schien an einer Kontaktaufnahme mit seinem Nachbarn interessiert zu sein.

»Was wird aus ihm?«

Patrizia hob hilflos die Arme. »Da weiß ich nicht mehr als du.«

Michelino spielte immer noch mit den Klötzen, allem Anschein nach völlig gleichgültig.

Als sie die Abteilung verließ, war es acht Uhr abends. Lo Pascio erwartete sie am Krankenhauskiosk. »Wie geht es dem Jungen?«, fragte er ohne großes Interesse.

Erica zuckte mit den Schultern. »Wie immer, also schlecht.« Plötzlich und ohne ersichtlichen Grund (doch vielleicht gab es ihrer zu viele, die alle nur darauf warteten, an die Oberfläche zu kommen) brach sie in heftiges Schluchzen aus.

»Weine nur, das tut dir gut. Das baut Spannungen ab«, sagte Lo Pascio etwas unbeholfen, dann entfernte er sich diskret ein paar Schritte. Eine Weile betrachtete er das rotviolette Flammenmeer des Sonnenuntergangs über dem Meer und ein einsames Segelboot, das im Dunst verschwand. Erica kam heran. Sie weinte nicht mehr, doch ihre Augen waren noch feucht.

»Bring mich nach Hause, Lopà, ja?«

Es war bereits das zweite Mal heute, dass Erica darum bat. Doch vor einigen Stunden, auf dem einsamen Pfad von Felizzano, hatte eine Vitalität in der Bitte gelegen, die nun verschwunden war. Mit leicht gebeugten Schultern, das Gesicht überschattet und mit tiefen, düsteren Augen sah sie um Jahre gealtert aus. Lo Pascio sah sie zärtlich an. »Möchtest du irgendwo etwas zu Abend essen?«

Sie schüttelte entschieden den Kopf. »Ich möchte lieber

noch in der Schule vorbeigehen und ein bisschen trainieren.« Schweigend reichte er ihr den Sturzhelm.

Dusche, belegtes Brötchen, Nachthemd. Eine dampfende Tasse Kakao auf der kleinen Terrasse. Der Wind blies stark: ein warmer, trockener Zug, der nach Staub und Salz schmeckte. Sie mochte diese Mixtur aus verschiedenen Elementen, die so typisch für Genua war. Am Nachmittag, als sie mit Lo Pascio über den Asphalt gebrettert war und die Ebene hinter sich gelassen hatte, hatte sie das starke Gefühl gehabt, nach Hause zu kommen. Ihre erste eigene Wohnung, ganz oben in dem Hochhaus und in einem Viertel, das seine proletarische Herkunft nicht verleugnen konnte. Früher mussten sich an Stelle der Polizeischule und der Rollschuhbahn Gemüsegärten und Sozialwohnungen befunden haben. Genau wie in dem Viertel, in dem sie aufgewachsen war, mit den Windungen des Po, die im Schilf verschwanden, und dem Müll, in dem sich Mäuse so groß und dick wie Katzen tummelten.

20

Trotz der vielfältigen Bautätigkeiten und dem großen Einkaufscenter ist Serravalle Scrivia immer noch ruhig und entspannt dörflich. Hier scheint es nichts Böses zu geben. Im Winter legt sich der Nebel schützend über die Häuser, im Sommer hüllt die Hitze sie in ihren grellen Schein und der Scrivia schrumpft zu einem kleinen, blauen Bächlein.

Der 13. Juli, ein Donnerstag, beginnt wie ein ganz gewöhnlicher Tag. Die Sonne geht um halb sechs Uhr Sommerzeit auf, während das kleine Städtchen erst etwa zwei Stunden später erwacht. Der Himmel ist tiefblau und die Luft warm und wohlriechend.

Scheinbar ein Tag wie jeder andere.

Roberta Direnzo merkte sehr schnell, dass sie verfolgt wurde, doch es kümmerte sie nicht weiter. Um ehrlich zu sein, machte ihr der Gedanke sogar Spaß, von einem Unbekannten ausspioniert zu werden, einem Erwachsenen, nicht etwa von einem der Jungs, die ihr bescheuerte Nachrichten aufs Handy schickten und sie dann zu einem Eis einluden.

Bei diesem Gedanken musste Roberta lächeln und sie überquerte schwungvoll die Straße. Es gab eine bequeme Abkürzung zum Schwimmbad quer durch die Baustelle des neuen Wohnviertels. Doch das würde gar keinen Spaß machen, obwohl sie im Nu da wäre. Viel lieber wollte sie noch ein bisschen mit dem Unbekannten spielen, ihn zappeln lassen, um zu sehen, wie weit er sich vorwagen würde.

So lief sie die ganze Via Mazzini entlang, kam an den Bankervillen vorüber und schlug die Richtung zum Einkaufszentrum ein. Mit stolz erhobenem Kopf, die langen Beine in hautengen Jeans und obenrum nur ein winziges, rückenfreies Top am Leib, ließ sie die Badetasche im Rhythmus ihrer Schritte klappern.

Roberta war in den letzten Monaten aufgeblüht, wie es häufig in der Pubertät der Fall war, und ihr neuer Körper gab ihr selbst immer wieder Anlass zum Staunen. Mehrmals ertappte sie sich dabei, wie sie in eine Schaufensterscheibe starrte und versuchte, das noch fremde Bild ihrer selbst zu verarbeiten. Sie wunderte sich über die langen und flinken Beine, über den flachen Bauch, die aufkeimenden Brüste, die schlanken Hüften. Nach langen Diskussionen hatte sie zu Hause endlich durchgesetzt, sich die Haare abzuschneiden und auf die linke Schulter ein Tattoo machen zu lassen: ein zarter Schmetterling, dessen Flügel sich öffneten, als wolle er davonfliegen.

Nun war der Unbekannte etwa zehn Meter hinter ihr. Er schien unentschlossen, ob er ihr weiter folgen sollte oder nicht, und um nicht aufzufallen, sah er Interesse heuchelnd in die Auslagen des Einkaufscenters.

›Völlig durchgeknallt!‹, dachte Roberta. Sie ließ das Einkaufszentrum hinter sich und folgte nun der Staatsstraße. Das Gefühl sagte ihr, dass der Unbekannte immer noch hinter ihr war, stets um Deckung bemüht. Was sollte sie tun, wenn er sie anhielt und direkt um eine Verabredung bat? Würde er ihr gefallen oder würde sie davonlaufen?

Wie sollte sie sich verhalten?

Robertas sexuelle Erfahrungen beschränkten sich auf flüchtiges Gefummel in der Schultoilette und einen Zungenkuss, den sie gerade zwei Abende zuvor bekommen hatte. Wer weiß, wie es wohl mit einem Erwachsenen sein würde? Bestimmt nicht so feucht und peinlich, wie es sich mit Francesco angefühlt hatte, als seine Zunge durch ihren Mund gefahren war …

Mit einem kleinen Seufzer betrat Roberta das Schwimmbad.

Er sah, wie Roberta Direnzo die Straße überquerte und in das Neubaugebiet einbog. Das Mädchen schien ihren Weg genau zu kennen und eilte voran. Schon hatten sie das Stadtzentrum und einige halbfertige Villen hinter sich gelassen.

Sie näherten sich jetzt dem großen Shoppingcenter. Sie vorneweg, ohne auf ihre Umgebung zu achten, er hinterher.

Wollte sie etwa einkaufen?

Er fühlte Angst in sich aufsteigen, als er die vielen Autos sah, die vor dem Center parkten, doch das Mädchen ging daran vorbei. Sie befanden sich nun auf dem flachen Land, wo die Gefahr, entdeckt zu werden, für ihn immer größer wurde.

Wieder spürte er den Schwindel.

Das Mädchen bog rechts in Richtung Fluss ab. Der Mann sah den kurzgemähten Rasen, auf den die Sonne herabbrannte, die Liegestühle und die großen, bunten Sonnenschirme.

Zwei Schwimmbecken und eine Riesenrutsche bildeten eine komplizierte Architektur aus Wasser, Kunststoff und wildem Gespritze.

Der Mann lächelte.

Roberta Direnzo, die im Februar fünfzehn Jahre alt geworden war, stieg aus dem Wasser und präsentierte stolz den ersten Bikini ihres Lebens. Im vollen Bewusstsein ihrer Wirkung ging sie selbstsicher zu ihrem Handtuch. Ihr schlanker Körper glänzte vor Sonnencreme, und wenn ihr Blick einem anderen begegnete, war er unschuldig und provozierend zugleich.

Sie streckte sich auf dem Handtuch aus und schloss genussvoll die Augen, als sie die Sonne warm auf der Haut spürte. Der Unbekannte war vor dem Eingang zum Bad stehen geblieben. Roberta hatte ihn noch einen kurzen Moment sehen können, bevor sie von der Musik, den Stimmen, dem aufgeregten Raunen des künstlichen Flüsschens aufgesogen wurde, das über eine abschüssige Ebene floss, um sich dann wild spritzend in das gechlorte Nass des Hauptbeckens zu ergießen.

Wie lange hatte sie so in der Sonne gelegen, während ein angesagter Rap die gesamte Badeanstalt beschallte? Wie lange hatte sie sich die nahe Zukunft ausgemalt, die mit jeder Sekunde näher rückte, während sich der Uhrzeiger auf den Augenblick zubewegte, in dem sie das Schwimmbad verlassen würde?

Es war zwei Uhr nachmittags, als Roberta sich entschloss, nach Hause zu gehen. Ihr größter Fehler bestand darin, das Schwimmbad nicht durch den Hauptausgang zu verlassen, sondern dem künstlichen Bächlein flussaufwärts bis zu einem Ausgang zu folgen, von dem aus man durch ein kleines Kastanienwäldchen direkt zum Stadtpark gelangte. Den sie allerdings nie erreichte. Wie im Märchen vom Rotkäppchen lauerte im Wald der Wolf, ein riesiges Ungetüm mit unförmigem, grellbuntem Kopf. Dennoch hatte die schreckliche Erscheinung auch etwas vage Vertrautes, doch Roberta, die durch den Schock wie gelähmt war, kam nicht darauf, sie mit dem Unbekannten in Verbindung zu bringen, der ihr am Vormittag gefolgt war.

Vor nur wenigen Stunden: eine Ewigkeit …

Auf der Rückfahrt genoss er die Nacht und die Einsamkeit. Der Zug rollte gleichmäßig dahin und zog eine leuchtende Spur durch das Meer aus Dunkelheit und er fühlte, dass er glücklich war …

Er spürte wieder das Verlangen, in den Sachen zu wühlen, die Intimität anderer zu zerstören, sich allmächtig zu fühlen.

Er hatte eine Erektion gehabt, als Roberta in seinen Armen er-

schlafft war, was ihn mehr verwirrt hatte als die weit aufgerissenen, gläsernen Augen des Mädchens. Dann hatte er sich zusammengenommen (sein Geschlecht pulsierte schmerzhaft, aber er wollte nicht die geringste Spur hinterlassen), hatte die Maske in den kleinen Koffer gepackt und war ruhig in die Stadt hinabgegangen. Er war niemandem begegnet und hatte in kurzer Zeit den Bahnhof erreicht. Auch hier war niemand zu sehen gewesen.

›Gut‹, hatte er mit einem Lächeln gedacht.

Wie viel Zeit war seitdem vergangen? Minuten oder Stunden?

›Es gibt keine Zeit‹, dachte er. ›Die Zeit existiert nur, damit du sie messen kannst, indem du Punkte setzt zwischen dem, was war, und dem, was sein wird‹.

Unter dem monotonen Rattern des Zuges und der tiefen Stille im Waggon versank er langsam in einen leichten und vielleicht befreienden Schlaf.

DRITTER TEIL
(JULI 2000)

Als er seine Phantasien auf Papier festhielt, ließ er sie uns,
wenn auch häufig nur einen Augenblick lang, sehen.
Bruno Bettelheim, *Die leere Festung*

21

»Wer ist für den Fall zuständig?«, fragte Erica, während sie mechanisch ihr Ringbuch aufklappte und sich mit den Händen durch die Haare fuhr.

»Offiziell die Staatsanwaltschaft Alessandria, aber beteiligt sind wir alle«, erwiderte Maffina.

»Das heißt neben Alessandria auch Asti, Turin und wir natürlich.«

»Mehr oder weniger.« Maffina reichte ihr eine Zigarette. »Hör auf damit.«

»Womit?«

»Dir ständig durch die Haare zu fahren.«

»Das fällt mir gar nicht auf«, gestand Erica. »Scheint allmählich zum Tick zu werden.«

»Du hast wunderschöne Haare. Die Frisur steht dir sehr gut.«

»Danke«, sagte sie und versuchte, nicht zu erröten, zu ihrem Ärger leider vergeblich. Nervös klappte sie das Ringbuch auf und zu. »Der Raubüberfall auf Roberta Direnzo war vergangenes Jahr, nicht wahr?« Eine rhetorische Frage, die ihr jedoch ihre Selbstsicherheit zurückgab. Sie musste Pflöcke einschlagen, Grenzen ziehen.

»Eine Theorie ist, dass der Mörder die Adresse in ihrem Tagebuch gefunden hat. Du kennst doch diese Taschenkalender, oder?«

»Mit Sprüchen und Comics und so, ja.«

»*Bon.*«

»Sonst noch was?«

»Nicht viel außer dem, was du schon weißt. Sie wurde vor fünf Tagen ermordet …«

»Auf dem Weg ins Schwimmbad.«

Maffina korrigierte sie. »*Zuerst* war sie im Schwimmbad, von elf bis zwei ungefähr. Dann hat sie ihre Sachen gepackt und ist verschwunden.«

»Und wurde am selben Abend hinter einem Gebüsch in dem Wäldchen gefunden, das an den Stadtpark grenzt. Ist das korrekt?«

Maffina nickte.

»Irgendwelche Zeugen?«

»Natürlich nicht.«

»Andere Hinweise, denen man nachgehen könnte?«

»Jemand will eine Person gesehen haben, die etwa um dieselbe Uhrzeit, als das Mädchen ermordet wurde, den Park durchquerte.«

»Eine vertrauenswürdige Aussage?«

»Dafür müsstest du direkt mit den Kollegen aus Alessandria sprechen.« Maffina seufzte demonstrativ. »Bevor die Ergebnisse der Spurensicherung vorlagen, hatten sie ein paar Penner aus der Umgebung im Verdacht, aber jetzt …«

»Und die Kunststoffpartikel stimmen überein?«

»So gut wie sicher.«

»Dann brauchen wir also nur noch die Firma aufzutreiben?«

»Ganz so einfach ist es nicht. Ich habe mit Teresa Ricci gesprochen, du kennst sie, nicht wahr? Sie hat mir erklärt, dass Latex dazu tendiert, brüchig zu werden und zu reißen, wenn es großer Spannung ausgesetzt ist. Die Opfer haben sich gewehrt und sicherlich auch nach der Maske gegriffen, um sie dem Angreifer vom Gesicht zu ziehen …« Maffina sah Erica an. »Und bevor du dich aufregst, sage ich dir lieber gleich, dass ich den Namen der Firma bereits habe …«

»Aber …«

»Reg dich bitte nicht auf, ja? Ich versuche nur, dir zu helfen.«

Sie wurde rot.

»Kann ich weiterreden? Ja? Sehr gut. Wie gesagt, wir haben die Herkunft der Maske zurückverfolgt: eine Fabrik in der Gegend von Cuneo, wo man mir ebenfalls erklärt hat, dass diese Masken zwar Latexspuren hinterlassen können, dass die Spuren aber auf gar keinen Fall toxisch sind. Das war deren einzige Sorge.«

»Wissen wir auch, wo diese Firma ihre Produkte vertreibt?«

»Piemont, Ligurien, Lombardei … im ganzen Nordwesten, kurz gesagt! Selbst die Raststätten an den Autobahnen verkaufen ihre Masken … Nein, ich glaube nicht, dass der Name der Firma uns weiterbringt, aber ich wollte eben nichts dem Zufall überlassen.«

Vielleicht lag ein unterschwelliger Tadel in Maffinas Stimme, doch ausnahmsweise verzichtete Erica auf Widerspruch. Sie betrachtete ihn, wie er nervös in den Unterlagen blätterte, die Zigarette im Mundwinkel, die Hände zwischen den Aktendeckeln vergraben. Sie spürte den Wunsch, aufzustehen und ihn zu umarmen, doch blieb sie natürlich sitzen und hielt ihre Gefühle im Zaum.

Maffina ergriff eine Akte und reichte sie ihr lächelnd. »Hier hast du die komplette Dokumentation zum Mordfall

Direnzo. Sieh sie dir in Ruhe an und überlege, was zu tun ist. Es ist dein Fall.«

Doch Erica schien nicht besonders erfreut darüber. Mit gesenktem Blick spielte sie mit einer Seite ihres Ringbuchs. Unzufrieden und vielleicht auch schuldbewusst wegen etwas, das er nicht erraten konnte.

»Du hast doch was, oder?«

Nun erst erzählte sie ihm von dem Telefonanruf.

Das Telefon hatte den ganzen Morgen über geklingelt. Der Atem des Unbekannten, so nah und eindringlich, klang feucht und kratzig zugleich. Dieser Atem war eine finstere Höhle, war die Einsamkeit ihres neuen Lebens, war die plötzliche Angst, die sie als Kind manchmal gepackt hatte, war eine Mischung aus all diesen Dingen.

»Lass mich in Ruhe!«, hatte sie irgendwann geschrien und aufgelegt. Ein paar Minuten herrschte Stille, dann klingelte der Apparat erneut.

Verzweifelt hatte Erica ihre Tasche gepackt und war zur Schießbahn gegangen. »Dir werde ich's zeigen, du Scheißkerl!«, hatte sie gemurmelt, als sie auf den Pappkamerad anlegte und mit jedem Schuss näher aufs Herz zielte.

»Vielleicht ein Verrückter oder einfach jemand, der sich einen Scherz mit mir erlaubt«, sagte Erica müde.

Die Polizeibeamten erhielten häufig anonyme Anrufe: Morddrohungen, Beleidigungen, Obszönitäten; manchmal waren es Wichtigtuer, die sich aller möglichen Vergehen anklagten, manchmal sogar Kinder, die ihre Eltern der Gewalttätigkeiten und Schläge bezichtigten ... Dennoch griff Ericas Angst auch auf Maffina über: Er zündete sich eine

Zigarette an und betrachtete Erica ernst. »Aber du machst dir trotzdem Sorgen, stimmt's?«

»Stimmt.«

»Weshalb?«

Die Frage schien sie zu erstaunen und sie dachte lange nach, bevor sie antwortete. »Vielleicht war es der Ton der Anrufe, der mich erschreckt hat. Seine Stimme hat er natürlich verstellt, aber in seinen Worten lag so etwas Authentisches.«

»Bist du sicher, dass es ein Mann war?«

»Ganz sicher.«

»*Bon*. Erzähl weiter.«

Erica löste sich eine Haarspange. »Es klang alles so klar und einfach. Zuerst sagte er, dass er mich im Fernsehen gesehen habe, gleich nach dem Mord an der Dalton, und dass ich nett sei und sehr hübsch.« Erica errötete verlegen. »Dass ich genau sein Typ sei und er mir helfen wolle, den Mörder der drei Frauen zu finden.«

»Das hat er gesagt?«

»Wortwörtlich.«

»Und du?«

»Ich habe ihm ein Treffen vorgeschlagen, aber da hat er sofort aufgelegt.«

Maffina dachte schweigend nach. »Warum hast du das getan?«

Sie schüttelte den Kopf. »Ich weiß nicht, es schien mir in diesem Moment das Richtige zu sein ... War es das nicht?«

»Was willst du von mir hören?«

Erica hob hilflos die Hände. »Ich weiß nicht«, wiederholte sie. Sie spürte, wie Tränen in ihr aufstiegen; sie schniefte vernehmlich und versuchte zu lächeln.

»Ich habe immer gedacht, ich würde es schaffen, mich nicht hineinziehen zu lassen«, sagte Maffina plötzlich. »Um diesen Beruf auszuüben, brauchst du ein ziemliches Maß an Selbstbeherrschung, das ist zumindest meine Meinung.« Er fuhr sich mit der Hand über die Augen. »Bei Tofano hat es jedoch nicht funktioniert und seitdem mache ich mir Vorwürfe, dass ich nicht alles getan habe, was ich hätte tun können. Natürlich ist mir klar, dass das falsch ist, aber meine Schuldgefühle werde ich trotzdem nicht los.«

»Warum erzählen Sie mir von Tofano? Ich war doch dabei an jenem Tag. Ich habe mich genauso machtlos gefühlt.«

»Aber nicht so wie in dem Tunnel angesichts der Überreste von Celeste Dalton. Du willst diesen Kerl schnappen, nicht wahr? Aber um ihn zu schnappen, musst du mit Logik vorgehen, musst du genauso kalt und unbarmherzig sein wie er. Versprich mir, dass du dich nicht von den Anrufen hineinziehen lässt.«

»Ich stecke aber schon mittendrin«, sagte Erica und versuchte, mit einem Lächeln ihrer Erwiderung die Härte zu nehmen.

22

In der Mitte des Wohnzimmers stehend, prüfte Cristina, ob alles an Ort und Stelle war, wie Alberto es wünschte. Die Silberrahmen auf dem Glastischchen glänzten so sehr, dass sie fast unecht wirkten, und auf der Konsole hatte sie ein paar Bücher drapiert wie in einer Einrichtungszeitschrift.

Selbst der für sechs Leute gedeckte Tisch erinnerte sie an ein Bild, das sie vor kurzem gesehen hatte. »Du meine Güte, ein bisschen mehr Originalität, bitte schön!«, brummelte Alberto häufig und verschob ein wenig die Kissen auf dem Sofa oder die silbernen Bilderrahmen. Dann setzte er hinzu: »Ist das denn so schwer?«

Sie fand es sehr schwer und in all den Jahren hatte sie es nicht geschafft, so zu werden, wie er es wollte. Vielleicht hatte Alberto deswegen eine Affäre mit dieser farblosen Paola Carpi begonnen?

›Ein Niemand, diese Frau‹, dachte Cristina immer, doch sie wusste, dass das nicht stimmte. Vielleicht war es genau diese scheinbare Nachlässigkeit, diese Schlichtheit der Ausstrahlung, die ihn fasziniert hatte.

Ihr Blick wanderte noch einmal durch das Zimmer. Alles schien in bester Ordnung zu sein und sie seufzte erleichtert auf. Im selben Moment klingelte das Telefon.

Auch dieses Mal hatte alles an einem Sonntag begonnen. Einem Sonntag im Dezember, kalt und windig. Cristina hörte, wie der Wind an den Wohnzimmerfenstern rüttelte, durch die Baumkronen pfiff, die sich unter seinen Stößen bogen und krümmten. Mit etwas Sorge um die Mimose blickte sie in den Garten, doch sie war zu faul, hinauszugehen und nach ihr zu sehen. Sie war doch selbst wie diese Bäume, dachte sie: unentwegt geschüttelt, hierhin und dorthin gezerrt, unfähig, eigenständig zu agieren.

Das Telefon hatte schon eine Weile geklingelt, bevor sie sich endlich dazu durchrang, den Hörer abzunehmen.

»Ist Alberto da?« Eine junge, hochmütige Stimme.

»Alberto ist nicht da. Wer ist denn dran?«

»Hier ist Mariella. Sind Sie Albertos Mutter?«

Cristina schüttelte den Kopf, als könne die Anruferin sie sehen. Obwohl es bereits drei Uhr am Nachmittag war, trug sie noch ihren Schlafanzug und die langen Haare waren ganz verstrubbelt, als wäre sie gerade erst aufgestanden.

»Sind Sie Signora Paisano?«

Cristina zog die Nase hoch. »Natürlich«, sagte sie, ohne das entstehende Missverständnis zu bemerken, und suchte mit dem Blick die Zigaretten.

»Gut, Signora Paisano, dann sagen Sie Ihrem Dreckskerl von einem Sohn, dass er ein Riesenarschloch ist ... Haben Sie verstanden? Ein Riesenarschloch!«

Als Alberto an diesem Abend nach Hause gekommen war, stand Cristina neben sich, völlig benebelt von Haschisch und Wodka. Ein Wunder, dass sie überhaupt noch bei Sinnen war. Sie hatte auf dem Sofa gesessen, schon im Schlafanzug (oder war sie etwa den ganzen Tag so herumgelaufen?), und hatte ihn trotz all des Drecks, den sie im Körper hatte, mit hartem und entschlossenem Blick angestarrt.

»Wer ist Mariella?«, hatte sie gefragt. Dann war sie in Tränen ausgebrochen und weinte auch noch, als Alberto mit Türen knallend hinausrannte. Ohne eine Antwort, ohne eine Erklärung.

Cristina rappelte sich auf, ging zum Telefon und nahm den Hörer ab.

»Signora Paisano, hier ist Hauptkommissarin Franzoni. Ich würde gern auf einen Sprung bei Ihnen vorbeikommen, wenn es recht ist.«

Cristina warf einen Blick auf den gedeckten Tisch und

die gesprenkelten Orchideen in der Glasvase. »Eigentlich passt es mir gar nicht … Wir haben heute Abend ein wichtiges Essen …«

»Nur ein paar Minuten, okay?«

»Wenn es nicht lange dauert …« Ohne den Satz zu beenden, legte sie unter größter Vorsicht den Hörer auf, so sehr zitterten ihre Hände.

»Wie schrecklich, das arme Kind!« Cristina betrachtete mit aufrichtigem Bedauern und einer Spur Verwunderung das Foto von Michelino, das Erica ihr unter die Nase hielt. »Dann hat er also niemanden, der sich um ihn kümmert?«

»Zurzeit nicht.« Genervt von all dem trendigen Schnickschnack, wanderte Erica durch das Zimmer, ohne Cristina anzusehen. Diese lehnte an einer Kommode, auf der ein paar dekorative Kunstbücher mit flämischen Stillleben und toskanischen Landschaften lagen.

›Was ist bloß los mit mir?‹, dachte Erica, als sie sich vor ihr aufbaute. ›Das ist doch sonst nicht meine Art!‹

Cristina biss sich auf die Lippen. »Warum kommen Sie damit zu mir? Es tut mir sehr Leid für die junge Frau, aber was habe ich … was haben wir damit zu tun? Sie sind nur so auf meinen Mann fixiert, weil er das Pech hatte, ihr begegnet zu sein.«

»Ich bin auf niemanden fixiert.«

»Nein? Es sieht aber ganz so aus …« Schweigend fixierte sie Erica. Etwas Eigenartiges lag in ihrem Blick, ein fiebriges Glänzen wie bei einer Kranken.

»Sind Sie rauschgiftsüchtig?«, fragte Erica unvermittelt und benutzte absichtlich den etwas altmodischen Ausdruck.

Cristina wurde rot und sah sich hektisch nach Hilfe um.

»Koksen Sie? Deshalb waren Sie also krank, stimmt's? Als Paola Carpi ermordet wurde, waren Sie vollkommen breit. Habe ich Recht?«

Cristina war den Tränen nahe. »Ich hatte wirklich Migräne an jenem Sonntag«, sagte sie und versuchte, überzeugend zu klingen. Dann deutete sie auf den gedeckten Tisch. »Wenn Sie mich jetzt entschuldigen würden ... Wie ich bereits sagte, haben wir heute Abend Gäste und ich muss noch jede Menge vorbereiten. Mein Mann ist da sehr anspruchsvoll, wissen Sie?« Obwohl die letzte Bemerkung vollkommen überflüssig war, wirkten ihre Worte doch irgendwie glaubwürdiger dadurch.

Erica sah sie etwas freundlicher an. »Ich geh ja schon, keine Sorge.«

Cristina zuckte die Achseln und lächelte – ein komplizenhaftes, kindliches Lächeln. Einen Moment lang sah sie wie das kleine Mädchen aus, das sie einmal gewesen sein musste, bevor etwas oder jemand sie ganz und gar verändert hatte.

›Was ist bloß mit mir los?‹, fragte sich Erica wieder, während sie in den Corso Europa einbog und die vornehme Wohngegend des Quartiere Azzurro hinter sich ließ. Warum war sie nur so ruppig zu Cristina Paisano gewesen? Ein solches Verhalten sah ihr gar nicht ähnlich, doch in demselben Moment, als Cristina ihr die Tür aufgemacht und sie lächelnd ins Wohnzimmer gebeten hatte, war eine dumpfe und unkontrollierbare Wut in ihr aufgestiegen angesichts dieser jungen, gut aussehenden Frau. Denn eigentlich hatte sie gar nicht Cristina gesehen, sondern das durch den Tod entstellte Gesicht Paola Carpis, und sie hatte sich gefragt, ob

Alberto Paisano tatsächlich so ahnungslos war, wie er tat. Dabei wirkten seine Alibis für alle Fälle glaubhaft: an Paola Carpis Todestag Cristinas »Krankheit«, als Celeste Dalton starb, das Wochenende in Lugano (ebenfalls mit seiner Frau) und zum Todeszeitpunkt der Direnzo schließlich das Mittagessen mit den Zahnarztkollegen …

Daraus folgte?

›Daraus folgt, dass ich nichts gegen ihn in der Hand habe!‹, dachte Erica und zog eine Grimasse.

Es war kühl in dem ins Halbdunkel getauchten Zimmer, Michelino war gerade erst aufgewacht. Sein leerer Blick lag auf der Wand, wo das Licht von Himmel und Meer zitternd hin und her tanzte. Die Augen des Kindes waren trüb und doch schien ab und an eine entfernte Erinnerung in ihnen aufzuleuchten, um dann wieder im tiefsten Dunkel des Geistes zu verschwinden.

Mama Haus Strand Meer die Tauchermaske Fischchen und Steinchen Mama Haus Haus Mama die Tauchermaske tauchen tauchen Mama Haus Zug tauchen Mama Mama Mama …

Als die Krankenschwester hereinkam, lag Michelino mit verrenktem Hals in seinem Bett, der kleine Körper schweißgebadet.

»Um Himmels willen!«, flüsterte die Schwester und läutete um Hilfe.

»Eine akute Krisis«, sagte der Arzt, während er Erica in Richtung Aufnahme schob. »Ich wollte nur, dass Sie Bescheid wissen. Danke, dass Sie so schnell gekommen sind.«

»Ich war gerade in der Gegend. Wird er wieder auf die Beine kommen?«

»Jetzt ist er außer Gefahr, doch davor war sein Zustand sehr ernst.«

Erica spielte gedankenverloren mit einer Haarsträhne. »Hören Sie«, sagte sie schließlich. »Dürfte ich hin und wieder vorbeischauen und ihn besuchen?«

»Ich wüsste nicht, was dagegen spricht. Während der Besuchszeiten ist Michelino immer hier auf der Station.«

»Ich meine nicht zu einer bestimmten Uhrzeit. Ich habe viel zu tun, wie Sie sich sicher vorstellen können, aber ich könnte hin und wieder etwas Zeit für ihn freimachen. Das wäre mir sehr wichtig, wissen Sie?«

Der Arzt sah sie streng an. »Weshalb?«

Sie zuckte mit den Schultern. »Ich weiß nicht, weshalb.«

»Ich hoffe nicht, um ihn zum Reden zu bringen. Das habe ich bereits Ihrem Vorgesetzten gesagt: Michelino trägt einen sehr schweren Kampf aus und ich möchte nicht, dass er dabei durch irgendetwas gestört wird, verstehen Sie?«

»Ich werde ganz brav in einer Ecke stehen bleiben. Bitte, es ist wirklich wichtig.«

Endlich nickte der Arzt zustimmend. »Geben Sie mir Ihr Wort, dass Sie das Kind nicht zum Reden zwingen werden? Keine Fragen, keine Andeutungen, gar nichts!«

»Ich verspreche es«, sagte Erica mit einem herzlichen Lächeln.

23

Gianfranco Paris erinnerte sich kaum mehr an den Raubüberfall im vergangenen Jahr. Von jenem 8. April hatte er nur noch wirre, zusammenhangslose Erinnerungsfetzen im Gedächtnis: das halb leere Zugabteil, das dringende Bedürfnis zu pinkeln, der beißende Geruch auf der Toilette, wo der Räuber ihn fast umgebracht hätte.

Das versuchte er dem Beamten Gatti zu erklären, der ihn nicht zu verstehen schien und mit dämlichen Fragen löcherte. Paris war ein Gewohnheitsmensch. Die Zeit für sein Mittagsschläfchen hatte er bereits verpasst, doch für jedwede Abendbeschäftigung war es noch zu früh. Zu früh, um die Suppe aufzusetzen, zu früh für die Abendnachrichten im Fernsehen, zu früh für einen Anruf bei seiner Tochter. Wenn dieser Gatti schließlich ginge, wäre sein Tag ruiniert. Mit leerem Blick sah er den Beamten an und seine wässrig blauen Augen irrten verloren durch ein unendliches Faltenmeer.

»Ich weiß es nicht«, sagte er zum wiederholten Male. »Ich kann mich an nichts erinnern. Dieser Verbrecher hätte mich umbringen oder mich zu einem Krüppel machen können.«

Gatti sah ihn betreten an.

Paris, der tief in einem geblümten Sessel saß, fuhr sich mit der Hand über das dünne, weiche Greisenhaar. »Ich kam von einem Besuch meiner Tochter in Genua«, erzählte er mit tonloser Stimme. »Sie hatte Geburtstag … Es war der 8. April, ein Sonntag.« Plötzlich kehrte die Erinnerung zurück, und mit ihr die Vorwürfe. »Meine Tochter ist ja so bequem. Wenn sie zu mir zu Besuch gekommen wäre, wäre das alles nicht passiert.«

»Warum erzählen Sie mir nicht alles noch einmal von Anfang an?«, forderte ihn Gatti auf.

Der Mann musterte ihn skeptisch. »Was das bringen soll … Ich war also auf dem Weg zum Abort, weil ich Probleme mit der Blase habe und sie alle halbe Stunde leeren muss. Als ich gerade die Toilette betreten wollte, hat dieser Verbrecher auf mich eingeschlagen.«

»Hat er Sie niedergeschlagen oder Sie hineingestoßen?«

»Macht das einen Unterschied? Also, er hat mir einen Stoß versetzt, ich bin gestürzt und mit dem Kopf auf die Kloschüssel gefallen, genau hier.« Er zeigte auf eine kleine Narbe an der Stirn. »Ich weiß nicht mehr, ob er eine Maske trug … Dieser Rowdy! Dieser Verbrecher!«

»Bei der Anzeige haben Sie den Verlust Ihrer Pension und einer goldenen Uhr angegeben. Hat er außerdem noch etwas gestohlen?«

Der alte Mann schüttelte den Kopf und legte seine Hände über die Augen, aus denen die Tränen liefen. »Für jemanden wie mich ist die Pension alles«, sagte er mit einer gewissen Würde.

Gatti nickte verlegen. »Sie leben allein, stimmt das?«

»Das habe ich Ihnen doch bereits gesagt.«

»Ja, ja, sicher. Es ist nur, weil wir glauben, dass es nicht ungefährlich ist so allein, verstehen Sie?«

Der Alte lächelte plötzlich. »Wegen dieses Mädchens aus Serravalle, stimmt's?«

Gatti nickte.

»Das dachte ich mir. Glauben Sie, mir könnte etwas zustoßen?«

»Immerhin ist es nicht ganz ausgeschlossen.«

»Ich gehe aber nicht mehr weg von hier, Agente. Ich bin alt und mit meiner Tochter verstehe ich mich nicht besonders. Kommt überhaupt nicht in Frage!« Während er über seine Schmerzen im Rücken und in den Beinen klagte, brachte er Gatti zur Tür. Mit einem erneuten Lächeln dankte er für den Besuch. »Ich bin ja immer allein, es hat gut getan, mit jemandem zu reden.« Energisch schloss er die Tür und Gatti hörte, wie er eine Weile den Flur auf und ab schlurfte, als wüsste er nicht, was er tun sollte. Schließlich ging eine Tür und kurz darauf erklang das monotone Geräusch einer Dauerwerbesendung.

›Schlimme Sache, das Alter!‹, dachte Gatti und verzog mitleidig den Mund. Dann lief er eilig die Treppe hinunter. Auf der Straße atmete er erleichtert die warme Luft ein, die nach Gemüsegärten und ein wenig nach Abgasen roch.

›Landluft‹, dachte er und ging zu seinem Auto.

Im Gegensatz zu Gatti hasste Inspektor Pergolizzi die Campagna und all die Gerüche, die ihre bloße Erwähnung heraufbeschwor, deshalb war er froh, als er Villanova hinter sich lassen und nach Asti zurückkehren konnte, das zwar keine Großstadt, aber trotzdem mit all ihren Makeln gesegnet war: Smog, Verkehrschaos, Baustellen überall …

Im Büro setzte er sich an den Computer und öffnete die Datei »Unfälle/Turin–Genua«, um zu prüfen, ob er sich vielleicht geirrt hatte. Von wegen! Der Name Gino Bianchi, wohnhaft in Villanova im Viale Argonauti 12, stand mit allen anderen auf der alphabetisch geordneten Liste, direkt gefolgt von Roberta Direnzo. ›Sie war ja noch ein Kind‹, dachte er, während er Panik in sich aufsteigen fühlte. Er tippte eine Nummer in sein Handy und trommelte ungeduldig mit den Fingern auf den Schreibtisch. Endlich ging Gatti dran.

»Hier ist Pergolizzi, wo steckst du?«

»Am Stadtrand von Alessandria. Wenn ich gut durchkomme, bin ich in einer halben Stunde im Büro.«

»Wie ist es mit Paris gelaufen?«

»Er will nicht von zu Hause weg. Er sagt, er sei zu alt und komme mit seiner Tochter nicht zurecht. Ein wahrer Dickschädel.«

»Aber du hast ihn doch gewarnt, oder?«

»Natürlich. Was machen wir jetzt?«

»Wir geben die heiße Kartoffel einfach an die aus Alessandria weiter, das hätten wir schon längst tun sollen.«

»Und bei Ihnen?«, fragte Gatti.

»Tja, also …«

»Probleme?«

»Eventuell. Eine der Personen, die letztes Jahr überfallen wurden, scheint gar nicht zu existieren. Ich habe das selbst überprüft. Nicht einmal die Adresse stimmt … Ist das nicht seltsam?«

»Wer hat denn damals die Anzeige aufgenommen?«

»Dighero.«

»Na, dann sprechen Sie doch mal mit ihm, oder?«, meinte Gatti beiläufig und legte auf.

Der einfache Beamte Dighero sah Pergolizzi mit treuen Kuhaugen an. »Warum hätte er mich anlügen sollen?«, brachte er schließlich hervor.

Pergolizzi schlug mit der Faust auf den Schreibtisch und Dighero wurde blass. Mit zunehmend wehleidiger Stimme erzählte er, was an jenem Nachmittag vor einem Jahr vorgefallen war. So eine anständige Person, dieser Bianchi … zumindest war das sein Eindruck gewesen, korrigierte sich Dighero schnell. Er erinnerte sich noch genau an den grauen Anzug aus feiner Wolle und die geschmackvollen Markenschuhe. Der Mann hatte lange, feingliedrige Pianistenhände und redete mit gedämpfter Stimme. Eine Stimme, sagte Dighero, wie ein Schauspieler. Er gab an, zwei Tage zuvor überfallen worden zu sein, in dem Lokalzug, zum Glück sei er glimpflich davongekommen, nur ein paar blaue Flecken an der Hüfte und ein kleiner Kratzer am Kinn. An seinem Kinn, Dighero erinnerte sich genau, klebte ein Pflaster: »Eine Lappalie«, so hatte Bianchi sich ausgedrückt. Dennoch hatte er der Polizei Mitteilung davon machen wollen, heutzutage war man ja nirgends mehr sicher, nicht wahr? Und was ihm zugestoßen war, konnte jederzeit auch anderen Menschen zustoßen.

Dighero hatte mehrmals verständnisvoll genickt. Er hatte ihn gefragt, ob er Anzeige erstatten wolle, doch der Mann hatte den Kopf geschüttelt, freundlich, aber entschieden. Daraufhin hatte der einfache Beamte fast entschuldigend gefragt, ob er seine Personalien aufnehmen dürfe.

Jener hatte vollstes Verständnis dafür gezeigt und formvollendet Namen und Adresse genannt. Er war groß und dünn gewesen, mit kastanienbraunem Haar, das an den Schläfen schon ausdünnte. Außerdem hatte er eine Sonnenbrille von Armani aufgehabt, so glaubte Dighero zumindest.

All das war vor etwa einem Jahr gewesen, an einem milden Tag gegen Ende des Winters.

›Er hat uns auf die Probe stellen wollen‹, schoss es Pergolizzi durch den Kopf. Er sah den Beamten an, der sich an die Wand drückte, als fürchte er sich vor ihm. »Ich kann einfach nicht glauben, dass dir so etwas passiert. Das übersteigt meine Vorstellungskraft, ich … ich …« Er brach ab und begann, mit langen, zornigen Schritten auf und ab zu wandern.

»Das hätte doch jedem passieren können«, stammelte Dighero mühsam.

»Aber natürlich!« Pergolizzi sah ihn wutentbrannt an. »Das geschieht ja auch alle Tage, wie? Verdammt noch mal!«

»Ich war mit den Gedanken woanders …«

»Das kann ich mir vorstellen. Du warst wahrscheinlich ganz damit beschäftigt, dir den Brei analysieren zu lassen, den du anstelle eines Gehirns im Kopf hast.«

Dighero schüttelte den Kopf. »Nein. Das war lange vorher … ich gehe seit Jahren nicht mehr zum Psychiater.«

»Dann solltest du wieder damit anfangen!«

Dighero stand immer noch an die Wand gedrückt, unbeweglich und bleich wie ein Geist.

›Ich kann ihn nicht länger schützen‹, dachte Pergolizzi düster. ›Ich will nicht mit ihm untergehen.‹

24

»Das ist der Tatort«, sagte Hauptkommissar Dragoncelli vom Polizeipräsidium Alessandria. »Aber du wirst dort nichts finden. Es ist eine Woche her und es hat geregnet …«

Erica nickte, während sie vorsichtig am Rand des Pfades entlangbalancierte. Dragoncelli hatte lächeln müssen, als sie sich kleine Plastiktüten über die Schuhe gestülpt hatte. »Das habe ich von meinem Vorgesetzten gelernt«, hatte sie geduldig erklärt. »Der macht das genauso ... Um keine Spuren zu verwischen, verstehen Sie?«

Dragoncelli hatte sofort an die Sorglosigkeit gewisser Kollegen denken müssen, die mit ihren dick besohlten Stiefeln über das fragliche Terrain trampelten. Bei der Direnzo war es nicht viel anders gewesen. Über das gesamte Gebiet verteilt, hatten sie den Strahl ihrer Taschenlampen über Steine, Präservative und Abfälle gleiten lassen. Ziemlich schnell waren sie auf das Mädchen gestoßen, das mit ein wenig Laub bedeckt unter einer Kastanie lag, das weiße Unterhemd bis über die Brust nach oben geschoben, die Arme im Unterholz vergraben. Sie hatten den Tatort mit rot-weißem Markierungsband abgesteckt und alles eingesammelt, was der Ermittlung dienlich sein konnte. Sie waren herumgelaufen, hatten alles angefasst, Beweismaterial zerstört.

»Wahrscheinlich hat er sie mit Zweigen zugedeckt, ohne sie aber wirklich verstecken zu wollen. Die Leiche war ja sogar im Dunkeln zu sehen.« Dragoncelli zeigte auf einen Kastanienbaum mit abgebrochenem Ast. »Die Bruchflächen passen zueinander. Hier und hier wurde die Rinde eingeschnitten.«

»Mit einem Messer?«

»Höchstwahrscheinlich.«

»Eine völlig andere Vorgehensweise als bei den übrigen Verbrechen«, stellte Erica fest.

»Es muss also nicht unbedingt dieselbe Person gewesen sein.«

»Nein ... Aber die Partikel, die bei der Direnzo gefunden wurden, stimmen mit denen der anderen überein. Alles weist darauf hin, dass es sich um denselben Täter handelt. Ich frage mich nur, warum er seine Methode geändert hat.« Sie sah sich aufmerksam um, konnte aber nichts entdecken außer dem Lichtspiel der Sonne auf den Blättern des Unterholzes. Ob sie an jenem Nachmittag genauso geglitzert hatten wie heute?

»Wird dieser Pfad hier viel benutzt? Ist er nicht etwas abgelegen?«

Dragoncelli schien die Frage zu überraschen. »Es ist der kürzeste Weg zur Staatsstraße.«

»Dann hätte also jederzeit jemand vorbeikommen können, während die Direnzo ermordet wurde?«

»Theoretisch ja.«

Erica betrachtete immer noch das Blätterdickicht. »Er ist nicht von hier, Dragoncelli. Derjenige, der sie umgebracht hat, wusste das nicht, sonst hätte er sie an einem anderen Ort überfallen.« Während ihre Hände die Tasche fest umklammert hielten, fühlte Erica, wie ihr der Schweiß über den Rücken rann.

»Du siehst blass aus«, bemerkte Dragoncelli. »Geht's dir nicht gut?«

Sie schüttelte den Kopf. Sie hatte Angst, wusste aber nicht, ob sie sich einem Fremden anvertrauen durfte. Mit einem unbehaglichen Gefühl starrte sie in den Wald, als könnten hinter jedem Ast zuerst die Maske und dann die Hände auftauchen. Große, monströse Hände, Hände, die sie lockten, sie packten, sie zerfleischten. Einen Moment lang war sie Roberta Direnzo, Paola Carpi, Celeste Dalton. Einen Moment lang war sie all diese Frauen.

Große Hände, die Hände eines Monsters.

Mit ruhiger Hand bearbeitete er die Rosen im Garten. Es war ein stolzer Rosenstock, ein Triumph aus Rot, Rosa und Weiß …

Er liebte diese Rosen sehr; sie erfüllten die Luft mit ihrem intensiven Duft. Der ganze Garten duftete nach ihnen. Die kostbarste Rose hieß Sonia. Aber das wusste nur er allein.

Gatti lächelte, als Erica eintrat, Pergolizzi dagegen wollte nicht in den Verdacht geraten, mit ihr zu flirten. Die junge Frau sah trotz ihres förmlichen Lächelns aus, als blicke sie einem ungebremst auf sie zurasenden Lkw entgegen. Bleich und nervös knetete sie den Rand ihrer Spitzenbluse. Sie erklärte, sie sei wegen des Mordfalls Direnzo in Serravalle gewesen, habe mit dem leitenden Kommissar in Alessandria gesprochen und sich selbst ein Bild vom Tatort gemacht.

Im ersten Moment verstand Gatti nicht, wovon sie sprach, und fragte sie, ob er ihr etwas anbieten könne, ein Mon Chéri vielleicht.

»Danke«, sagte Erica. »Das kann ich jetzt wirklich gebrauchen.«

»Ich bin froh, dass Sie Dallorto in Ihre Ermittlungen einbeziehen«, sagte Pergolizzi kühl. Die Hauptkommissarin hatte die gesamten Schokoladenvorräte vertilgt und wieder etwas Farbe im Gesicht. Ein hübsches Mädchen, fand Pergolizzi, vielleicht ein bisschen zu dünn und nervös. »Sonst scheint sich ja niemand für diese Theorie zu interessieren.«

Erica schüttelte lächelnd den Kopf. Sie sagte, sie hielte Dallorto für einen zentralen Punkt in der ganzen Geschichte. »Vielleicht war er ja bereits das erste Verbrechen, verstehen Sie?« Wieder ein gewinnendes Lächeln.

»Die Carabinieri in Alessandria sind anderer Meinung.«

Sie bat um ein Glas Wasser. »Ich habe den ganzen Vormittag im Auto gesessen. Ich fahre sonst nicht so viel und habe auch erst seit wenigen Monaten den Führerschein ...« Sie sah aus, als wolle sie sich dafür entschuldigen.

Er machte eine wegwerfende Handbewegung.

»Sie wissen doch wahrscheinlich, dass wir eine Gewebeprobe von Dallortos Kleidern haben, oder?«

Pergolizzi wusste das zu seinem Ärger nicht.

»Der Pathologe in Alessandria hat sie aufgehoben.«

»Ersparen Sie mir den Rest.«

Sie nickte und lächelte. »NEF«, murmelte sie vielsagend. Wieder ein Lächeln. »So habe ich den Fall abgekürzt. NEF«, wiederholte sie.

»Und das bedeutet?«

»Nur einfache Fahrt.«

»Oha!«, meinte Pergolizzi daraufhin. Schon weitaus weniger kühl und ablehnend.

25

»Wer war bei Dallorto zu Hause? Wissen Sie das?«, fragte Erica, die den Wagen über eine einsame Straße steuerte. Irgendwo in der Nähe musste es Wasser geben, denn sie kamen an hohem Röhricht vorbei und große Pfützen glänzten in der Sonne. »Hoffentlich bleiben wir nicht stecken«, meinte sie und schaltete einen Gang zurück. »Also, wer war bei Dallorto?«

»Die Carabinieri von Alessandria, nehme ich an.«

»Und die haben nichts gefunden?«

Pergolizzi zuckte die Achseln.

»Der Cousine zufolge war er reich, Geld hatte er genügend. Das waren doch ihre Worte, oder?«

»Mehr oder weniger.« ›Eine starrköpfige Frau‹, dachte Pergolizzi, ›eine, die nicht so schnell lockerlässt.‹ Dennoch fand er es angenehm, neben ihr zu sitzen; die Hauptkommissarin roch gut, frisch und entspannt.

»Mist!«, rief sie und schnitt eine Kurve.

Pergolizzi wurde rot. »Was glauben Sie, wie Dallorto zu seinem Geld gekommen ist?«

»Das werden wir noch herausfinden müssen.« Hart, entschlossen, eine Falte quer über die Stirn gezogen.

Allmählich wurde sie Pergolizzi sympathisch.

Dallortos Cousine sah sie abweisend an. »Sie schon wieder!«, sagte sie nur und verzog das Gesicht. »Ich habe wirklich keine Zeit. Und wer ist die da?«

Erica trat einen Schritt vor wie eine Schauspielerin, die zu ihrem Part ansetzt. »Ich bin von der Mordkommission Genua.«

Die Frau musterte sie misstrauisch. »Mordkommission? Na, so was … Der arme Alessandro findet einfach keine Ruhe und ich muss mich immer wieder mit ihm herumschlagen.«

»Nur zwei, drei Fragen, einverstanden? Sie haben doch die Leiche identifiziert, nicht wahr?« Erica schlug einen freundlichen Tonfall an und setzte ihr gewinnendstes Lächeln auf.

»Das habe ich doch schon den Carabinieri von Alessandria gesagt. Ich war mir nicht ganz sicher. So wie der zugerichtet war! Aber aus dem Ausweis ging nun mal hervor, dass es der arme Alessandro war, das stimmte ja wohl, oder?«

»Hätte es auch jemand anderes sein können?«

Die Frau dachte kurz nach. »Nein«, meinte sie schließlich. »Alessandro hatte doch diese Behinderung an der Hand.« Sie berührte ihren Finger. »Ihm fehlte ein Fingerglied. Schon von Geburt an.«

»Und dieser Finger … ähm, haben Sie den gesehen?«, fragte Pergolizzi. »Ich meine, als Ihnen gesagt wurde, dass …«

Eilig unterbrach ihn die Frau. »Natürlich habe ich ihn gesehen.«

»Letztes Mal haben Sie mir gesagt, dass Ihr Cousin reichlich Geld hatte … Hat er Ihnen etwas hinterlassen? Schließlich sind Sie seine einzige Angehörige.«

»Seine Villa in Asti hatte er vermietet«, erklärte die Frau. »Und mit den Möbeln konnte ich nichts anfangen. Ich habe selbst schon genug zum Abstauben.«

»Dann ist Ihnen also nichts von Ihrem Cousin geblieben?«

»Papierkram vor allem. Fotos, ein paar Bücher … ich habe alles in den Keller geräumt. Möchten Sie es sehen?«

»Das wäre mir eine große Hilfe«, erwiderte Erica mit einem breiten Lächeln. »Das wäre *uns* eine große Hilfe«, korrigierte sie sich, als sie Pergolizzis Miene sah.

Erica hatte sich Baumwollhandschuhe übergestreift, bevor sie die wenigen Kartons öffnete, die in einer Ecke aufeinander gestapelt waren. Der Keller war kühl und trocken und ein Lichtstrahl zeichnete einen staubigen Streifen quer durch den Raum. Von den Weinfässern stieg ein intensiver, dumpfer Tanningeruch auf.

Im ersten Karton befanden sich Maßanzüge und ein paar Hemden. Penibel untersuchte sie alle Taschen, ohne etwas zu entdecken außer Haaren und kleinen Wollfitzeln. Sie fischte ein paar Plastiktüten aus der Tasche und legte die Beweisstücke hinein.

»Glauben Sie tatsächlich, dass Sie etwas finden?«, fragte Pergolizzi.

»Man kann nie wissen.«

In einem größeren Karton lagen Bücher und Zeitschriften. Bei den Büchern handelte es sich um Science-Fiction-Romane, die sie Seite für Seite durchblätterte. Dann tauchten Briefe auf, die mit einem ausgeleierten Gummi zusammengehalten wurden. Sie waren mit ungelenker, vermeintlich eleganter Schreibschrift geschrieben und mit »Renata« unterzeichnet.

»Das muss seine Frau sein«, sagte Erica und hielt ihm das Bild einer attraktiven Blondine mit aufgewecktem Blick hin. Auf der Rückseite stand in derselben Handschrift: »Für Ale mit all meiner Liebe, Renata.« Das Bild wanderte in ein eigenes Plastiktütchen.

In einer Blechdose fand sie einige abgelaufene Ausweise, einen Sozialversicherungsschein, verschiedene ärztliche Befunde (Dallorto war herzkrank gewesen) und eine Papierserviette, auf die jemand mit Kugelschreiber ein paar Worte gekritzelt hatte. Erica konnte nur »Turin« entziffern.

Unschlüssig drehte sie die Serviette in den Händen.

»Haben Sie schon eine Idee?«, fragte Pergolizzi vorsichtig.

Angesichts dieser energischen jungen Frau mit dem herzlichen Lächeln fühlte er sich wie ein blutiger Anfänger.

Auf einem niedrigen Mäuerchen sitzend, die Füße im ausgedörrten, gelben Gras verborgen, in der Hand eine Dose Coca-Cola, ließ Erica ihren Blick über die einsamen Felder schweifen. Der Geruch nach Gülle war unerträglich.

»Also?«, insistierte Pergolizzi. »Vergessen wir die Sache?«

Sie fuhr sich mit dem Handrücken über den Mund und ließ die Dose in ihrer grauen Tasche verschwinden. Dabei erhaschte Pergolizzi einen Blick auf die Beretta, die zwischen einem kunstledernen Portemonnaie und einem roten Halstuch hervorlugte.

»Warum sollten wir sie vergessen?«, fragte Erica freundlich.

»Aber Dottoressa, was hat Dallorto denn mit den Verbrechen zu tun?«

Sie steckte die Füße noch tiefer ins Gras und räkelte sich. »Bin ich vielleicht müde!«, sagte sie und mit einem kleinen Lächeln: »Wissen Sie, was wir jetzt machen?«

»Nein. Was denn?«

»Ich fahre nach Genua zurück und Sie nach Asti. Aber wenn es Ihnen nicht allzu viel ausmacht, möchte ich, dass Sie morgen auf einen Sprung bei Dallortos Bank vorbeischauen. Wissen Sie, welche das ist?«

»Die Sparkasse.«

»Sehr gut. In der Zwischenzeit lasse ich die Serviette untersuchen, ich bin sicher, dass wir da etwas finden.«

»Wieso sind Sie da so sicher, wenn ich fragen darf?«

Erica zündete sich eine Zigarette an und nahm einen tiefen Zug. »Weil es merkwürdig ist, dass diese zerknitterte Serviette sich unter Dallortos Papieren befand. Ziemlich merkwürdig, sie so lange in einer Blechdose aufzubewahren … Haben Sie eine solche Blechdose?«

Pergolizzi schüttelte grinsend den Kopf.

»Ich schon. Sie macht jeden Umzug mit.« Erica unterbrach sich und fixierte ihre Fußspitzen. »Nicht, dass dort weltbewegende Sachen drin wären: ein kleiner Silberring von meinem ersten Freund, wissen Sie? Ich war zehn … Und dann eine Locke aus meiner Babyzeit, das Ticket meines ersten Flugs … all so ein Zeug. Aber das sind eben Erinnerungen, an denen ich sehr hänge. Und ebenso musste Dallorto an diesem Papierfetzen gehangen haben … das ist doch eine hochspannende Geschichte, finden Sie nicht?« Ihre Lippen verzogen sich zu einem Lächeln.

Pergolizzi fand sie immer sympathischer. Und aus diesem Grund erzählte er ihr von dem Phantom Bianchi. »Ich vermute, dass Bianchi der Urheber der Überfälle ist und uns an diesem Tag auf die Probe stellen wollte, ein bisschen mit uns spielen wollte. Was halten Sie davon?«

»Damit könnten Sie tatsächlich Recht haben. Was die Dinge allerdings komplizierter macht, das werden Sie noch merken, nehme ich an.«

»Das ist mir klar, Dottoressa. Ein echter Leichtsinn unsererseits.«

Erica stand abrupt auf und blieb vor ihm stehen, die Bluse leicht verschwitzt, die Haare lockig um ihr Gesicht gelegt. Sie sah ihn ernst an. »Inspektor Pergolizzi, darf ich Ihnen etwas sagen? Gehen Sie nicht zu hart mit dem armen Dighero ins Gericht. Letztlich konnte er nicht ahnen, was sich daraus entwickeln würde, meinen Sie nicht?«

Pergolizzi nickte ergeben, obwohl in Ericas Blick etwas lag, das ihre Worte Lügen strafte, wie ein Schatten, dessen

Ränder nur undeutlich und nebulös zu erkennen waren. Sie schien ihm etwas sagen zu wollen, für das sie nicht die nötige Kraft fand.

Auch Pergolizzi fühlte sich unwohl, vor allem deshalb, weil er ihr nicht erzählt hatte, dass Dighero Paola Carpi gekannt hatte. Er holte tief Luft und zog dann aus seinem Notizblock ein zweimal gefaltetes Blatt Papier hervor. »In dieser ganzen Geschichte sind für meinen Geschmack entschieden zu viele Nachrichten im Spiel«, sagte er und reichte den Zettel Erica.

»Glauben Sie denn, dass Dighero ein Motiv gehabt hätte, die Carpi umzubringen?« Erica sah den Inspektor nachdenklich an.

Pergolizzi lief es kalt über den Rücken. »Eine schreckliche These, Dottoressa ... schrecklich«, sagte er leise.

»Ich weiß, was Sie denken. Wenn Dighero die Carpi ermordet hat, dann auch die Dalton, Dallorto und ...«

»Und die Direnzo, ja. Ein Kind, Dottoressa.«

»Ja. Was glauben Sie denn? Mal ganz ehrlich.«

»Ganz ehrlich? Ich glaube gar nichts ... Es kommt mir alles so schmutzig und gemein vor.«

»Es könnte auch einfach eine Aneinanderreihung unglücklicher Zufälle sein.«

»Zufälle? Das wären ein bisschen viele Zufälle, wenn Sie mich fragen. Finden Sie nicht?«

Erica schwieg. Sie bürstete sich mit der Hand über die Hose und ließ den Verschluss ihrer Handtasche zuschnappen. »Haben Sie sich schon überlegt, wie wir weiter vorgehen sollen?«

»Ich würde mich gerne selbst darum kümmern, wenn

Sie nichts dagegen haben … Parallele Ermittlungen, Sie verstehen?«

»Das wäre wohl möglich. Sie halten mich doch auf dem Laufenden, nicht wahr?«

»Kein Problem, Dottoressa.«

»Gut.« Erica sah auf die Uhr. »Mist, schon wieder so spät! Soll ich Sie nach Asti fahren?«

»Es würde schon genügen, wenn Sie mich zum nächsten Bahnhof mitnehmen könnten. Aber danke, dass Sie fragen.«

Erica brachte ihn zum Bahnhof von Voghera und wartete mit ihm auf den Zug. Sie sprachen nicht mehr über Dighero; der Beamte stand zwischen ihnen wie der Schatten eines Verdachts, den sie zu vertreiben versuchten, indem sie von Dingen sprachen, die keinen von beiden interessierten.

Neun Uhr abends, letzte Lichtstrahlen auf den Fensterscheiben. Stille, die nur von den üblichen Bahnhofsgeräuschen unterbrochen wurde: Durchsagen, Aufrufe, einzelne Stimmen. Gatti war vor einer Weile gegangen und musste schon zu Hause sein. Ihn selbst hatte seine Frau bereits zweimal angerufen, um ihn daran zu erinnern, dass sie Freunde zum Essen dahatten, aber er konnte sich trotzdem nicht losreißen. Die Worte der Kommissarin Franzoni gingen ihm nicht aus dem Kopf und er versuchte auch gar nicht, sie zu vertreiben.

Hatte Dighero ein Motiv, die Carpi umzubringen? Warum nur hatte er nicht sofort zugegeben, dass er sie kannte? Warum schrieb die Carpi Dighero, dass sie glücklich sei? Was war an jenem Sonntag passiert, das die Psychologin dazu veranlasst hatte, die E-Mail zu schreiben?

Und warum hatte Dighero die Zeugenaussage von diesem Bianchi nicht korrekt überprüft? Wie viele Bianchis gab es in Asti, in Turin, in Genua? Wie kam es, dass er keinen Verdacht geschöpft hatte? Einen winzigen Verdacht?

›Vielleicht hat Dighero ja nichts mit der ganzen Geschichte zu tun‹, dachte Pergolizzi, während er seinen Schreibtisch ein wenig aufräumte. ›Aber als Polizeibeamter ist er auf jeden Fall nicht länger tragbar. Absolut untragbar.‹

Er knipste das Licht aus und schloss die Tür, einfache Gesten, wie er sie jeden Tag ausführte, und doch kamen sie ihm heute Abend irgendwie definitiver vor.

Welches Motiv konnte Dighero gehabt haben, die Carpi umzubringen?

Sie verband das Handy mit dem Ladegerät und taute sich in der Mikrowelle eine Tiefkühlpizza auf. Die Filmmusik von *Strange days* erfüllte das Zimmer und durch die offenen Fenster fiel der Blick auf einen märchenhaften Sonnenuntergang. Der riesige, rot-orange Sonnenball versank hinter der Polizeischule und am Himmel erschien ein erster, einsamer Stern. Erica löste ihre Haare und schlüpfte in ihren Hauspulli, während im Film des Tages gerade der Song *Hardly Wait* gespielt wurde. Morgen würde sie Teresa die Plastiktütchen bringen, doch bis dahin genoss sie die rauchige, sinnliche Stimme von Juliette Lewis.

Als sie den Posteingang öffnete, fand sie Maffinas E-Mail:

> Ohne mich in deine Ermittlungen einmischen zu wollen, hier nur ein kleiner Hinweis:
>
> Antonelli hat ein psychologisches Profil des Mörders entworfen. Ich glaubte, es könnte hilfreich sein (auch weil

es weitgehend mit dem der SCICOSI von Turin übereinstimmt). Möchtest du es in Ruhe lesen? Dann können wir ja darüber sprechen … Heute war ich bei Michelino. Er erholt sich schnell, so dass der Arzt mittlerweile einen epileptischen Anfall ausschließt.
Erhol dich und mach das Handy aus, wenn möglich.

PS: Sollte es, wenn du diese E-Mail liest, nicht zu spät sein, kannst du mich ja mal anrufen. Du weißt doch sicher, dass du heute Geburtstag hast? Ich und Lopà haben eine kleine Überraschung für dich vorbereitet …

Erica rief ihn auf dem Handy an. »Ich bin jetzt zu Hause«, sagte sie und sah auf die Straße und die Autos hinab, die sich langsam zum Wohnviertel hinaufschlängelten.

Zehn Minuten später waren sie da.

26

Eines Abends, als es stark regnete und Blitze die Nacht erhellten, hatte er den Koffer von Elvira Puggioni geöffnet – von der Frau, die er kurz vor Alessandria beraubt hatte. Aus dem Garten stieg ein durchdringender Duft herauf (eine Mischung aus Feuchtigkeit, nasser Erde und Holz), der ihn an die Besuche auf dem Friedhof erinnerte, als er noch ein Kind war. Er hasste diese Erinnerung: das vor Kälte gerötete Gesicht seiner Mutter, das ewige Plätschern des Regens, die Blumenvasen, die er am Wasserhahn auffüllen musste, der Geruch nach fauligem Wasser.

Erinnerungen, die er lieber vergessen wollte, so hatte er gedacht, als er den Koffer aufmachte (ordentlich gebügelte und gefaltete Unterwäsche, Hausschlappen, zwei Frotteehandtücher, ein Morgenmantel, ein Kostüm mit Rock und Jacke aus grüner Wolle, eine Seidenbluse, die Taschenbuchausgabe von Zolas Térèse Raquin *…). Mit ehrfürchtigem Staunen hatte er in dem Buch geblättert. Die kitschige Liebesgeschichte um Verbrechen und Vergebung war ihm wie ein Omen vorgekommen.*

Doch als er im Leben von Elvira Puggioni wühlte, kannte er Tofano und seinen zerstörerischen Wahn noch nicht …

»Das sind die Bilder, die Michelino zuletzt gemalt hat«, sagte die Psychiaterin und reichte Erica eine Mappe. Ihre Stimme klang eine Spur herablassend, als spräche sie mit einer Analphabetin. »Die meisten dieser Zeichnungen sind für einen Laien natürlich unverständlich, aber ein oder zwei könnten Ihnen vielleicht weiterhelfen, Sie verstehen?«

»Vollkommen«, sagte Erica trocken. Sie hätte die Frau am liebsten sonst wo hin gewünscht, doch sie brauchte sie noch. Sie warf Patrizia einen Blick zu. Die Psychomotorikerin legte gerade die Stoffbahnen zusammen, in denen Michelino sich versteckt hatte. Sein Geruch hing noch in dem Gewebe: durchdringend, säuerlich, adrenalingeladen.

Patrizia bedeutete ihr mit einer Geste, Ruhe zu bewahren.

Erica konzentrierte sich auf die Zeichnungen. Sie zeigten alle dasselbe: eine Ansammlung wild gezackter Linien, aggressiv und unheimlich. Manchmal glaubte man, ein Wesen zu erkennen, doch dann war wieder alles zu wirr und chaotisch, um irgendetwas herauslesen zu können.

»Das hier sieht wie ein Drache aus«, meinte Erica und zeigte auf ein Blatt.

Die Psychiaterin lächelte nachsichtig.

»Dürfte ich das mitnehmen? Oder könnten Sie mir wenigstens eine Kopie davon machen?«

»Eine Kopie, natürlich. Ich kümmere mich sofort darum.« Patrizia ließ ihre Stoffe sinken und eilte aus dem Zimmer. Die Psychiaterin schien nicht ganz einverstanden zu sein, sagte aber nichts.

Die ganze Zeit, in der Erica die Zeichnungen betrachtete, hatte Michelino beinah reglos auf dem Boden gesessen, das Gesicht der Wand zugedreht, während allein seine Hände einen Trommelwirbel auf den Fliesen veranstalteten.

Zurück im Polizeipräsidium wählte sie sofort die Telefonnummer der Maskenfabrik. »Hier spricht Hauptkommissarin Franzoni, ich hätte gerne eine Information.«

Während sie wartete, spielte sie mit dem Geburtstagsgeschenk von Maffina und Lopà. Ein schmales, silber- und türkisfarbenes Armband. »Ein Glücksbringer«, hatten sie gesagt, als sie ihr das Päckchen überreichten. Sie wartete vielleicht fünf Minuten und strich über die Steine, die sich glatt und kühl anfühlten wie Kiesel im Meer.

»Was suchen Sie denn genau, Dottoressa?« Die Stimme hatte einen starken dialektalen Einschlag.

»Einen Drachenkopf oder etwas, das an einen Drachen erinnert.«

»Einen Drachenkopf? Nein, tut mir Leid. Drachenköpfe haben wir nicht im Programm. Wir haben sämtliche Disneyfiguren, Politiker, die ein oder andere Fernsehdiva, aber keine Drachen. Tut mir Leid.«

»Mir auch«, murmelte Erica.

»Das psychologische Profil deckt sich so ziemlich mit der Personenbeschreibung, vorausgesetzt, der Zeuge ist vertrauenswürdig«, sagte Antonelli.

Erica sah in ihr Ringbuch. »Scheint so. Ein pensionierter Lehrer aus Serravalle. Den Kollegen aus Alessandria zufolge ein beliebter Mann, zurückhaltend, umsichtig. Also niemand, der sich produzieren will, im Gegenteil: Er hat ein paar Tage gewartet, ehe er sich meldete. Er sagte, er wolle sich ganz sicher sein. Der Pensionär machte gerade seinen nachmittäglichen Verdauungsspaziergang … lächeln Sie nicht, das waren seine Worte … etwa gegen drei. Der Park war leer, so konnte er also in aller Ruhe die fragliche Person beobachten.« Erica sah von dem Notizblock auf und blickte Antonelli an: »Die ihrerseits nichts davon gemerkt zu haben scheint.«

»Dann war der Zeuge also nicht sehr nahe dran?«

»Leider nein. Dennoch zählen wir sehr auf seine Aussage, der einzige Anhaltspunkt, den wir haben, verstehen Sie?« Sie sprach eilig, als fürchte sie, Antonelli könne plötzlich verschwinden oder sagen, das sei doch alles Quatsch.

Der Psychologe faltete die Hände und fragte, ob sie ein Glas Wasser wolle. Sie schüttelte den Kopf.

»Der Zeuge sprach von einer nicht mehr ganz jungen Person …«

»Aber auch nicht alt«, ergänzte sie.

»Sicher, auch nicht alt. Jemand, der Wert auf sein Äußeres legt, sich elegant kleidet, einen Aktenkoffer dabeihat. Immer laut unserem Rentner, natürlich.«

»Natürlich.« Erica blätterte einige Seiten ihres Ringbuchs um. »Beunruhigende Beschreibung, finden Sie nicht? Ich meine, wenn es sich wirklich um ihn handelt, hatte er gerade erst ein junges Mädchen ermordet ...« Erica schwieg, als fürchte sie, mehr zu sagen. Sie lächelte entschuldigend und holte tief Luft. »Er ermordet die Direnzo, legt ein paar Kastanienzweige über sie, packt seine Sachen zusammen, steckt wahrscheinlich die Maske in die Aktentasche, kontrolliert, ob alles in Ordnung ist, und geht.«

Erica sah den Wald vor sich, die Zweige der Bäume, die beinah bis auf den Boden herabhingen, den Trampelpfad, der durch ihn hindurchführte.

»Er muss sich sehr sicher gefühlt haben«, sagte sie mehr zu sich selbst. »Sonst hätte er keine Zeit damit verschwendet, sie mit Ästen zuzudecken. Außerdem wird der Pfad stark frequentiert, wenn man Dragoncelli glauben darf ... Ein ziemlich irrationales Verhalten, finden Sie nicht? Er hat sie nicht vergewaltigt, trotzdem wies die Leiche der Direnzo Kratzer und Hämatome im Schambereich und um die Brüste auf. An der Carpi wurde nichts Derartiges gefunden ... Die Sachverständigen versuchen gerade, den Ablauf des Überfalls zu rekonstruieren. Wer weiß, vielleicht entdecken sie ja noch etwas. Bei der Dalton war das leider unmöglich, so wie sie zugerichtet war.« Wieder musste sie ihre aufsteigende Panik mühsam hinunterschlucken. »Und dann ist da noch der Umstand mit der Maske ... Jetzt hätte ich doch gern ein wenig Wasser, wenn es geht.«

Antonelli füllte zwei Gläser.

»Michelino Dalton malt immer noch Drachen ... Ich habe natürlich sofort bei dieser Firma angerufen, aber da hieß es, sie stellen keine Drachen her, nur Disneyfiguren und Politiker. Dann gibt es da noch eine auf Drachenmasken spezialisierte Firma, die ich aber von vorneherein ausschließen möchte.«

»Warum?«

»Weil sie in Lecce ist und ihre Ware nur lokal vertreibt.«

Antonelli machte eine wegwerfende Handbewegung. »Es könnte auch lediglich eine Assoziation sein, immerhin ist der Drache ja ein Stereotyp kindlicher Ängste, wie der Wolf und der Bär. Wir sollten uns nicht von Äußerlichkeiten in die Irre leiten lassen … Und auch die Sache mit den Zügen ist interessant. Sie wissen sicherlich, dass in der Traumdeutung der Zug die Bedeutung des Todes hat? Von einem Zug zu träumen bedeutet, den eigenen Tod zu träumen oder den Tod von jemandem, der uns nahe steht.«

»So wird der Zug für den Mörder zum Instrument des Todes?«

»Mehr oder weniger.«

»Aber bei der Direnzo war es nicht so …«

»Stimmt. Ich muss zugeben, dass das nicht ganz ins Bild passt. Dennoch …«

Erica unterbrach ihn. »Ich glaube, dass er die Habseligkeiten seiner Opfer aufbewahrt, um mit ihrer Hilfe seine Phantasien zu konstruieren. Bei der Direnzo muss es so gewesen sein.« Nachdenklich sah sie den Psychologen an und fragte sich, wie weit sie sich ihm anvertrauen konnte, ohne Pergolizzi in Schwierigkeiten zu bringen.

»Gibt es ein Problem?«, fragte Antonelli höflich.

Sie nickte müde. »Es existiert noch eine andere Zeugenaussage«, sagte sie schließlich mit im Schoß vergrabenen Händen und ohne Antonelli anzusehen. »Eine wichtige und hundertprozentig vertrauenswürdige Zeugenaussage. Aber ich möchte verhindern, dass die Person, die sie mir verschafft hat, in Schwierigkeiten gerät, verstehen Sie?«

»Vollkommen. Dennoch …«

Erica fuhr sich mit den Händen durch die Haare. »Klar, dennoch … eine echte Zwickmühle!«

»Es handelt sich um einen Kollegen, stimmt's?«

»Aus Asti«, gab Erica zu und begann mit leiser Stimme und gesenktem Blick zu erzählen.

»Wann haben Sie das erfahren?«

»Nach dem Mord an der Direnzo, als wir sämtliche Beamten informiert haben, die mit den Diebstählen vergangenes Jahr zu tun hatten. Eine reine Vorsichtsmaßnahme, da ich nicht glaube, dass der Mörder sich auf alte Leute kapriziert.«

»Und wie kommen Sie darauf? Intuition?«

»Könnte man sagen. Dighero ist selbstverständlich zur Aussage bereit.«

»Ebenfalls eine Intuition?«

Dieses Mal lächelte Erica. »Nein, gewiss nicht. Das sagte mir Inspektor Pergolizzi. Wenn Agente Dighero allerdings als Zeuge auftritt, gerät das gesamte Kommissariat von Asti in Schwierigkeiten. Man wird sagen, dass sie nicht genügend Kontrollen durchgeführt haben, dass sie schlampig gearbeitet haben …«

»Und haben sie das etwa nicht?«

»Schon«, räumte sie ein. »Aber vor einem Jahr ging es nur um Diebstähle, die im Übrigen in Zügen nicht gerade selten sind.«

»Stimmt. Aber jetzt haben wir es mit einer ganzen Mordserie zu tun. Eine unverzeihliche Nachlässigkeit. Haben Sie mit Dottore Maffina darüber geredet?«

»Das war das Erste, was ich getan habe. Ich glaube, er hat sich auch mit Pergolizzi getroffen, um mit ihm das weitere Vorgehen zu besprechen. Eine delikate Angelegenheit.«

»Eine unverzeihliche Nachlässigkeit«, sagte Antonelli noch einmal.

Erica nickte und kämpfte mit den Tränen. »In letzter Zeit weine ich wegen jeder Kleinigkeit«, sagte sie plötzlich.

Antonelli sah sie ernst an. »Sie sind zu jung, um die Last dieser Ermittlung zu ertragen. Außerdem sind Sie eine Frau, das macht es noch schwerer.«

Gekränkt sah Erica auf. »Ich wüsste nicht, warum es das noch schwerer macht. Die Tatsache, dass ich eine Frau bin, meine ich.«

»Möchten Sie eine Antwort?«

Sie winkte ab.

»Das dachte ich mir.« Antonelli schenkte sich noch ein Glas Wasser ein. »Die Aussage von Agente Dighero stimmt mit dem psychologischen Gutachten überein?«

»Perfekt.«

Antonelli seufzte, sagte aber nichts mehr.

Erica hätte ihm gern von den Anrufen erzählt, traute sich aber nicht, um nicht zugeben zu müssen, dass der Psychologe Recht hatte.

»Könnte ich auch noch etwas Wasser haben?«, fragte sie stattdessen und hielt seinem Blick scheinbar ruhig und gelassen stand.

Das Phantombild zeigte eine hohe Stirn mit tiefen Geheimratsecken, kurze helle Haare, ein schmales, dünnes Gesicht. Ein aristokratisches Gesicht, in dem nur die Augen nicht in das Gesamtbild passten. Lo Pascio scannte die Zeichnung ein und ließ den Computer einige Änderungen durchführen, die Erica ihm vorgeschlagen hatte.

Sie selbst saß an ihrem Schreibtisch, studierte ein paar

Zeichnungen und rauchte dabei augenscheinlich entspannt eine Zigarette nach der anderen. In einer blauen Vase welkte ein Strauß Anemonen vor sich hin, den sie erst am Vortag gekauft hatte.

»Es ist viel zu warm für Schnittblumen«, klagte Lo Pascio.

»Meinst du?« Ihre gebräunte Hand griff prüfend nach den Blumen. »Ihr Armen! Ich sollte euch mal frisches Wasser geben.«

Lo Pascio stellte zufrieden fest, dass Erica immer noch das Armband trug, welches er ihr zusammen mit Maffina geschenkt hatte. »Am besten solltest du gar keine Blumen mehr kaufen«, sagte er vorsichtig.

Sie lachte auf. »Ach, komm schon.« Ihr Blick kehrte zur Zeichnung zurück.

Das Telefon klingelte.

»Gestern Abend habe ich dich wieder im Fernsehen gesehen«, sagte er. Erica stellte das Telefon auf Mithören und bedeutete Lo Pascio mit einer Hand, leise zu sein. »Du hast eine schöne Stimme, sie erinnert mich an Gras. An den Glanz von Gras ... Deine Augen sind wahrscheinlich auch grün. Wie eine Wiese. Sie sind doch grün, oder? Ich bin so einsam, so schrecklich einsam. Oh, wenn ich dich nur einmal treffen könnte ...«

Dann folgte nach einem langen Seufzen ein bedrohliches Schweigen. Erica hatte geglaubt, hier im Büro des Polizeipräsidiums, mit Lo Pascio am Schreibtisch gegenüber und Maffina im Zimmer nebenan, könne ihr nichts geschehen. Hier hatte sie sich sicher gefühlt, geschützt, im Frieden mit sich und der Welt.

Und doch hatte er angerufen, hatte er sich in ihren Alltag eingeschlichen wie ein Krebs ... In seiner Stimme lag nicht mehr das kratzige Raunen des ersten Anrufs, sondern eine auffällige Weichheit und Süße. ›Eine angenehme Stimme, die perfekt in Antonellis Profil passt‹, dachte sie schaudernd.

Später rief die Spurensicherung an. Sie hatten die Aufnahme, sagten sie, und arbeiteten daran. »Er hat nicht von Genua aus angerufen und so gut wie sicher aus einer Telefonzelle.«

»Wann werden wir mehr wissen?«

»Haben Sie Geduld, Dottoressa. Wir arbeiten dran«, wiederholte der Sachverständige.

Vor der Brücke gab es eine Telefonzelle. Sie hatte quasi zufällig im Handyzeitalter überlebt, ein bisschen mitgenommen, aber im Großen und Ganzen gut erhalten. Obszöne Sprüche waren auf die Scheiben geschmiert, durch die man die Rundbögen der Brücke und das Wasser des Pos sehen konnte, das an ihnen hochschwappte. Und dahinter nur noch Bäume und Felder, so weit das Auge reichte.

›Wie in einem Bild von Hopper‹, dachte er bisweilen.

27

Ob er wieder töten würde? Wieder dieses Gefühl der Macht verspüren würde?

Es gab gewisse Abende, an denen der Gedanke daran ihn zerfraß, ihm keine Ruhe ließ, bis er schwach und zittrig auf der Schwelle der Nacht saß, von der er wusste, dass sie lang sein würde, lang und feindlich …

Mit väterlichem Stolz sah Maffina, wie seine Beamten eifrig alles mitschrieben, was er in seiner letzten Vorlesung in Kriminologie verkündete. Danach würden die Prüfungen folgen und im Herbst hätte er wieder neue Schüler, neue Vorlesungen, vielleicht auch ein neues Fach. Es sei denn, er bekäme keinen Lehrauftrag mehr, denn es gab Gerüchte, dass die ganze Schule geschlossen werden sollte.

›Was wirklich schade wäre‹, dachte er, während er seine Beamten mit einem Lächeln und einem Händedruck verabschiedete. Er packte die Unterlagen zusammen und trat auf den Flur.

Erica wartete vor dem Kiosk auf ihn. »Ich wusste, dass Sie hier vorbeikommen würden«, sagte sie und lächelte. Sie trug ihren Trainingsanzug und hatte ein Handtuch um den Hals geschlungen. Nach Duschgel und Kölnischwasser riechend, die Haare noch nass, zog sie gelassen an ihrer Zigarette und schnippte die Asche in einen Pappbecher. »Nehmen Sie was in der Bar?«, fragte sie und hakte sich bei ihm ein.

»Warum ist da nicht dran zu denken?«, fragte Erica aufgebracht.

Maffina schnaufte. »Weil es meiner Ansicht nach sinnlos und gefährlich ist und uns außerdem nicht weiterbringt.«

»Vielleicht haben Sie Recht«, gab Erica zu und lächelte schmal. Sie nahm einen großen Schluck aus ihrer Cola und steckte sich ein paar Salzstangen in den Mund. »Vielleicht aber auch nicht. Natürlich könnte es sich um irgendeinen Deppen handeln, der sich wichtig machen will, aber wenn nicht? Wenn er uns wirklich helfen möchte, den Mörder zu finden?«

Maffina schüttelte den Kopf. »Er wird nicht zum Treffpunkt kommen, Erica. Wahrscheinlich ist es ein Irrer.«

»Er hat mich im Büro angerufen.«

»Ja und? Wir werden von anonymen Anrufen bombardiert, das weißt du.«

»Aber diesmal war es anders. Er hat nicht aus Genua angerufen, sondern aus einer Telefonzelle in der Nähe von Stradella ... Ganz aus der Nähe, sozusagen. Es gibt noch zu viele ungeklärte Punkte in diesem Fall: die so unterschiedlichen Morde, keine Verbindung zwischen den Opfern, außer der Sache mit den Masken ... Eine echt harte Nuss. Seit zwei Monaten tappen wir im Dunkeln. Wir haben nichts in der Hand als Protokolle und Gutachten und noch mehr Protokolle, die sich allesamt widersprechen. Wir sind an einem Punkt angelangt, an dem ich nichts mehr ausschließen möchte.«

Maffina schwieg.

»Also, wollen Sie mir jetzt helfen oder muss ich es alleine durchziehen?«, kam sie dickköpfig auf ihre Frage zurück, während sie mit vor Verlegenheit rotem Gesicht seinem Blick standhielt.

»Ich helfe dir, wenn wir es auf meine Art tun«, sagte Maffina schließlich. »Und wenn du mir versprichst, Kurzschlusshandlungen zu vermeiden. Das versprichst du mir doch, oder?«

Doch sie versprach ihm gar nichts.

Etwas später ging Erica bei Michelino vorbei. Das Kind saß auf der Terrasse und betrachtete die Bäume, die sich gemächlich im Schirokko wiegten. Die Luft roch nach Salz und von ihrem Standort aus konnte Erica die hohen

Wellen sehen, die sich an der Felsküste von Quarto brachen.

»Hallo, Michelino«, sagte sie und trat näher.

Der Junge starrte immer noch auf die Baumkronen.

Erica setzte sich mit dem Rücken zu Park und Meer, dann begann sie, auf den Boden zu trommeln.

Endlich wandte Michelino ihr den Blick zu. Fasziniert starrte er auf Ericas Hände, die auf den Boden schlugen. Es steckte etwas Magisches in diesem einfachen Rhythmus: eine Folge, die er nachahmen und mittrommeln konnte. Etwas rumorte in ihm, ein noch formloses, leeres Etwas, doch der Klang war verführerisch und er begann zu trommeln, ganz leise, als fürchte er sich vor seinen eigenen Händen.

28

Vom Schlafzimmerfenster aus versuchte Annalisa einen Blick auf die Gasse zu erhaschen, konnte aber nur die grauen Steine der gegenüberliegenden Häuserwand sehen, über der sich ein Meer aus Dächern und Fernsehantennen ausbreitete. Grau zeichneten sie sich vor dem schieferfarbenen, von Feuchtigkeit und Hitze aufgedunsenen Himmel ab. Annalisa lächelte unwillkürlich und sah noch einmal hinunter. Obwohl ein Schwindel sie erfasste, lehnte sie sich immer weiter hinaus und stellte sich das Gewirr aus Gässchen, Plätzen, Durchgängen, Torbögen und Höfen vor, das diesem Teil der Stadt das Aussehen einer arabischen Kasbah verlieh.

Annalisa war froh, dass Maffina in der Via delle Vigne wohnte, einer kleinen Gasse, über der vor zehn Jahren noch der Geruch nach Heilkräutern und Schokolade gelegen hatte. In dieser Straße hatten Drogisten und Konditoren mit ihren Düften um die Luft zwischen den Häusern gewetteifert und an manchen Abenden waren die umliegenden Wohnungen quasi getränkt von den vielerlei Gerüchen. Heute lag nur noch der süßliche Modergestank in der Luft, der den in der Sommerhitze brütenden Mülltonnen entstieg. Sie schüttelte den Kopf und lächelte über ihre Gedanken. Vor drei Stunden war sie in Genua angekommen (»Eine Überraschung, Maf, freust du dich?«) und würde gleich am nächsten Morgen wieder abreisen. Manchmal war die Zeit ein Tyrann. Sie wandte sich zu dem Bett hin, in dem Maffina lag und zu schlafen schien.

»Ich könnte wetten, dass Erica etwas mit Lopà hat«, sagte er unvermittelt.

»Kenne ich den?«, fragte Annalisa desinteressiert und eher aus Höflichkeit, als ginge die Sache sie nichts an. Ungern riss sie sich von dem Fenster und den Dächern los.

»Nein, ich glaube nicht. Er ist erst vor kurzem zum Inspektor befördert worden und kümmert sich um die Computersachen … Ein hervorragender Schütze.« Maffinas leise Stimme klang scheinbar unbeteiligt. Ein Bein baumelte aus dem Bett, während das andere noch zwischen den Laken vergraben war.

»Wo liegt dann das Problem? Erica muss ihr eigenes Leben führen. Du bist ja fast schlimmer als ein altmodischer Vater.« Annalisa setzte sich neben ihn. Trotz ihrer gerunzelten Stirn wirkte sie ausgeglichen.

»*Bon*, vielleicht hast du Recht, aber ich finde, sie ist anders als sonst. So dickköpfig und angriffslustig. Nimm doch nur die Sache mit diesem Treffen … Sie hat ihren Kopf durchgesetzt und verbringt ihre Freizeit jetzt auf der Müllhalde von Scarpino, um auf Ratten zu schießen. Besonders entspannt kommt sie mir nicht gerade vor. Aber als ich meinte, der Einfall sei verrückt, hat sie mir fast ins Gesicht gelacht.«

»Ich weiß von den Ratten, Maf. Erica hat mir davon erzählt.«

»Sie hat sich verändert«, wiederholte er stur. Ihm wurde klar, dass es so einiges gab, das er von Erica und Annalisa nicht wusste. Die beiden Frauen hatten ihre ganz eigene Wellenlänge, über die sie kommunizierten, und einen Moment fürchtete er sich vor dieser Frauenwelt, aus der er scheinbar ausgeschlossen war.

»Erica mag ja dickköpfig sein, wie du sagst, aber sie macht sich auch viele Gedanken. Und sie ist kein Kind mehr, Maf.«

Annalisa dachte an ihre erste Begegnung zurück. Erica hatte für ihre Examensarbeit recherchiert und sie um ein Treffen gebeten. Lächelnd und entspannt, unter den Armen einen Stapel Bücher, einen kleinen Schokoladenfleck auf der Wange. »Sie ist mit Schokolade bekleckert«, hatte ihm Annalisa lachend verkündet. Erica hatte sich mit einem Kleenex den Mund gesäubert und erzählt, dass sie gerade ein Croissant verzehrt hatte. »Um mir Mut zu machen.« Dann hatten sie gemeinsam darüber gelacht.

»Gib ihr Zeit, sei nicht so besitzergreifend.« Annalisa sah auf die Uhr. »Wir müssen uns fertig machen«, sagte sie und seufzte leicht. Dennoch blieb sie auf dem Bett sitzen und blickte versonnen aus dem Fenster. »Immer wenn ich nach Genua komme, regnet es, ist dir das schon einmal aufgefallen?«

»Du müsstest einfach häufiger kommen. Und vielleicht ein paar Tage bleiben, wenn du schon mal da bist.«

Sie schüttelte den Kopf. »Es ist besser so, glaub mir, Maf.« Sie lächelte mütterlich, wie es manchmal ihre Art war.

Sie sprachen nicht mehr von Erica.

Beneventi, der in der Via Gramsci wohnte, hatte auf der großen Terrasse den Tisch gedeckt, von der man einen weiten Blick über den gesamten Hafen von den Baumwolllagern bis zu den Türmen von San Benigno hatte.

»Wir essen auf der Terrasse, hoffentlich fängt es nicht an zu regnen«, verkündete er beiläufig. Ebenso beiläufig, als sähen sie sich jeden Tag, umarmte er Annalisa und zog dann Maffina mit den Worten beiseite, er müsse dringend mit ihm reden.

»Immer nur Arbeit, ihr seid schrecklich.« Trotz ihres Tadels lächelte Annalisa, als sei sie im Grunde damit einverstanden.

Die Wohnung ihres Bruders war mit allem möglichen Kleinkram aus Familienbesitz voll gestellt: säuberlich abgestaubte und auf Hochglanz getrimmte Objekte, die willkürlich auf Tische und Anrichten verteilt waren, zusammen mit Rechtswerken und Stapeln von Computerdisketten. Nur auf der Terrasse herrschte Ordnung: Der für drei Leute gedeckte Tisch stand in der Nähe eines kleinen marmornen Brunnens und eines Blumentopfs mit einem Zitronenbäumchen. Abgerundet wurde das Ensemble durch ein Weidensofa und eine schmale Liege, auf der Antonino als kleiner Junge immer gelesen hatte.

Annalisa ließ sich auf der Liege nieder und betrachtete die Lichter des Hafens und das gleichmäßige Blinken der großen Werbetafeln, die sich im Sekundentakt auf dem Boden der Terrasse abzeichneten, erloschen und gleich wieder aufleuchteten.

»Ich habe die Recherche durchgeführt, um die du mich gebeten hattest«, sagte Beneventi und betrachtete unschlüssig das Abendessen, das er bei einem chinesischen Restaurant bestellt hatte. Er begann, die Speisen auf Tabletts aus Weidenrute zu drapieren, was Annalisa sicher gefallen würde.

»Und was ist dabei herausgekommen?«

Beneventi kicherte. »Um ehrlich zu sein, habe ich es nicht selbst gemacht, sondern zwei Jurastudentinnen damit beauftragt. Schließlich kann ich meine Arbeit nicht einfach liegen lassen, du weißt ja, wie beschäftigt ich bin. Die zwei jungen Frauen haben sich eine Woche lang im Archiv vergraben.«

»Ich hoffe, du hast ihnen nichts gesagt.«

»Für wen hältst du mich? In unserem Metier sind solche Nachforschungen an der Tagesordnung. Nein, du kannst ganz beruhigt sein. Äußerste Geheimhaltung.«

Maffina war trotzdem nicht beruhigt. »Welchen Vorwand hast du ihnen denn genannt?«

Der Richter betrachtete zufrieden das Tablett, das er gerade voll gestellt hatte. »Im Übrigen habe ich das Untersuchungsfeld und den fraglichen Zeitraum genauer eingegrenzt: Die ersten Fälle liegen zehn Jahre zurück ...«

»Und das Untersuchungsfeld?«

»Da habe ich mich ganz an deine Anweisungen gehalten: nur Personen und Vorkommnisse, die irgendwie mit Zügen in Verbindung stehen. Ich habe alles auf Diskette gespeichert, warte, ich muss mal sehen, wo ich sie habe.« Die Diskette lag auf dem Kühlschrank und Beneventi schüttelte den Kopf. »Ich werde immer chaotischer.« Besorgt sah er Maffina an. »Stimmt etwas nicht?«

»Ich finde die Recherche zu allgemein.«

»Du hast doch immer betont, wir dürften nichts außer Acht lassen. Hier sind alle Daten drauf. Jetzt musst du sie nur noch sichten, auswählen und Parallelen herausfiltern. Ohne dir deinen Job erklären zu wollen, aber …« Er tippte mit dem Finger auf die Diskette. »Auf diese Weise wurden schon unzählige Fälle gelöst, das weißt du selbst. Hast du die Franzoni informiert?«

Maffina schüttelte den Kopf.

»Worauf wartest du? Also hör mal, Antonio, das ist schließlich ihr Fall. Oder etwa nicht?«

»Doch, doch, aber ich möchte trotzdem noch warten.«

Beneventi sah ihn ernst an. »Morgen findet dieses Treffen beim Aquarium statt, stimmt's? Macht die Franzoni sich Sorgen deswegen?«

Maffina grinste. »Sie nicht.«

»Aber du anscheinend …« Der Richter schüttelte den Kopf. »Ich kann nur hoffen, dass du weißt, was du tust«, sagte er sybillinisch.

Der Polizeileutnant, der ihre Schüsse kontrollierte, verzog bedauernd das Gesicht. »Du bist noch nicht so weit«, sagte er. »Im Zielen machst du Fortschritte, aber verflucht noch mal, dieser Spleen, die Pistole in der Tasche mit dir herumzutragen, kann dich noch mal teuer zu stehen kommen.«

Erica sah ihn schief an. »Hoffen wir das Beste«, sagte sie,

zog die Pistole und richtete sie auf den Kopf der Zielscheibe. Sie zielte mitten auf die Stirn.

»Hast du Lust, kurz nach Scarpino zu fahren?«, fragte Lo Pascio.

Erica sah, wie sich die Wolken vor den Bergen zusammenzogen. »Ich hasse es, Ratten zu töten«, sagte sie und verzog angeekelt das Gesicht. »Lopà, hast du keinen besseren Vorschlag?«

Lo Pascio war beleidigt. Er brummelte etwas wie »ein andermal vielleicht« und kam sich vor wie ein Volltrottel.

Erica sah noch einmal zum Himmel hinauf. »Und wenn es morgen regnet? An das Wetter hatte ich nicht gedacht. Wenn es morgen regnet, fällt die ganze Sache vielleicht ins Wasser.«

»Was bedeuten würde, dass das Rattengemetzel vollkommen überflüssig war«, sagte Lo Pascio mit ironischem Unterton. Doch auch er machte sich Sorgen wegen des Wetters. »Jetzt reg dich mal nicht auf, okay? Du wirst sehen, es geht alles gut.«

»Wirst du auch da sein?«

»Aber natürlich bin ich da!« Er nahm sie am Arm. »Also, was machen wir jetzt? Eine Pizza unten in Rivarolo oder zum Chinesen nach Sampierdarena?«

Erica lächelte, schon etwas gelassener. »Hättest du auch Lust auf Käse und Reis bei mir im Turm?«

Mit ihr zu schlafen war nicht Teil seines Plans zur moralischen Unterstützung Ericas gewesen und Lo Pascio hatte keinen Moment daran gedacht, als er mit einem zerstreuten Blick auf das Panorama ihre Wohnung betreten hatte.

Doch nun lag Erica nackt in seinen Armen, die Haut leicht gebräunt, und das Silberarmband klimperte leise bei jeder Bewegung. Sie hatte die Augen geschlossen, ein leichtes Lächeln auf den Lippen, der Körper glänzte vor Schweiß. Sie roch gut, wie ein Kind, und Lo Pascio nahm sie gelassen und vergnügt, die beste Art es zu tun, wie er fand. In sie eindringen, sie küssen, das Gesicht zwischen ihren Beinen vergraben, die kleinen, festen Brüste sanft in seinen Händen.

29

Erica stand am Fenster und beobachtete, wie der Sonnenschein sich über dem Viertel ausbreitete und auch das letzte Eckchen Schatten verschlang. Es war ein strahlender Tag und sie dachte, dass bei diesem Licht und diesem blitzblanken Himmel eigentlich nichts Schlimmes passieren konnte. Während sie den Kaffee aufsetzte, rief sie sich noch einmal ihren Treffpunkt ins Gedächtnis, ging im Geiste die Fluchtwege durch und versuchte die Bewegungen des Unbekannten vorherzusehen, vorauszuahnen, vorwegzunehmen. Sie hatte sich für das Aquarium entschieden, weil das ein belebter und dennoch ganz spezieller Ort war, mit großen, halbdunklen Räumen, in denen er sicherlich die eine oder andere Avance wagen könnte. Aber sie würden gar nicht erst die Hallen betreten, weil sie ihn vorher festnahmen. Bei diesem Gedanken überkam sie eine freudige Erregung. Sie war aufgeregt wie lange nicht mehr, streifte durch die Wohnung, machte Schubladen auf und zu, verschob Dinge, um sie einen Moment später wieder an ihren alten Platz zu rücken. Sie fragte sich, ob sie vielleicht auch wegen der Sache mit Lo Pascio so aufgeregt war. Er war gegen fünf Uhr morgens gegangen, nicht ohne ihr eine Nachricht auf dem Nachttisch zu hinterlassen. ›Ganz wie es sich gehört, Lopà!‹, dachte sie ironisch und wusste zugleich, dass sie ungerecht war, dass er nur getan hatte, was sie von ihm erwartete.

Zum hundertsten Mal prüfte Erica, ob ihre Dienstwaffe verdeckt war. »Sieht man die Pistole?«, fragte sie den Techniker Bottero, der das Mikrofon an ihren Kleidern befestigte.

Er schüttelte den Kopf. »Nein, Sie können ganz beruhigt sein.« Er hantierte ein paar Minuten an dem Mikro. »Stört es so? Ich kann es noch lockerer machen, wenn Sie wollen.«

»Kommt mir ein bisschen eng vor.«

»Dann wollen wir mal sehen … Besser so?«

Erica nickte und fragte dann noch einmal nach der Pistole.

»Nichts zu sehen, keine Sorge.«

Sie atmete tief durch und zwang sich, an etwas Schönes zu denken. Während ihr Blick über die Geräte strich, wanderten ihre Gedanken zu der Nacht mit Lopà und sie nahm sich vor, mit ihm zu reden, wenn das hier überstanden wäre.

Maffina sah, wie Erica die Straße überquerte und schnurstracks auf das Aquarium zuging. Die Mittagssonne strahlte auf das Meer und die Schlange herab, die sich vor dem

Kassenhäuschen gebildet hatte. Erica blickte starr geradeaus, äußerlich ruhig. Ein paar Minuten vergingen, bis auch Lo Pascio sich anstellte. Nur wenige Leute trennten ihn von Erica. In seinen halblangen Freizeithosen und dem orangefarbenen Trägershirt sah Lopà wie ein Tourist aus. Die Hände hatte er nachlässig in den Hosentaschen vergraben, wo sich auch, davon war Maffina überzeugt, seine Waffe befand.

Aber würde überhaupt jemand auftauchen? Maffina glaubte nicht so recht daran und ließ doch keine Sekunde die Schlange aus den Augen, die sich an der Mole entlangwand. Nur zwei Leute waren jetzt noch vor Erica. Und wenn er sie bereits im Aquarium zwischen den Bassins erwartete, die das künstliche Licht mit tausend Geheimnissen füllte? Er stellte sich lange Gänge vor, Türen, die wer weiß wohin führten, Treppenhäuser, über die man leicht fliehen und verschwinden konnte …

›Wenn sie hineingeht, können wir sie unmöglich schützen‹, dachte er mit einem Anflug von Panik.

Vor ihr standen nur noch zwei Leute: ein junger Mann um die zwanzig mit einer Tätowierung auf dem Rücken und ein etwa vierzigjähriger Mann, der abwesend vor sich hin starrte. Ob es der war? Erica trat unruhig von einem Fuß auf den anderen und war sich ihrer prekären Lage vollauf bewusst. Sie wusste, dass Lo Pascio hinter ihr war, aber sie wagte nicht, sich umzudrehen. Auch Maffina musste irgendwo in der Nähe sein, wahrscheinlich am Eingang vom Parkplatz. Behielt er sie im Auge? Oder ließ er sich gerade ablenken? Inzwischen bekam der Bursche mit dem Tattoo gerade seine Eintrittskarte ausgehändigt und der Mann mit dem abwesenden Blick zählte unter leisem Geklimper sein Kleingeld ab, ein Geräusch, das in Ericas Ohren mit jeder Sekunde anschwoll.

In diesem Moment tauchte ein großer, elegant gekleideter Herr mit Schlapphut und dunkler Brille auf. Gewaltsam drängte er sich zwischen sie und den Mann mit dem abwesenden Blick. Erica merkte, wie sie nach vorne fiel, dann wurde ihr klar, dass man ihr einen Stoß versetzt hatte.

»Halt, Polizei!«, schrie Lo Pascio.

Der Mann mit dem Schlapphut hielt den Bruchteil einer Sekunde inne, dann fuhr er blitzartig herum und verschwand im Aquarium.

Zwei Uhr nachmittags. Erica knallte die Tür hinter sich zu und warf ihre Tasche auf den Stuhl. Maffina stand da wie ein unbeholfener Gast und blickte sich im Büro um, als sähe er es zum ersten Mal.

Sie setzte sich an den Computer und klickte wahllos Fenster auf und zu. »Ein Handtaschenräuber! Von allem, was passieren konnte, muss uns ausgerechnet ein Handtaschenräuber dazwischenkommen … Mist!« Sie knallte die Maus auf die Tischplatte und sah Maffina an. »Und jetzt?«

»Jetzt vernimmt ihn Lopà erst einmal … War ja nicht sein erstes Mal, weißt du? Bisher ist er uns aber noch nie in die Falle gegangen … Heute hatten wir eben Glück.«

»Wollen Sie mich auf den Arm nehmen?«

»Keineswegs, nein.«

»Und warum nerven Sie mich dann damit? Okay, ich habe mich geirrt, na und?« Zornesrot baute sie sich vor Maffina auf. »Aber Sie wussten, dass er nicht kommen würde. Wussten Sie es, ja oder nein?«

»Was willst du von mir hören?«

Erica kramte eine Zigarette hervor und wies mit entschiedener Geste Maffinas Feuerzeug ab. »Ich habe selbst eins.« Patzig und unhöflich, aber so fühlte sie sich nun mal gerade. Sie zerrte an ihrem Waffenholster. Es war vielleicht das erste Mal, dass sie es trug, und Maffina musste sich ein Lächeln verkneifen.

»Warum ziehst du es aus?«

»Ich hasse das Ding. Ich werde aggressiv davon.« Sie fuhr sich mit einer Hand durch die Haare und holte tief Luft. »Aber wenn es notwendig ist … Und was tun wir jetzt? Abwarten, bis er sich wieder meldet?« Sie ließ sich wieder auf den Stuhl fallen und starrte konzentriert auf ihre Hände. »Ich hatte so gehofft, dass es klappen würde, aber nein! Nur ein verfluchter Handtaschenräuber … Was für ein Mist!«

»Warum betrachtest du die Sache nicht mal von der anderen Seite? Vielleicht ist das etwas produktiver.«

Erica sah ihn an, plötzlich aufmerksam geworden. Maffina schien ihr etwas sagen zu wollen. In seinen Augen brannte trotz der Müdigkeit ein Licht, das sie gut kannte. Sie ahnte, dass er ihr einen Schritt voraus war, und das war kein angenehmer Gedanke.

»*Bon*. Ich an deiner Stelle würde mir das Ganze nicht so zu Herzen nehmen.«

»Sie verstehen das nicht.«

Sie sahen sich lange an: sie verlegen und angespannt, er allem Anschein nach ruhig.

›Das ist nur eine Atempause‹, dachte Erica, während sie sich noch eine Zigarette anzündete, und sie wusste nicht, ob der Gedanke sie beunruhigen sollte oder nicht.

Wie ein Bild von Hopper, dachte er bisweilen. An manchen Tagen hüllte der Nebel alles ein, dann verschwand auch die Telefonzelle, oder alles war in einen dichten, milchig trüben Dunst getaucht, aus dem nur die Zelle emporragte, als führe sie ein Eigenleben …

Als Erica nach Hause kam, hatte sie das Gefühl, Ewigkeiten weg gewesen zu sein. In der Wohnung stand die Hitze, sie riss alle Fenster auf und spülte ihre Frühstückstasse ab, schrubbte sie so lange, bis sie das Gefühl hatte, jede Spur getilgt zu haben, die sie an diesen Vormittag erinnern konnte.

Das Bett im Schlafzimmer war noch zerwühlt, das Laken lag zusammengeknüllt auf dem Boden und verströmte Lopàs Rasierwasserduft. Sie trug es ins Bad und stellte die Waschmaschine an, dann kehrte sie ins Zimmer zurück und bezog das Bett mit frischen, sorgfältig gebügelten Laken. Duschen, Haarewaschen und ein sauberer, bequemer Pullover.

Schließlich machte sie das Handy aus und zog den Stecker vom Festanschluss.

»Nie mehr Ratten, nie mehr Scarpino«, murmelte sie, als sie ins Bett kroch.

30

Auch Cristina schaltete an diesem Abend ihr Mobiltelefon aus und den Anrufbeantworter an. Sie war bereit für einen Trip und wollte ihn so richtig genießen, indem sie die Welt ausschloss und sich vorstellte, allein zu sein, ohne jede Bindung.

Eine Paralleldimension, dachte sie und ließ das weiße Pulver auf das Glastischchen rieseln. Ohne sich um eventuelle Kratzer zu sorgen, schob sie das Kokain mit einer Rasierklinge zu säuberlichen Lines zurecht und betrachtete sie lange fasziniert. Da war sie, ihre Parallelwelt! Dieser Stoff versüßte ihr das Leben und machte es leichter erträglich. Keine Erinnerungen, keine Gewissensbisse, keine Gespenster, die nach Gerechtigkeit schrien. Sie spürte, wie ihr Tränen übers Gesicht liefen, die Nase sich verstopfte und sich ein Kloß in ihrem Hals zusammenballte.

»Sind Sie drogensüchtig?«, hatte die Polizeibeamtin sie gefragt und damit voll ins Schwarze getroffen. Eine hübsche junge Frau, immer modisch gekleidet trotz ihres eigenwilligen Stils.

›Sie könnte mir helfen, von dieser Scheiße loszukommen‹, dachte Cristina und studierte ihr Gesicht, das sich in der Tischplatte spiegelte. Sie war immer noch schön, doch ihr Blick war trüb und ohne Leben. Selbst die Augen hatten nicht mehr die alte Farbe: Das Meergrün hatte eine andere, dunklere Schattierung angenommen, wie das Wasser eines Sumpfes. Und ihre Haare, die sie nur noch zusammengebunden trug, waren nicht mehr so dicht und glänzend wie früher.

›Ich bin auf dem besten Weg, mich umzubringen‹, dachte sie, bevor sie sich über die erste Line beugte und sie einsog. Anschließend erhob sie sich langsam. Immer darauf bedacht, ihr Zittern zu beherrschen, ging sie ins Bad, nahm einen kleinen Schwamm und Putzmittel und säuberte sorgfältig das Tischchen, um dann die Silberrahmen wieder darauf zu stellen, wie Alberto es ihr gezeigt hatte. Immer noch zitternd ging sie in die Küche, schmierte sich zwei Brötchen und setzte Kaffee auf. Obwohl es ihr die Kehle zuzog, verzehrte sie alles bis auf den letzten Krümel und widerstand der Versuchung, zur Wodkaflasche zu greifen.

›Ich will nicht sterben‹, dachte sie und blickte aus dem Fenster auf die Lichter der Stadt. Sie wusste, dass irgendwo dort unten inmitten des Glitzerns und Funkelns Alberto war.

›Wie ein Wolf auf der Jagd‹, dachte sie mit einem Schauer.

Der neue Computer stand im Bücherregal des Wohnzimmers zwischen einer langen Reihe von Rechtswerken und französischen Romanen. Das Gerät war mit allen Schikanen ausgestattet und Maffina verbrachte einen Großteil seiner Freizeit damit, sich in die Funktionsweisen der neuen Programme der Staatspolizei einzuarbeiten, die ihm noch ein Buch mit sieben Siegeln waren. Er hantierte mit der Maus, rauchte und trank literweise Kaffee aus der Thermoskanne. Zwischendurch hielt er inne, drehte sich auf dem Stuhl und sah hinaus auf den Glockenturm der Chiesa delle Vigne und die Dächer der Nachbarhäuser. Geranien, zum Trocknen aufgehängte Wäsche, Bambusmatten, die sich leicht im Nachtwind wiegten und blähten. Manchmal riskierte er einen Blick in die erleuchteten Fenster und stellte sich vor, was in den fremden Zimmern gerade vor sich ging.

An diesem Abend jedoch hatte er keine Lust, in die Nachbarhäuser zu lugen. Seine Gedanken waren bei den Ermittlungen in diesem Fall, die immer mehr einem hochwasserführenden Fluss glichen, der alles mit sich fortzureißen drohte: Beweise, Indizien, nahe und ferne Ereignisse … Manchmal fragte er sich, ob es Erica gelingen würde, obenauf zu schwimmen, als Anker nur die wenigen sicheren Daten, die sie zu Beginn der Ermittlungen gesammelt hatte. Oder war es vielleicht doch ein Fehler gewesen, einen derartigen Fall einer so jungen Kollegin anzuvertrauen? Ericas Analysen wirkten häufig umständlich, zu sehr an der persönlichen Herausforderung klebend, wurden von Fährten aufgehalten, die ins Nichts zu führen schienen. Sie konnte ganze Nachmittage damit verbringen, einer Sache nachzuforschen, die nur in ihrer Einbildung existierte, und dabei die offensichtlichsten Dinge außer Acht lassen.

›Ein dickköpfiges Mädchen‹, dachte er. Er schenkte sich eine Tasse Kaffee ein und kehrte an den Computer zurück. Beneventis Datei strotzte nur so von Hinweisen und Verzweigungen, in deren Ausläufern er sich zu verlieren drohte.

Er seufzte. Seine Kehle brannte von den vielen Zigaretten und er hatte Rückenweh.

Was suchte er eigentlich in dem Dossier? Sollte sich hinter diesen Protokollen der Mörder von Paola Carpi, Celeste Dalton und Roberta Direnzo verbergen oder war seine Vorahnung ein bloßes Fantasieprodukt oder, schlimmer noch, das Ergebnis seiner Paranoia?

Wieder klickte er wild umher, fuhr mit dem Mauszeiger hierhin und dorthin.

›Ich sollte Lopà um Hilfe bitten‹, dachte er schließlich. Durch das offene Fenster fiel nun ein anderes Licht herein: nicht mehr Nacht und noch nicht Tag. Erstickte Geräusche der allmählich erwachenden Stadt. Der Rollladen der Bäckerei und ein vereinzelter Ruf. Vielleicht von einer kolumbianischen Nutte oder einem Schlafwandler. Eine Möwe setzte sich auf das Fensterbrett, doch er bemerkte sie nicht.

Der Mauszeiger fuhr eifrig hierhin und dorthin.

Michelinos Hand bewegte sich fest und sicher über das weiße Papier. Dunkel- und hellblaue Linien tauchten auf und etwas, das einem großen Drachenkopf ähnelte, dessen Zackenkamm aus dem Blatt hervorzubrechen schien. Er zitterte beim Malen und für den Bruchteil einer Sekunde blitzte Entschlossenheit in seinen Augen auf.

VIERTER TEIL
(ENDE JULI 2000)

Jede Unterbrechung, das heißt alles Neue, muss,
da es ja zum Handeln herausfordert,
unter allen Umständen vermieden werden.
Bruno Bettelheim, *Die leere Festung*

31

Eingebettet in die einsame Weite der Felder, erinnert der Friedhof von Serravalle Scrivia mit seinen hohen, grauen Mauern an ein Fort aus einem amerikanischen Film der fünfziger Jahre. Vom Zug aus gesehen wirkt er wie ein ligurisches Alamo, tief in der staubigen Landschaft versunken. Der etwas umständliche Weg dorthin führt über Novi Ligure und vorbei an den Feldern mit Schneckenklee, die bis an die Gleise heranreichen; dahinter schlängelt sich der Fluss in sanften Biegungen durch sein sandiges Kiesbett.

An jenem Nachmittag spielten ein paar Kinder in den Büschen Verstecken, wobei sie laut johlten, sobald jemand entdeckt und gefangen wurde. Die Luft war warm und die Sonne blitzte auf den Schienen. An der Friedhofsmauer, wo die Kinder sich freischlugen, stand Tiziano Marietti, der gerade zum dritten Mal bis hundert zählte. Dick und kurzatmig wie er war, konnte er nicht schnell genug rennen und wurde immer als Erster gefangen.

Tiziano hörte den Zug, lange bevor er ihn sah. Seit er Stephen King gelesen hatte, war er ganz wild darauf, sich einmal mit einem Zug zu messen, doch glücklicherweise schob er den Moment immer wieder hinaus, mit dem er, so seine feste Überzeugung, in die Geschichte eingehen würde. Er hörte den Zug kommen, blieb aber regungslos stehen. Dann verzog er das Gesicht. »Albino!«, rief er auf gut Glück.

»Ach, Mensch! Du hast mich doch gar nicht gesehen, du Vollidiot!« Albinos Stimme kam vom Friedhof, doch Tiziano hatte keine Lust, ihn bei den Toten zu suchen. So blieb er mit einer Hand an der Mauer stehen und beobachtete den vorüberfahrenden Zug (die Graffiti und diese unleserlichen Riesenbuchstaben waren einfach klasse), der nun sein gesamtes Blick- und Hörfeld einnahm. Irgendetwas stimmte nicht, aber der Junge konnte nicht genau erkennen, was. Dann ging ihm plötzlich ein Licht auf und er begann aus voller Kehle zu schreien.

Der gewaltsame Zusammenprall mit dem Laternenpfahl hatte den Körper buchstäblich zweigeteilt, oder vielmehr dreigeteilt, wenn man den makabren Umstand hinzurechnete, dass der D-Zug den Kopf abgetrennt und teilweise zerquetscht hatte. Unmengen von Blut waren geflossen und der Pfahl war ab einer bestimmten Höhe rundherum rot verschmiert. Blut tränkte den Bahndamm und das Erdreich, wo der Rumpf hingerollt war, und eine weitere große Blutlache hatte sich dort gebildet, wo der untere Teil der Leiche zum Liegen gekommen war.

»Scheiße, was für eine Sauerei!«, hatte Tiziano angeekelt ausgerufen. Er und seine Freunde waren querfeldein gerannt und als Erste vor Ort. Obwohl Tiziano keuchte und hustete, hätte ihn nichts auf der Welt davon abhalten können, sich anzuschauen, was passiert war.

Schließlich meinte Albino, sie müssten die Carabinieri benachrichtigen. »Ihr bleibt hier, ich gehe zur Straße und halte ein Auto an.«

Die Kinder setzten sich in einen Kreis und warteten.

Mitten auf Gleis 1 schwankte der massige Leib von Commissario Amalfitano der Bahnpolizei Asti wie zu einem inneren Rhythmus hin und her, während er dem Treiben der Carabinieri und Sanitäter zusah, die ohne erkennbaren Sinn hierhin und dorthin rannten. Obwohl die Bahnhofsuhr bereits fünf zeigte, brannte die Sonne immer noch erbarmungslos wie zur Mittagszeit auf den Asphalt. Was ihn daran erinnerte, dass er noch nichts gegessen hatte und wahrscheinlich auch so bald nichts in den Magen bekäme …

»Scheiße noch mal! Das musste doch wirklich nicht sein«, brummte er laut. Sein Leib schob sich auf die Gruppe Kinder zu, die von einer Polizistin in Schach gehalten wurden. Wie eine Schar wilder Fohlen stampften sie mit den Füßen und reckten die Hälse, wenn sie glaubten, dass es etwas zu sehen gäbe.

»Sind das die Kinder, die die Polizei alarmiert haben?«

Die Beamtin nickte. »Wenn Sie sie befragen wollen …«

Amalfitano kratzte sich die Glatze. »Jetzt bestimmt nicht«, schnaufte er. »Und ich will auch nicht, dass sie weiter hier herumlungern. Bring sie in den Wartesaal, ruf ihre Eltern an. Tu irgendwas, herrje! Siehst du denn nicht, dass sie hier nur im Weg sind? Los, los, Bewegung!« Er schob sie auf den Eingang zum Wartesaal zu, wo ein Rucksackreisender auf etwas oder jemanden zu warten schien.

»Und was macht der hier?«, bellte Amalfitano, als er den jungen Mann in roten Shorts und weißem Basketballshirt sah. »Abdampfen, *capito*? Das hier ist ein Notfall.«

Der junge Mann lächelte und sagte etwas auf Deutsch.

»Verstehst du Deutsch?«, fragte Amalfitano die Polizistin.

»Nein.«

»Na gut, ist auch egal ... So wie ich das sehe, kann er mit den Kindern hier bleiben. Du behältst ihn im Auge, okay?«

Sie lächelte. »Sie können sich auf mich verlassen. Aber wann wollen Sie sie befragen?«, erkundigte sie sich dann besorgt.

Die Jungs waren mucksmäuschenstill. Sie wagten kaum zu atmen aus Angst, etwas zu verpassen.

Der Commissario erwiderte, er wisse es nicht.

Während er seinen Schlips ein wenig lockerte, ging Amalfitano noch einmal alles durch, was er in der letzten halben Stunde getan hatte. Vor lauter Angst, etwas zu übersehen, blinkte in seinem Hirn mit unerträglicher Penetranz eine imaginäre Liste auf. Er hatte zwei Bahnsteige schließen lassen, er hatte den Staatsanwalt verständigt und das Krankenhaus alarmiert. Der D-Zug stand am Bahnhof von Novi und wartete auf die Ermittler. Der Gedanke, nicht vor Ort zu sein und zu überprüfen, dass alles geregelt vonstatten ging, stieß ihm sauer auf.

»Scheiße!«, fluchte er. Dann schleppte er sich an den Unfallort, während ihm in der prallen Sonne der Schweiß herablief, und betrachtete mit leerem Gesichtsausdruck das Kommen und Gehen.

Die Carabinieri sammelten die Überreste des Unbekannten auf und suchten alles genaustens ab, das Gras, das Blut und die Büsche.

»Scheiße, Mann!«, stieß Amalfitano aus.

Doch niemand achtete auf ihn.

32

Mit einer ungeduldigen Bewegung riss sich Erica die Ohrenschützer vom Kopf und legte die Pistole auf die Ablage. Die Hände taten ihr weh und im Daumen hatte sie einen Krampf, ganz abgesehen von der Schwiele, die sich an der Stelle gebildet hatte, wo die Waffe auflag. Auch ihre Halsmuskeln schmerzten und der Schweiß lief ihr in kleinen Bächlein den Rücken hinab. Sie versuchte, nicht darauf zu achten, packte ihre Sachen zusammen und ging zum Ausgang.

Maffina erwartete sie vor der Schule.

»Ein eigenartiger Unfall«, sagte er. »Wirklich ganz eigenartig.« Er wandte sich an den Fahrer. »Hör mal, Lamberti, könnten wir vielleicht etwas langsamer fahren?«

Der Autobahnabschnitt zwischen Genua und Serravalle vermittelte Maffina immer ein Gefühl der Beklemmung, das auch die funkelnde Sonne nicht vertreiben konnte. Sie fuhren durch ein langes, schmales Tal mit Häusern, die sich zu lockeren Dörfern gruppierten und noch mit Schieferplatten gedeckt waren, die von großen Steinen gehalten wurden. »Hm, Lamberti?«

»Ich dachte, Sie hätten es eilig«, erwiderte Lamberti. Er hielt den Wagen stur auf der Überholspur, obwohl die Autobahn so gut wie leer war.

Maffina wollte nicht weiter drängen und zündete sich eine Zigarette an, um seine schlechte Laune und die Anspannung zu vertreiben.

»Gibt es denn eine Verbindung zu den anderen Fällen?

Abgesehen von der Gegend natürlich.« Erica hatte ihr Notizbuch aufgeschlagen und versuchte, die Stichpunkte zu entziffern. Sofern Lamberti dies zuließ.

»Dazu ist es noch zu früh.«

»Und warum wurden wir dann gerufen?«

»Das weiß ich auch nicht. Vielleicht aus Übereifer ... Der Tod der Direnzo liegt ja noch keine drei Wochen zurück.«

»Wer ist unten vor Ort?«

»Dragoncelli bestimmt, vielleicht auch Macciò und Pergolizzi, wenn sie sie erreicht haben. Bei dir war das ja auch nicht ganz einfach. Lopà hat mir schließlich gesagt, dass ich dich auf der Schießbahn finden würde.«

»Haben Sie mit Pergolizzi wegen dieser Sache gesprochen?«

»Ja, natürlich.«

»Und was hat er entschieden?«

»Dass er mit dem Ermittlungsrichter reden soll, der für den Fall zuständig ist.«

»Mit welchem denn? Es gibt dermaßen viele Richter in diesem Fall. Wenn er mit Ortolani redet, ist er so gut wie tot!«, brach es impulsiv aus Erica hervor.

»Warum nimmst du dir das so zu Herzen?«

Erica schwieg und sah schmollend aus dem Fenster. Das Tal war an dieser Stelle etwas breiter, auch der Scrivia wurde mächtiger und an seinen kleinen, einsamen Stränden lagen Kinder in der Sonne oder sprangen von einem strahlend weißen, spiegelglatten Felsen ins Wasser.

Noch nie hatten Erica und Maffina einen chaotischeren Tatort gesehen als diesen. Die Kollegen der Spurensicherung schossen mit Polaroidkameras Fotos und stapften dabei sorglos über den gesamten Schauplatz. Sie rauchten und ließen achtlos ihre Kippen fallen. Außerdem waren Carabinieri vor Ort, die mehr oder weniger dasselbe taten, und weitere Personen, deren Funktion sie nicht erkennen konnten. Ununterbrochen klingelten Handys, alles war ein einziges »Kann-ich-dich-zurückrufen?«. Sie stießen auf Dragoncelli, der sich gerade mit einem fetten, schwitzenden, dabei sympathisch wirkenden Mann unterhielt.

Der Dicke schaute Erica und Maffina aus großen Kuhaugen an, doch als er sprach, klang er sehr entschieden. Lächelnd wandte er sich an Erica. »Du musst Dottoressa Franzoni sein. Dragoncelli hat mir gesagt, dass du die Ermittlungen leitest.« Mit einem Blick in die Umgebung fügte er hinzu: »Der Ort ist leider nicht mehr im besten Zustand. Ich habe mein Möglichstes getan, aber …« Er verstummte und breitete hilflos die Arme aus. Unsicher blickte er Maffina an. Warum war hier ein Leiter vor Ort, als sei er ein ganz gewöhnlicher Kommissar? »Also gut«, sagte er dann. »Also gut, denkt ihr auch an eine zweite Dalton?«

»Wäre immerhin möglich, oder?«

Amalfitano öffnete und schloss den Mund ein paarmal, bevor er die Frage formulierte, die ihn seit einigen Stunden beschäftigte. »Dann war es also kein Unglück? Dragoncelli hat darauf bestanden, euch zu rufen. Ich würde ein Unglück jedenfalls nicht von vornherein ausschließen.«

»Amalfitano, wenn jemand stirbt, ist das immer ein Unglück«, sagte Erica trocken wie ein Westernheld in einem Sergio-Leone-Film.

»Die Umstände sind allerdings andere.«

»In diesem Fall haben wir es ständig mit anderen Tatumständen zu tun, ständig!« Erica steckte sich eine Zigarette an und hielt die Hand darunter, um die Asche aufzufangen. Eine Geste, die Dragoncelli einigermaßen übertrieben und snobistisch fand, als hätte die Kommissarin zu viele Krimis gelesen und gesehen. Er schüttelte den Kopf, verkniff sich aber eine Bemerkung.

»Hat man die Leiche schon weggebracht?«, erkundigte sich Maffina.

Amalfitano nickte. »Bereits vor einer Weile.« Er murmelte etwas von der Sonne, der Hitze und den Fliegen.

»Irgendwelche Zeugen?«

»Mehr als Zeugen, Kinder«, erwiderte Amalfitano nicht ganz logisch. »Ich habe sie erst einmal in den Wartesaal geschickt, damit sie uns nicht im Weg herumstehen, aber vielleicht sind sie auch schon gegangen.« Er wandte sich an Erica: »Kinder, kleine Jungs … die Eltern haben sie wahrscheinlich abgeholt.«

»Es ist tatsächlich schon ziemlich spät«, stimmte Erica zu. Die Zigarette war so gut wie aufgeraucht, doch wollte sie die Kippe nicht auf den Boden werfen.

»Tu sie hier rein«, sagte Dragoncelli und hielt ihr seinen Becher mit einem Rest Kaffee hin.

Sie lächelte ihn dankbar an. »Wer hat die Aussagen der Kinder aufgenommen?«

»Ich habe sie befragt.« Dragoncelli drehte den Becher zwischen den Händen. »Ihre Versionen stimmen im Großen und Ganzen überein. Ihnen zufolge klammerte der Mann sich an einen Türgriff oder so etwas, bis der Pfahl ihn dann voll erwischte. Der Zug hatte gerade den Bahnhof verlassen und war am Beschleunigen.« Er sah Erica bekümmert an. »Ein sehr merkwürdiger Unfall, findest du nicht?«

Dass der Unfallhergang bizarr war, dachte sie auch, doch

waren die Parallelen zum Tod von Celeste Dalton zu offensichtlich, um sie zu übergehen. Sie zündete sich eine neue Zigarette an und trat mit dem Schuh wütend nach einem Stein. »Mist!«, brummte sie. Es war das erste Mal, dass sie sich vor Fremden gehen ließ, und sie bereute es sofort. Die Röte schoss ihr ins Gesicht. »Weiß man schon, wer das Opfer ist?«, fragte sie. Scheinbar gleichmütig, die Hände in den Taschen der dünnen Windjacke vergraben.

Dragoncelli schüttelte den Kopf. »Negativ.«

Amalfitano wischte sich den Schweiß von der Stirn. »Ich vermute, die Identifizierung dürfte schwierig werden.«

»Warum das?«

»Du hast die Leiche nicht gesehen … Der Kopf ist am schlimmsten.«

»Mist!«

»Allerdings.«

Ericas Blick wanderte über den Bahndamm, wo die Carabinieri langsam mit ihrer Arbeit zum Ende kamen. »Mist, Mist, Mist«, wiederholte sie leise.

Um acht Uhr abends lag der Bahnhof von Serravalle wieder in seinem gewohnten Halbschlaf und der deutsche Rucksacktourist entschloss sich abzureisen – zum Teufel mit der italienischen Polizei und ihren Fragen. Die ganze Zeit hatte er geduldig im Wartesaal gesessen und im einzigen kühleren Winkel zwischen Sitzbank und Wand abgewartet, ob sich jemand an ihn erinnern würde. An das Holz der Bank gelehnt, hatte er zugesehen, wie der Bahnhof sich leerte und füllte, hatte die Sirene des Notarztwagens gehört und die Kakophonie der Mobiltelefone. Irgendwann waren dann die Kinder abgeholt worden …

Niemand dachte mehr an ihn.

Hätte sich Commissario Amalfitano an ihn erinnert, hätte er den Fall wesentlich früher gelöst.

33

Wo war der rote Faden, der all die Todesfälle zusammenhielt? Gab es eine Verbindung zwischen Alessandro Dallortos Leiche und der des Unbekannten, dessen Überreste nun im Leichenschauhaus von Alessandria lagen und darauf warteten, dass sich jemand für sie interessierte?

Dieser letzte Todesfall, fand Erica, sah ganz nach einem Unfall aus, aber wenn sie auf den Kleidern des Unbekannten wieder Latexspuren finden würden? Hatte Dragoncelli sie wegen dieser vagen Möglichkeit so schnell rufen lassen, mit der Aussicht, sich lächerlich zu machen, falls die Sache anders ausgehen würde?

Irgendetwas an diesem Tod war besorgniserregend, passte nicht zu den vorangegangenen Fällen.

Und doch …

Erica sah, wie Maffina mit dem Gerichtsarzt sprach, einem kleinen, erschöpft wirkenden Mann mit roten Locken. Er trug einen blütenweißen Kittel, nicht zu vergleichen mit den Raumanzügen, die Tuma bei seinen Obduktionen immer anhatte, und begleitete seine Worte mit vielen Gesten. Sie trat zu ihnen.

»Wahrscheinlich wurde er in die Hölle gebracht«, sagte der Arzt gerade. Er erklärte, dass so die Leichenhalle hieß.

Mit einem milden Lächeln wandte er sich an Erica. »Wie ich bereits Dottor Maffina sagte, weiß ich natürlich nicht, ob der zuständige Pathologe noch da ist. Ich vermute aber, dass die Autopsie erst morgen oder übermorgen stattfinden wird. Wenn Sie mir folgen möchten …« Er ging auf die Treppe zu, die zur Hölle führte.

Der Obduktionssaal lag am Ende eines Flurs, der mit medizinischem Gerät voll gestellt war. Der Pathologe (derselbe, der auch die Autopsie an Dallorto durchgeführt hatte) lehnte mit einer Zigarette im Mund an der Wand, deren grüner Lack eine düstere und deprimierende Atmosphäre verbreitete. Ein Gefrierschrank brummte eintönig vor sich hin und neben einem Getränkeautomat standen zwei Arzthelfer und erzählten sich Witze. Der Kaffeebecher fiel mit einem kleinen Plop herab und Flüssigkeit spritzte hinein.

»Ich wusste nicht, dass ich sofort mit ihm anfangen sollte. Das hat mir keiner gesagt. Suchen Sie etwas Bestimmtes?«, fragte der Pathologe.

»Wo sind die persönlichen Habseligkeiten des Unbekannten?«, erkundigte sich Erica.

»Die Tüte mit den Kleidern, die der Mann trug, habe ich hier. Jemand von der Spurensicherung sagte, er würde sie später abholen.«

»Könnten wir sie mal sehen?«

Der Arzt zuckte mit den Schultern. »Aber natürlich. Wenn Sie möchten, kann ich Ihnen alles direkt mitgeben.«

»Da müssten wir zuerst Dottor Dragoncelli fragen.«

»Dann hole ich die Sachen erst einmal her.«

Erica wollte etwas erwidern, doch da war er schon in einem Nebenzimmer verschwunden, zu dem ein unübersehbares Schild jedem Unbefugten den Zutritt untersagte.

Mit einem Schwindelgefühl betrachtete Erica den Inhalt der Plastiktüte: mit Blut getränkte Kleider, die Überbleibsel von einem Paar Schuhe, etwas, das an ein Bündel Hunderter erinnerte und von einer Büroklammer zusammengehalten wurde, ein Schlüsselbund …

»Man müsste die Laboranten fragen, die den Leichnam entkleidet haben«, sagte der Pathologe. »Selbstverständlich gibt es eine Liste. Ich suche sie Ihnen heraus.«

Erica konnte den Blick nicht abwenden. »Sonst haben Sie nichts?«, fragte sie schließlich.

»Was zum Beispiel?«

»Papiere, persönliche Gegenstände …«

»Da müsste ich in die Liste schauen«, meinte der Mediziner noch einmal.

Doch in der Liste stand nichts von persönlichen Gegenständen, aus denen man den Namen des Toten hätte ersehen können.

›Wie bei Dallorto‹, dachte Erica und musste schlucken. An die Wand im Flur gelehnt, überließ sie sich willenlos der Müdigkeit, die von ihrem Körper Besitz ergriff. Fast angenehm war das: nichts tun, sich einfach dem Schwindel hingeben, der ihr auf Kopf und Schultern lastete.

»Nimm, der wird dir gut tun.« Maffina reichte ihr einen Becher Kaffee. »Hältst du noch ein bisschen durch?«

Sie nickte müde.

Im Schein des Mondes und des Neonlichts sahen die Schmierereien und unzähligen Graffiti grotesk aus. Es war eine warme, windstille Nacht. In der Ferne das Zirpen der Grillen, etwas näher ein leises Schnarchen. Sie kamen an einigen Pennern vorbei, die auf einem mit Unkraut bewachsenen Abstellgleis schliefen. Um sie herum lagen Unmengen von Kartons und Tüten und die Luft roch nach Wein und Erbrochenem. Erica bemühte sich, ihre Schuhe nicht dreckig zu machen.

»Das ist der Waggon«, sagte Amalfitano.

»Können wir mal hineinschauen?«

Amalfitano erwiderte, das sei kein Problem. »Was suchst du denn dort?«

Erica lächelte. »Das weiß ich selbst nicht so richtig«, sagte sie, während sie sich Handschuhe überstreifte.

Die Leute von der Spurensicherung hatten den Waggon vor weniger als zwei Stunden ausführlich untersucht, dennoch bestand die Möglichkeit, dass sie etwas übersehen hatten. Irgendein kleines, unwichtig erscheinendes Detail, das vielleicht Licht in das Geheimnis dieses Todes bringen konnte.

Sie fanden rein gar nichts, ganz so, als habe der Unbekannte nie einen Fuß in den Waggon gesetzt.

»Wir könnten Tuma um Rat fragen, was meinen Sie?«

Maffina sah Erica zweifelnd an. »Ich möchte nicht, dass Dragoncelli sich aufregt.«

»Warum sollte er? Eigentlich müsste er sich doch freuen. Immerhin hat er uns angerufen …«

»Schon, aber wir müssen trotzdem einigermaßen behutsam vorgehen, wenn wir niemandem auf die Füße treten wollen. Zum jetzigen Zeitpunkt brauche ich nichts weniger als ein Kompetenzgerangel. Battaglia reicht mir da völlig.«

Erica unterdrückte ein Gähnen. »Battaglia ist eine Nervensäge«, sagte sie, ohne Maffinas Blick zu beachten.

Lamberti ging mit überhöhter Geschwindigkeit in eine Kurve und der Wagen scherte ein wenig aus.

»Lamberti, auf diesem Autobahnabschnitt gibt es ein Tempolimit. Weißt du das nicht?«

»Kein Problem, Dottore.« Langsam drosselte er den Wagen auf achtzig und Maffina konnte sich wieder entspannen.

»Dieser Pathologe macht seine Sache sicherlich gut, aber er hat einfach nicht Tumas Erfahrung«, fuhr Erica hartnäckig fort. »Sich bei ihm Rat zu holen wäre doch bestimmt das Beste, oder?« Endlich gähnte sie richtig und räkelte sich im Sitzpolster. Fünf Minuten später schlief sie tief und fest, den Mund leicht geöffnet, mit langen, tiefen Atemzügen.

›Wie ein Kind‹, dachte Maffina.

Da überkam ihn plötzlich wie ein Schwindelanfall Heimweh nach seinem Haus. Sein Haus, versteckt in der Ebene. Dort, wo das Gras stärker glänzte als anderswo, wo das Schweigen einen besonderen Klang hatte, wo er seine Schätze versteckt hatte.

Niemand kannte dieses Haus, niemand würde ihn dort finden. Dort versteckte er sich immer, nachdem er …

Oh, wenn er nur dorthin zurückkönnte, sich ausruhen könnte, endlich …

FÜNFTER TEIL
(AUGUST 2000)

… hatten sie alle eines gemeinsam:
sie bangten unaufhörlich um ihr Leben.
Bruno Bettelheim, *Die leere Festung*

34

Teresa Ricci trug einen sachlichen, eisgrauen Hosenanzug und hatte die Haare im Nacken hochgesteckt. Als sie Erica sah, verzog sie kurz das Gesicht, worauf diese ihr am liebsten direkt die Tür vor der Nase zugeschlagen hätte. Stattdessen bat sie sie herein und fragte, ob sie ihr etwas anbieten könne.

Teresa verneinte. »Ich bin in Eile«, sagte sie, während sie einen kritischen Blick durch das Büro schweifen ließ. Der Raum war stickig und stank nach Rauch. Wieder die etwas angewiderte, Bände sprechende Miene. »Ist Antonio nicht da?«

»Dottor Maffina ist außer Haus.« Erica griff nach einer Zigarette und versuchte, ihre Wut zu zügeln. Sie verstand einfach nicht, warum Teresa Ricci ihr so unsympathisch war. ›Völlig irrational‹, dachte sie und zwang sich zur Ruhe. Ihr Gesicht verzog sich zu einem förmlichen Lächeln.

»Das hier ist die Serviette, die Sie mir zur Analyse gegeben hatten«, verkündete die Frau schließlich. »Obwohl es ein langwieriges und kompliziertes Verfahren war, konnte ich das Rätsel am Ende doch lösen.« Banales, stereotypes Gerede.

»Und?«

»Es handelt sich tatsächlich um eine Adresse, wie Sie ja

bereits vermuteten. Hier, bitte schön.« Teresa Ricci reichte ihr eine Plastiktüte, in der die Serviette aus der Blechdose lag. »Ich habe ultraviolettes Licht und ein spezielles Mittel verwendet, mit dem man jede Art von Tinte sichtbar machen kann. Ein langwieriges und kompliziertes Verfahren«, betonte sie noch einmal.

Erica nahm vorsichtig die Plastiktüte, vermied es aber, einen Blick auf das Papier zu werfen. Die Frau erging sich derweil in Belanglosigkeiten, wobei sie wie die Hausherrin durchs Büro stiefelte und Erica aus den Augenwinkeln heraus beobachtete. Ihr Blick blieb einen Moment zu lang auf ihrem Kleid hängen. »Sehr hübsch«, sagte sie dann. Erica sagte, sie habe es auf dem Markt von Piazza Palermo erstanden.

»In Ihrem Alter kann man solche Fetzen ja noch tragen.«

Erica wurde knallrot und die Frau versuchte eilig, sich zu verbessern. »Nicht, dass Sie mich missverstehen.«

»Aber nein.«

»Ich hoffe, ich konnte Ihnen behilflich sein.«

»Sehr.«

»Sie haben aber noch gar nicht gelesen, was auf der Serviette steht.« Teresa Ricci sammelte ihre Sachen zusammen und deutete ein Nicken an. »Richten Sie Antonio aus, dass ich da war.«

»Das werde ich.«

Nachdem sie gegangen war, hing ihr Parfüm, ein orientalisch angehauchter Duft, schwer im Büro und Erica rümpfte die Nase. Dann ergriff sie die in Plastik verpackte Serviette und versuchte, ihre Angst unter Kontrolle zu halten.

Warum hatte Dallorto diese Adresse aufbewahrt, obwohl jemand anderes (oder er selbst) zuvor versucht hatte, sie unleserlich zu machen?

›Ich hätte die Schrift gleich mit analysieren lassen sollen‹, dachte Erica frustriert. Sie griff zum Telefon. »Inspektor Pergolizzi, hier spricht Erica. Wir haben des Rätsels Lösung, zumindest zum Teil.« Sie merkte, dass sie schon wie Teresa Ricci redete, was ihr gar nicht passte. Sie sprach etwa zehn Minuten mit Pergolizzi und ging dabei auf und ab, um ihre Nervosität im Zaum zu halten. Durch die offenen Fenster schienen die sanften Farben des Abendrots herein und die Luft roch nach Teer. Als sie schließlich auflegte, hatte sie ein ungutes Gefühl, das ihre Laune noch verschlechterte. Sie konnte sich nicht dazu durchringen, nach Hause zu gehen, irgendetwas schien sie noch am Schreibtisch festzuhalten, wo selbst ihre Talismane (die Blumenvase, ein Tütchen mit Pralinen, ein Kinderfoto von sich selbst) sie feindselig anblickten. Schließlich löste das Klingeln des Telefons den Bann.

»Hauptkommissarin Franzoni, ich bin es wieder«, raunte die Stimme des Unbekannten.

»Ja?« Ihr Herz klopfte wie wild, die Handflächen wurden augenblicklich feucht.

»Haben Sie wirklich geglaubt, ich würde zum Aquarium kommen? Haben Sie mich wirklich für so dumm gehalten?«

»Keine Sekunde lang.« Erica löste sich die Haare und schüttelte den Kopf. »Keine Sekunde«, wiederholte sie überzeugt.

»Ich habe wenig Zeit, Dottoressa. Sie werden mittlerweile die Gegend lokalisiert haben, nehme ich an. Deshalb wird es Ihnen nicht schwer fallen, noch ein wenig weiter zu ermitteln, hier und dort herumzuschnüffeln … Auf wiederhören, Erica.«

Hauptkommissarin Franzoni, Dottoressa, Erica … Hatte diese kontinuierliche Steigerung der Vertraulichkeit einen Sinn? Lag darin eine versteckte Botschaft? Erica war mittlerweile überzeugt, dass sie es nicht mit einem Wichtigtuer zu tun hatte, und auch nicht mit einem der üblichen Informanten, sondern mit jemandem, der genau wusste, was passiert war …

Um sich zu beruhigen, ging sie zu Fuß nach Caricamento. Es war schon spät, ein warmer Sommerabend, erfüllt mit unzähligen Geräuschen. ›Die Geräusche einer Stadt sind beruhigend‹, dachte sie. Ihr Bus war gerade weg, der nächste kam erst in zehn Minuten. Sie überquerte die Straße und ging durch den alten Hafen. Um sie herum flanierten Leute, auf der Rollschuhbahn schoss ein kleines Mädchen vorüber, ein Wirbel aus Beinen in hellblauen Leggins. Erica sah sie neidvoll an, als ob es ihr verwehrt sei, Rollschuh zu laufen und glücklich zu sein.

Auch heute hatte sie es wieder geschafft. Ein ganzer Tag, von morgens bis abends, ohne nach der Flasche zu greifen, ohne einen Joint zu rauchen oder diesen Scheißdreck zu sniffen, der ihr Gehirn in Brei verwandelte.

Cristina lehnte, in einem weißen Kleid, die Haare locker über die Schultern herabhängend, an der Balustrade des Gartens und wartete auf Alberto. Unter ihr lag die zu dieser nächtlichen Stunde menschenleere Via dal Verme, die sich zwischen hohen, mit Bougainvilleen und Glyzinien überrankten Mauern hindurchschlängelte. Sie entdeckte Albertos Auto, einen Porsche, der sich schnell dem Haus näherte. Von hier oben sah sie die Scheinwerfer mit jeder neuen Kurve auftauchen und wieder verschwinden; schließlich fiel das Licht auf die Straße direkt unter dem Haus, als Alberto den Wagen vor der Garage abstellte.

»Wie war dein Tag?«, fragte er beiläufig, als er eintrat. Eine Routinefrage, auf die er keine Antwort erwartete.

»Gut, sehr gut. Soll ich dir etwas zu essen machen?«

Er schüttelte den Kopf, der Vorschlag schien ihn geradezu zu ärgern. Er zeigte auf den Spirituosenwagen. »Gib mir lieber einen Drink.«

Cristina nahm die Flasche Wodka und reichte sie ihrem Mann. »Holst du ihn dir bitte selbst?« Sie lächelte schüchtern und verlegen zugleich und war sich sicher, dass er den Grund begreifen würde.

Doch Alberto sah sie streng und so voller Verachtung an, dass sich ein Graben zwischen ihnen aufzutun schien: »Kannst du nicht einmal etwas zu trinken einschenken?«

Cristina errötete. »Nicht deshalb ... es ist nur ...« Sie brach ab, sie konnte einfach nicht weiterreden. Albertos Gleichgültigkeit ihrem »Problem« gegenüber (so nannten sie mittlerweile ihre Sucht, sich ständig mit irgendetwas zu betäuben) tat ihr weh. Und doch war er an jenem Sonntag im Mai, als sie zwischen Leben und Tod zu schweben schien und alles um sie herum an Konturen verlor, nicht von ihrer Seite gewichen, wie ein wahrhaft besorgter, aufmerksamer Ehemann.

»Zwei Stunden hast du an diesem verfluchten Bericht gesessen, zwei geschlagene Stunden!«, rief Pergolizzi aus. »Und dann lieferst du mir etwas ab, das nur so strotzt vor Rechtschreibfehlern.«

Dighero erwiderte nichts.

»Du sitzt richtig in der Tinte, weißt du? Kannst du mir erklären, was es bringt, Berichte zu verbessern, wenn man bis zum Hals in der Scheiße steckt?«, fuhr Pergolizzi fort.

»Wir sind eben nicht alle gleich«, antwortete Dighero. »Und ich möchte meine Arbeit fertig machen.« Er sah nicht auf. Seine Augen klebten mit dem üblichen abwesenden Blick am Bildschirm, als gingen ihn die Worte seines Vorgesetzten nichts an. Nach einer Weile, die Pergolizzi wie eine Ewigkeit vorkam, legte er die Maus vorsichtig neben die Tastatur und murmelte etwas in sich hinein.

»Ich habe kein Wort verstanden«, brüllte der Inspektor.

»Ich meinte nur, dass ich bereit bin, die Verantwortung für alles zu übernehmen ... Ich bin bereit auszusagen, das habe ich Ihnen doch schon gesagt.«

Konnte es sein, dass Dighero immer noch nicht begriffen hatte, worum es ging? Pergolizzi schüttelte den Kopf. »Morgen bin ich den ganzen Tag in Turin ... Ich werde sehen, dass ich mit jemandem reden kann und ...«

»Das ist allein unsere Angelegenheit«, unterbrach ihn Dighero. »Ganz allein unsere.«

Doch davon war Pergolizzi alles andere als überzeugt.

War er jemals glücklich gewesen? Das fragte er sich häufig, aber er wusste, es war eine müßige Frage, nur dazu gut, die Nacht durchzubringen. Und doch gab es Tage, an denen er fühlte, dass das Glück zum Greifen nahe war und er nur die Hände ausstrecken musste, um es zu packen.

»Sowieso egal!«, dachte er und atmete die beruhigende Stille der Landluft ein.

35

Pergolizzi betrachtete das imposante Tor des aufwändig verarbeiteten Eisengitters, das den Garten umgrenzte. Ein frischer, erholsamer Ort, stellte der Inspektor fest, eine Oase des Friedens inmitten des Höllenkreises, den die Piazza Statuto um diese frühe Stunde darstellte. Er hoffte, einen Pförtner vorzufinden, aber die Loge war leer und sah so verlassen aus, als sei hier schon lange niemand mehr gewesen. Doch darin irrte er sich. Aus dem Schatten zweier großer Linden trat ein älterer Mann mit einer Gießkanne in der Hand. Er musterte Pergolizzi misstrauisch, aber als er hörte, er sei von der Polizei, lächelte er.

»Kommen Sie doch herein«, sagte er und stellte die Kanne ab, aus der das Wasser schwappte. »Da haben wir mehr Ruhe.«

»Dottoressa, entschuldigen Sie, wenn ich störe. Hier ist Pergolizzi, ich rufe von Turin aus an.«

Erica warf die Bettdecke zurück und sah auf die Uhr.

»Ich weiß, dass Sie heute freihaben, aber es gibt Neuigkeiten. Wollen Sie sie hören?«

Erica zog das Hemd aus und stand in Unterhosen da. »Schießen Sie los«, sagte sie und ging ins Bad.

»Ein altersschwacher Greis, aber mit einem Bombengedächtnis«, berichtete Pergolizzi. »Er hat mir quasi die ganze Geschichte des Palazzos von den Vierzigern bis heute erzählt.«

»Bitte etwas genauer, Pergolizzi.« Erica ließ Wasser in die Wanne einlaufen und ging dann in die Küche, um Kaffee aufzusetzen.

»Es handelt sich um einen herrschaftlichen Palazzo, ich würde fast sagen aristokratisch.«

»Ich kenne die Gegend.«

»Gewiss, gewiss … Sie sind ja aus Turin … Hier wohnen nur Bessergestellte: Unternehmer, Anwälte, zwei Universitätsprofessoren. Alles respektable Leute, würde ich sagen.«

Erica ließ etwas Badezusatz in das Wasser laufen. »Gut, und weiter?«

»Ich habe mir natürlich ein Verzeichnis der Mieter geben lassen. Kein einziger kannte Dallorto, leider.«

»Haben Sie mit allen gesprochen?« Sie stieg vorsichtig in die Wanne, darauf bedacht, dass das schnurlose Telefon nicht nass wurde.

»Mit allen außer Signora Ambrogi, die im ersten Stock wohnt. Sie kurt wohl noch im Fangoschlamm.«

Erica kicherte über seine Ausdrucksweise. »Sie sind ein Schatz, Pergolizzi. Hören Sie, warum bitten Sie nicht die Kripo Turin um Hilfe?«

»Dottoressa, wenn Sie erlauben, würde ich gern allein weitermachen. Die Turiner haben die Dallorto-Fährte nie wirklich ernst genommen.«

»Das ist nicht der Punkt …« Erica stieg wieder aus der Wanne und schlang sich ein großes Handtuch um den Leib.

»Dottoressa, ich kann Sie nur sehr schwer verstehen.«

»Ich meinte, dass Turin genauso an dieser Ermittlung beteiligt ist, wir können sie also nicht einfach übergehen. Hören Sie mich jetzt wieder, Pergolizzi?«

»Ja.«

»Perfekt. Also, sprechen Sie mit Macciò, oder soll ich das übernehmen?«

»Ich rufe ihn heute Vormittag an.«

»Gut. Gibt es was Neues von der Bank?«

»Leider nein. Auf seinem Gehaltskonto, das übrigens immer noch gesperrt ist, befinden sich so um die fünf Millionen Lire.«

Erica sah fast bildlich vor Augen, wie Pergolizzi bedauernd den Kopf schüttelte. In der Küche war der Kaffee längst fertig und spritzte aus der Espressomaschine auf den Herd. Schnell stellte sie das Gas ab. »Aber haben Sie nicht gerade gesagt, dass Dallorto in einem eleganten Haus wohnte?«

»In einer Wohnanlage, ja, in der Nähe des Golfplatzes. Das ist eine sehr noble Gegend in Asti. Ich habe mich umgehört: Die Mieten bewegen sich da so um die eineinhalb Millionen Lire.«

»Das ist wirklich merkwürdig ... Dallorto lebte von seiner Pension, und wenn er nicht noch andere Einkünfte hatte, kann man damit normalerweise keine großen Sprünge machen, meinen Sie nicht?« Erica goss sich Kaffee ein, nahm die Packung mit Frühstücksflakes und ging auf die Terrasse, das Telefon fest zwischen Kinn und Schulter geklemmt.

»Was machen wir jetzt, Dottoressa Franzoni?«

»Warum fragen wir nicht mal beim Finanzamt nach, vielleicht können die uns weiterhelfen.«

»Und der Unfall in Alessandria?«

»Sie sagen das ganz richtig, Pergolizzi, ein Unfall. Zumindest so lange, bis das Gegenteil bewiesen ist.«

»Die Leiche ist immer noch nicht identifiziert?«

»Da weiß ich nicht mehr als Sie. Aber ich glaube nicht. Sonst hätte man uns Bescheid gesagt.«

»Darf ich Sie wieder anrufen, wenn Bewegung in die Sache kommt?«

Erica musste über die Ausdrucksweise grinsen. »Aber natürlich, Ispettore. Grüße an Gatti.«

Pergolizzi hatte mit keinem Wort Dighero erwähnt, was vielleicht auch besser war. Manchmal mündete zu viel Gerede nur in ein Geständnis oder in Getratsche und das Letzte, was Erica wollte, war, bei der Bahnpolizei Asti die Gerüchteküche anzuheizen. Sie bügelte ihre schwarze Jeans und ein weißes, bauchfreies T-Shirt, das sie ins Büro nicht anziehen konnte. Dann aß sie noch eine Schale Flakes und putzte sich schnell die Zähne. Ausgerüstet mit einer Straßenkarte, verließ sie die Wohnung. Heiter, entspannt, ausgeglichen.

Die Straßenkarte aufgeschlagen auf dem Armaturenbrett, das Handy in Reichweite, eine Flasche Wasser zwischen die Beine geklemmt, im Radio einen Musiksender …

Erica fuhr langsam, leicht nach vorne gebeugt, das weiße Shirt klebte ihr am Rücken. Die Landschaft um sie herum lag im nachmittäglichen Dunst, um diese Tageszeit schien selbst das Grün der Pflanzen das Licht zu absorbieren und verzerrt wieder abzustrahlen. Ein Hauch von Wahnsinn hing über dieser Ebene, fand sie. An Nachmittagen wie diesem schien es keine klare Linie mehr zu geben. Die

Bäume zitterten im Widerschein des Lichts und alles verschwamm, verlor sich, löste sich auf wie im Wahn.

Ihr Wagen rumpelte voran und ließ die in der Hitze brütenden Dörfer hinter sich. Sie kam an einem riesigen Autolager vorüber, wo in Schutzhüllen verpackte Neuwagen in der Sonne glänzten. Einige Kilometer fuhr sie neben dem Lager her, schwere Autotransporter luden die Wagen auf und ab und in der Luft lag der Geruch von Metall. Keine lebende Seele war zu sehen, nur Autos und Lkws, und die endlosen, farbigen Reihen der Karosserien hatten etwas Surreales und Diabolisches zugleich. Dann wurde die Straße allmählich schmaler. Die Verkehrsschilder besagten, dass der Po nicht mehr fern war, doch Erica sah nur Wiesen, Schotterwege und Steinhäuser. Sie hatte die Autobahn absichtlich vermieden, um diese holprigen Sträßchen zu nehmen, die echte Schleichpfade waren.

Geschlossene Fensterläden, zugezogene Vorhänge, menschenleere Straßen. Ein gespenstischer Ort. Als ein Auto vorbeifuhr, vibrierte die Luft wie bei einem Erdbeben und die Krähen stoben aus ihren Schlupfwinkeln auf.

Ein gespenstischer Ort.

»Mist!«, fluchte sie mit lauter Stimme. Ohne Vorankündigung tauchte der Po vor ihr auf. Langsam schlängelte sich sein grünes Band zwischen den Sandbänken hindurch, an denen Insektenlarven verfaulten. Erica hielt an und betrachtete lange den Fluss, wie sie es als Kind immer an Sonntagen im Park des Lingotto getan hatte. In Turin war der Po allerdings nicht so sonnig und ruhig wie hier.

Dann sah sie die Telefonzelle: Sie stand kurz vor der Brücke und es war die einzige Kabine im Umkreis von mehreren Kilometern.

36

Beneventi schien in Eile: Bei jedem Schritt schlug ihm die lederne Aktentasche klappernd an die Beine und er sah weder nach rechts noch nach links. Selbst als er vor Maffina stand, hielt er den Blick gesenkt. »Ich bin spät dran«, verkündete er. »Meine Schwester hat mich sage und schreibe zwei Stunden am Telefon aufgehalten wegen dieses verfluchten Hauses im Corso Regina. Ich verstehe einfach nicht, warum sie es nicht verkauft … Warst du jemals dort?«

»Um ehrlich zu sein, nein.«

»Du hast nichts verpasst. Annalisa würde es gerne sanieren und an irgendwelche Studenten vermieten. Turin ist voll mit Studenten.« Er holte tief Luft und sah endlich auf. »Meine Güte, wie siehst du denn aus?! Hattest wohl eine aufregende Nacht, wie?« Als er den Gesichtsausdruck des Freundes sah, wurde er ernst. »Gibt es Probleme mit der Diskette?«

Maffina lächelte. »Warum gehen wir nicht frühstücken? Dann kann ich dir alles erzählen.«

»Ich habe keine Zeit, wie gesagt, ich bin schon spät dran.« Beneventi betrat entschiedenen Schrittes das Gerichtsgebäude, wo die Klimaanlagen die Zimmer auf Temperaturen herunterkühlten, die an eine Krypta erinnerten.

»Ich habe gesehen, dass einige der Vorermittlungen auf dein Konto gehen«, setzte Maffina an, während er in seiner Tasche nach ein paar Zetteln kramte.

»Kann sein. Beziehst du dich auf etwas Bestimmtes oder fragst du ins Blaue hinein?«

»In gewisser Weise ins Blaue hinein, Antonino. Diese Person, der Mörder mit der Maske, muss doch auch einen Namen haben, ein Gesicht, ein Zuhause …«

»Und das hoffst du auf der Diskette zu finden?«

»Ein Weg ist so gut wie der andere. Das hast du selbst gesagt … Sonst hätte ich dich nicht um Hilfe gebeten.«

»Die Franzoni ist da anderer Meinung. Sie setzt viel mehr auf die Telefonanrufe dieses Wichtigtuers.«

»Wir wissen nicht, ob es ein Wichtigtuer ist.«

»Das ist egal. Sie hat doch schon die in Frage kommende Zone ausfindig gemacht, oder irre ich mich?«

»Du irrst dich nicht, aber ich verfolge trotzdem eine andere Fährte. Du weißt ja, ich habe da so meine eigene Art, meine eigenen Rituale.«

»Kurz gesagt, ihr seid verschieden«, fasste Beneventi zusammen. Er sah auf die Uhr und seufzte tief. »Dann lass mal hören«, sagte er schließlich.

Erica ging beim ersten Klingeln ran, als habe sie nur darauf gewartet. Sie schien bester Laune zu sein, trotz der kleinen Müdigkeitsfältchen um die Augen. »Ich bin gerade zurückgekommen«, sagte sie fröhlich. »Und ich habe eine Menge zu erzählen. Wollen wir das mit einem Abendessen verbinden?«

An die Kabinenwand gelehnt, ließ Erica den Blick über die Landschaft und den Fluss schweifen. In der näheren Umgebung gab es keinerlei Häuser bis auf eine rosa-weiß gestrichene Villa, die zwischen den Bäumen zu erkennen war – von ihr aus gesehen in Richtung Berge. Ein nicht uninteressanter Bau aus dem neunzehnten Jahrhundert mit einem großen Garten, der von einer kleinen Mauer begrenzt wurde. Obwohl einige Fensterläden offen standen, wirkte das Haus unbewohnt. Sie fragte sich, wer wohl an so einem abgeschiedenen Ort lebte …

Sie war lange dort geblieben und hatte rauchend und Mineralwasser trinkend das Haus betrachtet. Sie wusste, dass alles, was ihr gerade zustieß, einem genauen Plan folgte. Jemand hatte gewollt, dass sie dorthin kam, jemand, der nun irgendwo im Verborgenen lauerte, sie vielleicht beobachtete und über ihre Angst lachte.

»Scheißegal!«, sagte sie mit lauter Stimme. Hinter ihr bewegte sich etwas, doch als sie sich umdrehte, war nichts zu sehen. »Scheißegal«, wiederholte sie etwas leiser.

Maffina dachte darüber nach, dass Erica ein wahres Talent besaß, sich in unberechenbare Situationen zu manövrieren. Er schüttelte den Kopf und sah sie mit gerunzelter Stirn an. »Das hätte auch schief gehen können, dir hätte sonst was zustoßen können.«

»Ist es aber nicht«, sagte sie, während sie sich über ein Stück Schokoladenkuchen hermachte. »Abgesehen von den Mückenstichen natürlich.« Dann wischte sie das Mückenthema mit einem Achselzucken beiseite. »Eine ziemlich einsame Gegend, wissen Sie. Wirklich unheimlich. Unten am Fluss gibt es eine Brücke, nach der die ganze Gemeinde heißt: ›Ponte‹. Keine Bars, keine Geschäfte oder irgendwas … Nur diese Telefonzelle, ein Münztelefon, stellen Sie sich das mal vor. Die Anrufe kamen aus dieser Zelle, daran gibt es keinen Zweifel …«

»Bottero, hier Franzoni.«

Ein Reiher kam hinter einem Gestrüpp hervor und erhob sich in die Lüfte.

»Ich bin am Po, genauer gesagt bei Arena Po, Gemeinde Ponte.«

»Sehr schön, Dottoressa Franzoni, und was tun Sie dort?«

»Ich rufe von einer Telefonzelle aus an. Könnten Sie bitte den Anruf aufzeichnen und prüfen, ob die Daten mit den früheren Anrufen übereinstimmen?«

»Was genau wollen Sie wissen außer der Gegend?«

»Alles, was sich feststellen lässt.«

Sie hörte Bottero herumwerkeln. »Ich bin so weit, Dottoressa. Und jetzt erzählen Sie mir bitte was, okay?«

»Die Stechmücken haben mich halb aufgefressen ...«

Er kicherte.

Sie redete weiter und betrachtete dabei den langsam dahinströmenden Fluss.

»Wie gesagt, es sieht so aus, als sei das unsere Telefonzelle. Aber Bottero will noch einmal die Hintergrundgeräusche analysieren, deshalb braucht er einen Tag bis zum definitiven Ergebnis. Und dann wird uns nichts anderes übrig bleiben, als die gesamte Gegend abzusuchen.«

»Warum willst du die Gegend absuchen?«

Sie dachte wieder an das hübsche, einsame Haus. »Weil es sein kann, dass sich die Person, die wir suchen, irgendwo da draußen versteckt.«

Maffina schüttelte skeptisch den Kopf. Später fragte er sich, warum er ihr nicht von seinem Gespräch mit Beneventi erzählt hatte. »Erica muss alleine darauf kommen«, sagte er sich, doch er wusste, dass das nicht stimmte. Das eigentliche Problem lag woanders und hatte mit Macht zu tun und mit der Angst, von einer deutlich jüngeren Kollegin verdrängt zu werden.

›Endlich weiß ich, was los ist!‹, dachte er. Klar und beinah greifbar verspürte er ein Gefühl der Erleichterung, wie es mit einer wichtigen Offenbarung einhergeht. Er wusste nun, was zu tun war, und er würde es so bald wie möglich tun.

Immer, wenn ihm die Angst den Atem nahm, suchte er Hilfe bei der wundertätigen Macht der Erinnerungen.

Der erste flüchtige Sex in einer Umkleidekabine des Sportvereins (Gestank nach Gummi und schmutzigen Füßen), die erste Auslandsreise, die Glocken von Amsterdam, das erste Mal mit Sonia …

So hätte er endlos fortfahren können mit dem Reigen der Erinnerungen, die er in schöne und schlimme unterteilt hatte. Er hoffte immer, dass, wenn er nur an die schönen Erinnerungen dächte, die schlimmen von selbst verschwänden, als gäbe es eine Art Kompensationsgesetz. Doch die schlimmen Erinnerungen waren hartnäckig; böse und herrisch lauerten sie überall, bereit, über ihn herzufallen, wenn er es am wenigsten erwartete.

Auch Alessandro Dallorto war so eine Erinnerung, die er löschen wollte.

Die alte Schwuchtel!

Einmal, vor vielen Jahren, hatte er ihm ein Foto von der »armen Renata« gezeigt, dennoch war er überzeugt, dass Dallorto so ein Homosexueller war, der seine Geilheit an halbwüchsigen Jungen vor den Pissoirs befriedigte.

Und dennoch hatte er ihm einmal vertraut. Wie viele Jahre waren seitdem vergangen?

Hätte er ihn doch niemals kennen gelernt!

Könnte er doch so tun, als sei das alles nie passiert.

Am nächsten Morgen war Samstag und Erica musste erst um zehn Uhr zum Dienst erscheinen. Doch bereits um neun drückte sie sich auf der Piazza della Vittoria herum und betrachtete sehnsüchtig den Busbahnhof. Einige Busse fuhren ins Ausland, wie der, der gerade zur Abfahrt bereitstand: Genua–Alicante stand auf dem großen, zweisprachigen Schild. Die Reisenden, vor allem Frauen und Kinder, hatten sich schon ihre Plätze gesucht und winkten der kleinen Schar aus Verwandten und Freunden zum Abschied zu. Einige von ihnen waren Südamerikaner, sie besuchten vielleicht Verwandte, die nach Spanien emigriert waren; andere, wie die zwei jungen Nordafrikaner, würden sich wahrscheinlich in Algeciras einschiffen, um nach Marokko zurückzukehren; wieder andere waren einfach nur Touristen. Letztere waren am aufgeregtesten und lachten über etwas, was einer von ihnen gerade erzählte.

Erica sah ihnen lange nach und träumte von Reisen, die sie niemals unternehmen würde. Zumindest nicht in nächster Zeit.

»Dottoressa Franzoni.«

Wie aus dem Nichts war Cristina Paisano vor ihr aufgetaucht, dezent in Schwarz gekleidet, mit einer Umhängetasche von Chanel und Lacksandaletten, die sie größer erscheinen ließen. Vom Laufen ein bisschen außer Atem und mit gerötetem Gesicht erzählte sie, dass sie gerade auf dem Weg zum Shoppen war und kurz am Bahnhof vorbeigeschaut hatte, weil sie so gerne Menschen bei der Abreise zusah.

»Ist das nicht lustig? Ich habe gesehen, wie Sie dem Bus nachgesehen haben … An manchen Tagen möchte ich auch einfach nur weg, ganz weit weg. Ist doch lustig, oder?«

Erica lächelte verlegen.

»Dann wollten Sie also gar nicht einkaufen gehen?«, fragte Erica noch einmal.

»Eigentlich nicht … Wie gesagt, ich wollte zu Ihnen.«

»Und wieso kommen Sie ausgerechnet auf mich?«

Cristina sah von ihrer Tasse auf. »Sie waren die Einzige, die mein Problem überhaupt bemerkt hat.«

»Und Ihr Mann?«

»Alberto weiß nichts davon. Es war allein meine Entscheidung.« Cristina wollte hinzufügen: »Die erste seit Jahren«, wagte sich aber nicht so weit vor. Sie betrachtete Erica mit der Andeutung eines Lächelns. »Sie werden mir helfen, nicht wahr?«

Was sollte sie ihr antworten?

Cristina sah sie an, als könne sie Wunder bewirken. Erica bemerkte, dass die Augen der Frau wacher und heller waren als bei ihrer letzten Begegnung, obwohl sie immer noch sehr nervös wirkte und sich ständig umschaute, als fürchte sie sich vor etwas oder jemandem. »Ich werde sehen, was ich tun kann … Sie müssen mir aber auch helfen.«

Cristina erwiderte, dass sie genau das vorhatte.

37

Als Erica ins Büro kam, sah Lo Pascio vom Computer auf und blickte auf die Uhr. »Du bist früh«, sagte er scheinbar gleichgültig, obwohl ihm nicht so zumute war. »Cristina Paisano hat nach dir gefragt. Sie ruft noch einmal an.«

»Ich weiß. Ich habe sie gerade getroffen.«

»Und was wollte sie?«

Erica antwortete nicht und Lo Pascio wollte nicht nachhaken. »Und wie ist es gestern gelaufen?«

»Sehr gut, Lopà, sehr gut.« Erica zündete sich eine Zigarette an, stellte die Tasche auf den Schreibtisch und begann, ihre Sachen auszuräumen: das Ringbuch, das Handy, eine Tafel Schokolade. Dann schaltete sie den Computer an. »Irgendwas Neues?«

»Wir haben einen Verdächtigen, einen vorbestraften Mann aus Alessandria. Er hat zehn Jahre wegen Raubs und sexuellen Missbrauchs gesessen. Vor einem halben Jahr wurde er entlassen, ungefähr zur selben Zeit, als die Diebstähle in den Zügen anfingen. Das hat Dragoncelli uns gefaxt ... Müsste irgendwo auf deinem Tisch liegen.«

Erica schob die Papiere von einer Seite auf die andere. »Da ist es!« Sie faltete den Zettel einmal in der Mitte und schob ihn zwischen die Seiten ihres Notizbuches. »Geht's etwas ausführlicher, Lopà?«

»Er heißt Emilio Bornacini, ist sechsunddreißig Jahre alt und arbeitet in einem landwirtschaftlichen Betrieb im Umland Alessandrias.«

»Und wie sind sie auf ihn gestoßen?«

»Sie scheinen ihn schon eine Weile zu beobachten. Fakt ist, dass Bornacini kein Alibi hat, weder für den Tod der Carpi noch für den der Dalton. Und mehr noch. Am Tag, als die Direnzo starb, war er in Serravalle Dünger kaufen. Der Kleinlaster der Firma wurde um drei Uhr nachmittags vor dem Einkaufscenter gesehen. Steht im Übrigen alles im Fax ...« Er brach ab und sah sie ernst an. »Und wie geht es dir?«, fragte er schließlich mit veränderter Stimme und errötend.

»Gut. Wie immer.« Endlich hob Erica den Blick und lächelte ihn an.

»Dragoncelli, wie weit bist du mit Bornacini?« Erica hielt in der Rechten den Hörer und in der Linken die Maus. Bornacinis Foto schien ihr aus dem Bildschirm geradezu entgegenzuspringen: misstrauischer, wenig intelligenter Gesichtsausdruck, schwarze Locken, kleine, gemeine Augen.

»Er streitet natürlich alles ab, aber …«

»Das ist er nicht, Dragoncelli. Ich habe hier das Bild aus der Kartei. Es stimmt nicht einmal andeutungsweise mit dem Phantombild überein.«

»Das weiß ich selbst.« Dragoncelli klang genervt. »Er hat kein Alibi, Franzoni, sein Eintrag in der Kartei ist drei Bildschirme lang, seine Karriere reicht bis in seine Jugend zurück und …«

»Ja, aber das ist er nicht.«

»Ich an deiner Stelle wäre mir da nicht so sicher. Weißt du, dass Bornacini auch schon als Vergewaltiger aufgefallen ist?«

»Die Opfer wurden aber nicht vergewaltigt. Das ist nicht die Person, die wir suchen.« Erica schob den Cursor zu einem anderen Punkt auf dem Bildschirm. »Habt ihr die Kleider untersuchen lassen, ob sich eventuell Spuren von Latex darauf finden?«

»Ja. Die scheinen sauber zu sein, aber das allein heißt noch gar nichts. Ich habe einen Durchsuchungsbefehl angefordert. Wegen der Masken, du weißt schon …«

Erica sah den Cursor blinken. »Ich hab jetzt zu tun, Dragoncelli. Sag mir Bescheid, wenn du noch was Interessantes herausfindest. Schönen Tag!« Als sie auflegte, sah sie Lo Pascio fragend an. »Und was hat es mit diesen Namen in dem Dossier hier auf sich, Lopà?«

»Die hat Maffina dir dorthin kopiert.«

»Und warum? Weißt du etwas darüber?«

Er verzog das Gesicht. »Eigentlich nicht. Er kam heute Morgen wie eine Furie hereingestürmt und fragte mich, ob er mal an deinen Computer dürfe, das war alles. Jetzt reg dich bloß nicht auf, okay? Ich habe nur getan, worum man mich gebeten hat.«

»Und du lässt zu, dass er in meinen Computer schaut? In meine Privatsphäre eindringt?«

»Was redest du da bloß, Erica? Ist er unser Vorgesetzter oder nicht?«

Sie sah ihn kalt an. »Wenn du so etwas Grundlegendes nicht kapierst …«

»Scheiße, er ist nun mal unser Vorgesetzter!«

Wieder dieser eisige Blick. »Ich reg mich ja gar nicht wegen Maffina auf, Lopà. Ist es möglich, dass du das nicht verstehst? Heute war er es, und das ist okay, aber morgen könnte es jeder andere sein, der in meinem Computer herumschnüffelt, und das mit deiner Genehmigung. Am Ende verrätst du noch dem Erstbesten mein Passwort!« Sie war schon weniger sauer und ein kleines Lächeln umspielte ihren Mund. Sie zündete sich eine Zigarette an und sah ihn an. »Also?«

»Nichts also. Es ist dein Fall …«

»Tut mir Leid, ich bin manchmal unerträglich. Lass mich jetzt bitte nicht hängen, Lopà.«

Endlich erwiderte er ihr Lächeln. »Wer könnte jemanden wie dich hängen lassen?«, meinte er und ließ sich neben ihr nieder. »Das ist eine Liste mit Personen, die schon einmal mit der Justiz aneinander geraten sind. Allesamt augenscheinlich unverdächtig. Die Fälle wurden zu den Akten gelegt, entweder aufgrund mangelnder Beweise oder weil die Anzeige in der Zwischenzeit wieder zurückgezogen wurde oder weil es zum Prozess kam. Das verbindende Element: die Züge … Das Dossier hat Richter Beneventi erstellt – an den du dich bei Bedarf wenden kannst, hat Maffina gesagt.«

Erica betrachtete nachdenklich den Bildschirm. »Ist Maffina im Haus?«, fragte sie und kaute auf einer Haarsträhne herum.

Lo Pascio erwiderte, er sei gerade gegangen. »Er scheint heute Nacht kein Auge zugetan zu haben. Der sah vielleicht aus … Du übrigens auch, nebenbei bemerkt …« Er schwieg.

»Was ich auch?«

»Nein, ich meinte nur, du siehst müde aus … Fühlst du dich nicht gut?«

»Mir geht's bestens.« Erica zündete sich eine neue Zigarette an und rutschte unruhig auf dem Stuhl umher. Das Plastik der Sitzfläche war warm und klebte unangenehm an der Haut, gleichzeitig spürte sie Lo Pascios Blicke auf ihren Beinen. Nervös trommelte sie auf die Schreibtischplatte, verfluchte das kurze Kleid und suchte eine neue Position.

Was sollten diese Namen? Welche Fährte verfolgte Maffina? Wovon war er ausgegangen und was hatte er gedanklich verworfen?

»Versuchen wir es mal«, ermunterte sie sich. Sie hob das linke Bein einen Zentimeter an und begann in dieser schiefen Haltung zu tippen, das Gesicht starr auf den Bildschirm geheftet. Zuerst verglich sie die Einträge der Verbrecherkartei mit dem Phantombild. Keines schien zu passen, obwohl einige Daten durchaus im Bereich des Möglichen lagen.

›Eine Geduldsarbeit‹, dachte sie. ›Jetzt bloß nicht schlappmachen.‹ Wie Maffina es vor ihr getan hatte, begann Erica nun einen Namen nach dem anderen zu überprüfen, öffnete und schloss Fenster und verschob alles, was ihr irgendwie von Nutzen schien, in einen neuen Ordner.

Am Ende blieben nur zwei Namen übrig: Giuseppe Mastropiero und Valerio Ruben. Sie passten sowohl in das psychologische Profil als auch zum Phantombild, obwohl Mastropiero als massiger, nicht mehr ganz junger Typ beschrieben wurde. Er musste um die siebzig sein, während sie eine deutlich jüngere Person suchten.

Aber trotzdem …

Sowohl Mastropiero als auch Ruben hatten bei der Eisenbahn gearbeitet und waren gegen Ende der achtziger Jahre dort ausgeschieden. Der Erste war in eine Schmiergeldaffäre verwickelt gewesen, während Ruben von einem auf den anderen Tag gekündigt hatte und verschwunden war.

›Merkwürdig‹, dachte Erica und wickelte sich eine Locke um den Finger. Sie gab einen neuen Befehl ein und packte einen Schokoriegel aus, während sie auf Antwort wartete. Auf dem Bildschirm erschienen die ersten Angaben zu Mastropiero. Sie las sie schnell durch und machte sich hier und da Stichpunkte.

Noch ein Befehl. Nun der Eintrag von Ruben.

›Das Alter stimmt schon mal‹, dachte Erica. Schnell verschob sie die Maus. Auf dem Bildschirm erschienen weitere Daten: Ausbildung, Laufbahn und verschiedene Ämter, letzter bekannter Aufenthaltsort …

»Mist, Lopà!«, rief sie aus und packte ihre Agenda. »Mist.« Endlich hatte sie das verbindende Element gefunden!

Eine Adresse auf der Serviette einer Bar, eine noble Turiner Straße aus dem 19. Jahrhundert, ein junger Betriebsleiter der Eisenbahn, der sich plötzlich in Luft auflöst …

»Ich muss los, Lopà. Sagst du Maffina Bescheid, wenn er kommt?«

»Wohin gehst du denn?«

»Ich muss mit Beneventi reden.«

»Wann sehe ich dich?«

Sie sah ihn kopfschüttelnd an. »Hier im Büro natürlich, in zwei Stunden«, erwiderte sie, während sie ihre Sachen zusammensuchte, den Computer herunterfuhr und dem Problem aus dem Weg ging.

38

Antonino Beneventi hegte nicht allzu große Sympathien für Erica, obwohl er sie beruflich sehr schätzte. Er mochte Menschen, die wussten, was sie wollten, und das tat sie allemal. Fast zu sehr, fand er manchmal.

An jenem Tag wirkte Erica noch entschlossener als sonst. Er empfing sie auf der Schwelle zu seinem Büro. »Heute ist Samstag«, sagte er und zeigte auf den menschenleeren Flur.

»Ich weiß, dass Samstag ist, aber Dottor Maffina sagte mir, ich könne mich bei Bedarf an Sie wenden. Ich störe Sie doch nicht, oder?«, lächelte sie und ließ sich auf dem einzigen Stuhl nieder, der nicht von Papier- und Aktenstapeln belegt war.

»Tut mir Leid wegen der Unordnung.« Beneventi wies mit einer Handbewegung auf den Raum und die Zettel, die überall herumlagen, und auf den Aktenwagen, der unter seiner Last fast zusammenbrach.

Erica lächelte, schlug die Beine übereinander und fragte, ob sie rauchen dürfe. Das schwarze, ausgeschnittene, eng anliegende Kleid schob sich ein paar Zentimeter hoch und sie machte eine entschuldigende Geste. Sie fuhr sich mit der Hand über die Haare und lächelte erneut.

Auch Beneventi setzte sich, nachdem er einen Stuhl von Papierkram befreit hatte. »Haben Sie wieder einen dieser Anrufe bekommen?«

Sie schüttelte den Kopf. »Keinen mehr«, log sie. Beneventi würde die Hartnäckigkeit sowieso nicht verstehen, mit der sie diese Sache verfolgte, die vielleicht nur in ihrer Einbildung existierte. Dennoch war ihr nicht wohl bei der Lüge.

»Ich bin ganz Ohr«, ermutigte der Richter sie.

Erica klappte ihr Notizbuch auf. »Es geht um einen Namen in diesem Dossier, das Sie Dottor Maffina gegeben haben.«

Beneventi unterdrückte ein Grinsen. »Antonio hat auch seine Spleens.«

Sie hob den Blick und fuhr sich wieder durch die Haare. »Dottor Beneventi, reden wir offen miteinander, ich hätte niemals eine solche Möglichkeit in Betracht gezogen. Aber dann war da dieser Name …«

»Dann lassen Sie mal hören.« Der Richter setzte sich bequem hin und unterdrückte ausnahmsweise den Impuls, auf die Uhr zu schauen.

»Pergolizzi, es gibt eine neue Fährte, hören Sie mich?«, fragte Erica in ihr Mobiltelefon.

»Sehr schlecht, Dottoressa.«

»Weil ich gerade im Tunnel bin. Aber immer schön dranbleiben, ja?«

Sie hörte ihn kichern wie ein Kind.

»Also, der Stand der Dinge ist folgender: Wir haben einen Namen, Valerio Ruben, der in das psychologische Profil und zum Phantombild zu passen scheint ...« Sie zögerte kurz. »Und zu Digheros Zeugenaussage natürlich auch. Außerdem haben wir eine Adresse, die zufälligerweise mit der übereinstimmt, die wir in der berühmten Blechdose gefunden haben. Und dann gibt es noch ein anderes, ziemlich verdächtiges Detail. Rubens Mutter hieß mit Mädchennamen Ginetta Bianchi. Erinnert Sie der Name an irgendetwas?«

»Leider ja.«

»Dann können wir also davon ausgehen, dass Ruben und Bianchi ein und dieselbe Person sind. Einverstanden? Pergolizzi, ich rufe Sie gleich wieder an, okay? Hier ist ein Verkehrspolizist direkt vor meiner Nase ...«

Erica fuhr aus dem Tunnel von Portello heraus und stellte den Wagen in zweiter Reihe ab. Sie schaltete das Warnblinklicht an und griff erneut zum Telefon. »Da bin ich wieder. Wir waren bei Ruben. Gegen Ende der Achtziger war er in eine Prostitutionsgeschichte mit Minderjährigen verwickelt. Eine unschöne Sache. Ein paar der Mädchen waren noch keine fünfzehn ... halbe Kinder. Die Ermittlung wurde nach einem anonymen Telefonanruf bei den Carabinieri von Lavagna eingeleitet. Ruben ist mit ein paar Kratzern davongekommen, weil er einen äußerst fähigen Anwalt hatte, ein gewisser Marvasi. Letztlich wurde Ruben nur vorübergehend festgenommen, aber in meinen Augen ist das mehr als genug. Marvasi ist leider vergangenes Jahr gestorben. Valerio Ruben kommt aus einer wohlhabenden Familie, hat ein Ingenieursdiplom und bekleidete in Genua einen wichtigen Posten als Betriebsleiter des Güterbahnhofs von Principe. Ich bin gerade auf dem Weg dorthin.« Erica zündete sich eine Zigarette an und fuhr wieder los. »Also, was halten Sie davon? Freuen Sie sich, Pergolizzi? Ich habe schon mit dem Richter gesprochen, der damals mit dem Fall betraut war. Er wird mir heute Nachmittag die komplette Dokumentation des Falles mailen. Also?«

Die Antwort ließ ein wenig auf sich warten. »Aber sicher ist es nicht, dass Ruben der Mörder der Frauen ist, oder?«

Erica schnaufte. »Seien Sie mal nicht so pessimistisch, Pergolizzi. Hier in Genua herrscht strahlender Sonnenschein, und in Asti?«

»Hier regnet's, Dottoressa Franzoni.«

Pergolizzi sah dem Regen zu, der auf die Bahnsteige prasselte, wo ein paar Züge zur Abfahrt bereitstanden. Ericas Worte hatten ihn einen Moment lang aufgemuntert, obwohl er ahnte, dass das Unwetter noch lange nicht vorüber war. Schon bald würde es mit noch größerer Macht über ihn hereinbrechen und er wusste, dass er dieser Gewalt nicht würde standhalten können.

Dighero hatte sich ein paar Tage krankgemeldet. »Eine

schlimme Grippe«, hatte seine Mutter am Telefon gesagt. »Im Sommer sind sie ja immer am ärgsten.«

Pergolizzi hatte nicht weiter nachgehakt, da ihm die Krankheit (egal ob wahr oder vorgegeben) ganz recht war, wenn sie ihm den Beamten nur erst einmal vom Hals hielt. Wenn er dessen bornierte Opfermiene sah, konnte er nicht mehr klar denken vor Zorn. Dann hätte er ihn treten und schlagen können, bis er mit der ganzen dreckigen Wahrheit herausrückte. Jedoch schämte er sich sofort wieder seiner Gedanken. Warum nur hackte er immer noch auf ihm herum? Das Ganze konnte sich schließlich auch genau so abgespielt haben, wie Dighero behauptete, so und nicht anders.

Und dennoch …

Genervt ging Pergolizzi hinaus und schlug die Tür hinter sich zu. Er wanderte durch den Regen bis ans Ende des Bahnhofs, wo normalerweise die Fixer zusammensaßen, um zwischen einem Schuss und dem anderen bis zum Umfallen zu saufen. Heute Morgen war niemand da. Einzig ein paar zerbrochene Flaschen zeugten von ihnen und ein schaler Geruch nach Hefe, der sich mit dem frischen, etwas herben Geruch des Regens vermischte.

»Valerio Ruben war immer ein Einzelgänger gewesen, sehr zurückhaltend«, sagte Ingegnere Ruggeri, der Personalleiter für den Bezirk Genua, Bahnhof Principe. »Ja, zutiefst introvertiert … Ich mochte ihn nicht besonders und die Ereignisse haben mir dann ja auch Recht gegeben. In so eine schmutzige Geschichte verwickelt zu werden …« Er wandte sich mit höflichem Lächeln an Erica. Seine Zähne waren so perfekt, dass sie fast schon künstlich aussahen, seine Hände weiß und weich wie die eines Homosexuellen. Er trug einen grauen, strengen Anzug, die Krawatte hingegen war, wie Erica bemerkte, von Herès, ebenso das weiße Seidenhemd.

»Haben Sie ihn danach noch einmal getroffen?«

Ruggeri antwortete mit einer Gegenfrage: »Sie sind also Hauptkommissarin? Sie sind sehr jung für einen solchen Dienstgrad, oder?«

»Ich war früh mit dem Studium fertig und alles andere hat sich von selbst ergeben.« Erica kam es lächerlich vor, so mit einem Fremden zu reden, wollte Ruggeri aber nicht verärgern. Sie widerstand der Versuchung, sich durch die Haare zu fahren, und sah mit festem Blick zu ihm auf. »Also, Ingegnere?«

»Nein, ich habe ihn nicht mehr getroffen. Valerio hat sofort nach der Sache gekündigt. Wir im Betrieb waren natürlich nicht gerade erfreut über das, was passiert war, deshalb ist danach niemand auf die Idee gekommen, ihn noch einmal zu besuchen. Wir waren fertig mit ihm.« Er seufzte erneut. »Aber vielleicht sind wir es doch noch nicht, sonst wären Sie wohl kaum hier …« Sein Blick versank im Ausschnitt ihres schwarzen Kleides. »Ich kann nur hoffen, dass es sich um nichts Ernstes handelt, denn Ruben hat uns schon genug Probleme bereitet. Ich möchte nicht, dass alles noch einmal aufgerollt wird.«

Erica schlug ihr Ringbuch auf. »Ich will Ihnen nur ein paar Fragen stellen, sonst nichts. Ich habe hier eine Adresse, die mir aber, wie ich fürchte, nichts nutzt ohne einige konkrete Anhaltspunkte.« Sie lehnte sich vor. »Vielleicht können Sie mir ja weiterhelfen …«

39

Die Ereignisse, auf die Beneventi sich bezog, hatten sich im Jahr 1990 zugetragen, als Valerio Ruben den Be- und Entladeplatz des Bahnhofs Principe leitete. Die Ermittlungen, so hatte der Richter Erica erklärt, waren auf einen anonymen Hinweis hin eingeleitet worden.

Jemand hatte die Carabinieri in Lavagna angerufen und sich über verdächtiges Treiben in einer kleinen Villa am Stadtrand beschwert. In der Tat handelte es sich bei dem grauen Steinhaus, das in einem Eukalyptuswäldchen verborgen war, um ein Luxusbordell für angesehene Genueser Bürger mit außergewöhnlichen Vorlieben. Sehr junge Mädchen, zum Teil sexuell noch gänzlich unerfahren, prostituierten sich in kleinen, mit Damast ausgeschlagenen und nach exotischen Essenzen duftenden Alkoven. Sie wurden durch eine halb unter Ranken verborgenen Hintertür hereingeschmuggelt, in zerlöcherten Jeans, bunten Sweatshirts und Markenturnschuhen. Mit ihren Rucksäcken und Schulbüchern …

Manchmal dachte er daran zurück, wie er Sonia zum letzten Mal gesehen hatte. Es war ein Sonntag im Oktober gewesen, am Morgen musste es geregnet haben, denn das Haus war mit dem durchdringenden, würzigen Duft der Eukalyptusbäume erfüllt.

Sonia lag nackt auf dem Bett, an Händen und Handgelenken mit einem bunten Klebeband gefesselt, und betrachtete mit einem herausfordernden Lächeln seine Impotenz. Sie lachte über seinen schlaffen Penis, welk wie der eines alten Mannes. Vielleicht lachte sie auch über seinen Gesichtsausdruck, über seine Unbeholfenheit, über seine Aufregung, die ihm Hände und Blick erzittern ließ. Da hatte er sich auf sie gestürzt, unzusammenhängende Worte aussto-ßend und eine Speichelspur auf ihrem Körper hinterlassend.

Sie hatte ihn angesehen und das Lächeln war aus ihrem Gesicht verschwunden. »Binde mich los!«, hatte sie gesagt.

Er hatte sie losgebunden …

Eine Woche später hatte Dallorto angerufen. »Eine nette Gesellschaft unten in der Villa«, hatte er mit seiner Schwuchtelstimme gesäuselt. »Dreizehnjährige Nigerianerinnen und natürlich deine schöne Sonia. Soll ich etwas für dich arrangieren?«

›Der alte Kuppler‹, hatte er gedacht und einige Sekunden geschwiegen, in denen er durchs Fenster auf die hohe, graue Mauer des Bahnhofs sah.

»Also, was ist jetzt?«, hatte Dallorto gedrängt.

Er wollte Sonia nie wiedersehen, doch wagte er nicht, es zu sagen. Schließlich hatte er sich mit der erstbesten Entschuldigung, die ihm eingefallen war, herausgeredet und dabei an Sonias herausforderndes Lächeln gedacht, an ihre Art, sich an ihm zu reiben.

Er liebte Sonia, doch zwischen ihnen war alles aus.

Alles!

Auch Beneventi beschrieb Valerio Ruben als einen zurückhaltenden und in sich gekehrten Menschen. Er hatte in Turin gelebt, bis man ihn nach Genua versetzt hatte, wo er im Übrigen nie so recht heimisch geworden war … In Genua bewohnte er ein möbliertes Zimmer in einer Wohnanlage, die der Betrieb für das Zugbegleitpersonal anmietete. In diesem anonymen und geschichtslosen Ziegelbau verbrachte Ruben zwei Jahre seines Lebens, verließ ihn morgens um neun und kehrte abends dorthin zurück. Seine Mahlzeiten nahm er im Bahnhofsrestaurant ein oder in einer kleinen Trattoria in der Salita San Giovanni.

Turin zu verlassen war ihm nicht schwer gefallen. Letztlich war er doch in jener alten Wohnung in der Via Pastrengo nie so richtig glücklich gewesen … Zu viele traurige Erinnerungen, zu viele Gespenster geisterten durch die mit der Zeit grau gewordenen Wände. Niemand hatte je daran gedacht, diese Zimmer mit dem schönen, aber altersschwachen Dielenboden und den vergilbten Tapeten zu renovieren …

An einem Nachmittag im Mai hatte er das Haus verlassen und nur wenige Sachen mitgenommen.

In Genua angekommen, hatte er ganz von vorn anfangen wollen, so leben wollen, wie es ihm gefiel. Doch dann war ihm Dallorto begegnet.

Erica las immer weiter und spielte dabei nervös mit der Maus. Das Haus mit den Callgirls in Lavagna wurde von einer gewissen Graziella Moroni geführt, einer Frau mit exklusivem Geschmack und einer gewissen Bildung, schrieb Beneventi. Vor vielen Jahre verwitwet, hatte sie im südlichen Piemont gelebt, bis sie alles aufgab und in das Prostitutionsgeschäft einstieg. Sie hatte ihre Strafe vollends abgesessen und lebte nun in einem Altenheim in Santena, im Hinterland von Turin.

In den Vernehmungsprotokollen wurde Dallorto mit keinem Wort erwähnt und dennoch war Erica überzeugt, dass der alte Pensionär irgendwie mit der Sache zu tun hatte. Seit sie mit Maffina arbeitete, hatte sie gelernt, auch die abwegigsten Theorien nicht von vorneherein auszuschließen, obwohl in diesem einen Fall ausnahmsweise nichts

Absurdes oder Unwahrscheinliches an ihren Spekulationen war. Die Frage, die Pergolizzi gequält hatte, quälte nun auch sie … Wie war Dallorto an sein Geld gekommen? Prostitution schien die überzeugendste Antwort darauf zu sein.

»Mist!«, stieß Erica laut aus. Sie fuhr sich mit der Hand durch die Haare und zerrte frenetisch an ihren Locken, während sie Rubens Aussage ein zweites Mal durchlas. Man hatte ihn an einem Samstag zur Vernehmung festgenommen, genauer gesagt am 9. Februar 1990.

Schließlich hatte er nachgegeben und sie hatten sich auf einen Freitagnachmittag geeinigt.

»Sehr gute Wahl, ein ruhiger Tag«, hatte Dallorto ihn am Telefon gelobt, doch dann waren die Carabinieri aufgetaucht.

Manchmal dachte er, dass Dallorto das absichtlich so eingefädelt hatte …

Wie an einen Alptraum erinnerte er sich an die Szene, als plötzlich die Carabinieri in der Tür gestanden hatten und er tief beschämt versucht hatte, sich vor den beiden Gefreiten zu rechtfertigen …

Schrecklich … unanständig … unmoralisch …

Weggehen, sich verstecken, alles hinter sich lassen.

Als er endlich eine Wohnung gefunden hatte, seine erste Wohnung, hatte er gedacht, nun endlich alles vergessen zu können.

Seine Angst, und Sonia.

Zwei Monate nachdem Valerio Ruben gekündigt hatte, war er wie vom Erdboden verschwunden.

›Wo verkriechst du dich nur?‹, dachte Erica und spielte mit der Maus. ›Sag es mir, verdammt noch mal!‹

Sie stellte sich Arena Po vor, das Schilfdickicht, hinter

dem der Po entlangfloss, die unter Pappeln verborgenen Höfe, dann die Brücke und die alte Telefonzelle.

Bottero hatte gesagt, dass dies die fragliche Zone war …

Erica griff zum Telefon und wählte seine Nummer. »Bottero, ich rufe wegen der abgehörten Telefonate an. Können wir ganz sicher sein, dass sie tatsächlich aus der besagten Gegend stammen?«

»Ohne jeden Zweifel«, erwiderte er und erging sich in komplizierten technischen Erklärungen.

»Und die Hintergrundgeräusche?«

»Dieselben, Dottoressa.«

In dem Haus waren die Vorhänge zugezogen gewesen, doch der große Garten, der bis an den Fluss hinabreichte, war gepflegt und strahlte einen ganz speziellen Glanz aus. Konnte es sein, dass Valerio Ruben sich in dieser weiß-rosa Villa versteckte? Hatte er sie angerufen? Aber warum nur? Heutzutage wusste jedes Kind, dass man Telefonanrufe abhören und ganz leicht zurückverfolgen konnte, woher sie kamen.

Und wenn nicht er, wer hatte sie dann angerufen? Und warum?

Das Klingeln des Telefons riss sie aus ihren Überlegungen. Das Kinderkrankenhaus Gaslini war am Apparat, und während sie in den Hörer hineinlauschte, raufte sie sich die Haare, verfluchte ihren Job und wünschte sich an einen weißen Strand, leer und einsam, wie sie ihn vor Jahren einmal in Portugal gesehen hatte.

40

Maffina begriff nicht, warum die Spurensicherung ununterbrochen ihren Sitz wechseln musste. Ein Labor befand sich fern von allen anderen im Corso Aurelio Saffi. Hier wurde ein Teil der Analysen durchgeführt, vor allem Sektionen und histologische Untersuchungen, während der Großteil der Ermittlungen in der Kaserne in der Via dei Mille stattfand.

›Es gibt einfach zu viele Kasernen‹, dachte Maffina, der immer wieder von einer Welt ohne Kasernen und bewaffnete Polizei träumte. Solcherlei Gedankengänge behielt er natürlich für sich, da nicht viele seiner Kollegen sie teilten. Das Einzige, was er dafür unternahm (mal abgesehen von seinem gewerkschaftlichen Engagement), war, seine Studenten Verfassungstreue zu lehren. ›Als ob das genug wäre!‹, dachte er in seinen düsteren Momenten, doch er ahnte, dass dies für ihn der einzig gangbare Weg war.

Er bog in die Via Delle Casette ein. Eine mit Backsteinen gepflasterte Straße, die sich an der Collina di Sturla entlangschlängelte. So ganz anders inmitten der zehnstöckigen Hochhäuser, der Elektrizitätswerken und der mit Autos verstopften Brücke des Corso Europa, wurde sie einige hundert Meter von niedrigen Gebäuden, kleinen Gärtchen und unvermuteten Mauern flankiert. Am Ende der Straße stieß man auf die hufeisenförmige Anlage der Kaserne. Ein mächtiges Gebäude mit großem Parkplatz. An der Einfahrt musste man sich beim Pförtner ausweisen, große Schilder forderten zum Anhalten auf und erklärten, dass hier militärisches Gebiet begann.

Maffina nannte dem Wachposten seine Personalien, einem sehr jungen, wahrscheinlich wehrpflichtigen Soldaten aus dem Veneto, wie sein Akzent verriet.

Teresa Ricci trug einen blütenweißen Kittel, unter dem ein Rock aus schillernder Seide hervorschaute. Wie immer hatte sie die Haare mit einer Stricknadel hochgesteckt und lächelte erfreut, als sie ihn sah. »Na endlich! Es langt mir auch allmählich, immer über Mittelsmänner und -frauen mit dir zu sprechen.« Sie hakte sich vertraulich bei ihm ein und schob ihn in ihren Raum. »Als ich erfahren habe, dass du kommst, habe ich gleich Kaffee kochen lassen. Sie haben ihn mir in eine Thermoskanne gefüllt, ich weiß ja, dass du ihn gerne heiß und süß magst. Stimmt doch, oder?«

Maffina lächelte. »Stimmt.«

Teresa und er hatten vor langer Zeit eine Affäre gehabt, eine Bettgeschichte, die irgendwann zu Ende gegangen war, ohne dass beide so genau wussten, weshalb.

»Wie geht es Annalisa?«

»Gut.«

»Ist sie immer noch in Turin?«

»Ja.«

»So ist das Leben«, sagte sie affektiert. Sie sah ihn besorgt an. »Wie du aussiehst, mein Lieber … Geht's dir auch gut?«

Maffina murmelte etwas Unverständliches.

»Du müsstest mehr auf dich achten. In unserem Alter sollte man gewisse Strapazen vermeiden«, sagte sie rätselhaft.

Maffina versuchte erfolglos sich daran zu erinnern, wie alt sie genau war. Sicher über fünfzig, auch wenn sie mit ihrem schlanken, agilen Körper noch wie eine junge Frau wirkte. »Du siehst großartig aus«, meinte er und ließ sich auf einem Hocker nieder.

Teresa lächelte. »Freut mich, dass du das sagst.« Sie musterte ihn kritisch. »Und diese Gehilfin von dir? Diese junge Kommissarin? Zäher Typ, oder irre ich mich?«

»Du irrst dich nicht.«

»Hübsches Mädchen, sehr modern, sehr bestimmt.«

»*Bon*, Teresa, jetzt lass mal gut sein. Kann ich dir ein paar Fragen stellen?«

Zu seiner Überraschung brach sie in Gelächter aus. Sie schien zufrieden und auf ihrem Gesicht entstand eine ganze Landkarte aus Fältchen.

»So etwas habe ich noch nie gesehen«, sagte Teresa und wedelte mit der langen, geschwungenen Zange in ihrer Hand. »Praktisch ein einziger Klumpen. Stell dir vor, die Proben sind immer noch feucht, als sei das Blut noch ganz frisch … Sie muss ganz schön viel Blut verloren haben, wie?«

Maffina verzog vielsagend das Gesicht. »Wann sind die Untersuchungen fertig?«

»Nicht vor heute Abend. Ich kann auch nicht hexen, mein Lieber«, sagte sie und zeigte auf eine Reihe von Glasbehältern. »Die hätten eigentlich Vorrang, aber da es sich um meinen Antonio handelt …«

Maffina lächelte verlegen. Er murmelte, dass die Zeit dränge, doch die Frau hörte ihm gar nicht zu. Sie hatte ein Paar Handschuhe übergestreift und eine Brille mit Spezialgläsern aufgesetzt. »Mit denen entgeht mir nichts«, murmelte sie hinter der grünen Schutzmaske hervor. »Jetzt sieh dir das mal an!«

Sie zog eine bernsteinfarbene Flüssigkeit in eine Pipette.

Dann ließ sie, das Gerät zwischen Daumen und Zeigefinger geklemmt, ein paar Dutzend Tropfen auf die Probe fallen und rührte mit einem Glasstäbchen vorsichtig darin herum.

»Ich untersuche die Proben sowohl mittels der Fluoreszenzprobe als auch der Chromatografie. Querkontrollen, verstehst du?« Sie zwinkerte Maffina zu und wandte sich dann wieder ihrer Arbeit zu.

Er sank in einen abgewetzten Sessel, der zwischen zwei Kühlschränken eingeklemmt war. Im Zimmer herrschte nun Stille und trotz der herben Gerüche der Lösungsmittel und dem Brummen der Geräte nickte er ein.

Zwei Stunden später weckte ihn Teresa. »Ein paar der Untersuchungen sind fertig«, verkündete sie ihm lächelnd. In den Händen hielt sie eine Tasse Espresso und einen Objektträger, der noch feucht vom Kanadabalsam war.

Im Traum steht die Mama reglos auf einem Felsen. Der Felsen steht inmitten einer großen, blauen Fläche, die ganz langsam immer kleiner wird. Auch die Mama wird kleiner. Er lehnt an einem Fenster, das in der Luft hängt, sieht die Mama an und die ist immer kleiner, immer weiter weg.

Er hat keine Angst. Bis zu dem Punkt des Traumes hat er keine Angst. Doch dann wird der Himmel ganz schwarz und dick wie Tinte und die Mama zappelt wie ein Hampelmann. Auch das Wasser um den Felsen herum (jetzt nur noch so groß wie eine Pfütze) verändert seine Farbe. Es sieht nicht mehr wie Wasser aus, nicht mehr wie Meer.

Es sieht aus wie …

Mama Haus Felsen Meer Wasser Himmel Mama Dunkel Tunnel Vorsicht VORSICHT!!! VORSICHT, DA KOMMT DER

DRACHE, DER DRACHE GREIFT NACH DIR, PACKT DICH, HÄLT DICH FEST …

… Blut.

»Das war schon das zweite Mal in dieser Woche. Ich habe dich angerufen, weil sich sonst niemand für Michelino interessiert«, sagte die Psychomotorikerin traurig.

Erica beobachtete, wie das Kind im Schlaf zuckte und die Hände auf die Brust presste. Sie hatte ihn ein paar Tage nicht gesehen und er wirkte dünn und blass. »Was genau ist denn passiert?«

Patrizia zuckte die Achseln. »Die Psychiaterin meint, er verarbeitet den Unfall und hat dabei kleine epileptische Anfälle, obwohl auf dem EKG nichts zu sehen ist. Bei ihm läuft alles auf psychischer Ebene ab, körperlich ist er völlig normal.«

»Mir kommt er ein bisschen dünn vor … Isst er denn genug?«

»Wenn es nach ihm ginge, würde er vor Hunger und Durst sterben, aber wenn man ihm einen Teller vorsetzt, macht er kein Theater. Er gehorcht und fertig … An manchen Tagen hasse ich meinen Job. Dabei habe ich selbst darum gebeten, hier auf der Station arbeiten zu dürfen, vorher war ich Lehrerin an der Krankenhausschule.« Patrizia musterte sie kritisch. »Und wie ist es bei der Polizei so? Als Frau, meine ich.«

Erica machte eine wegwerfende Handbewegung. »Wie überall, vermute ich.«

»Wieso hast du keine Uniform an?«

»Das ist nicht vorgeschrieben. In meinem Fall zumindest.«

»Schon klar. Du bist Kommissarin, nicht wahr?«

»Hauptkommissarin.«

»Und wo hast du deine Waffe?« Patrizia sah wieder Michelino an. »Eigentlich müsste ich ihn wecken, aber er schläft gerade so schön«, sagte sie und zog das Laken zurecht.

»Ich finde, er wirkt ziemlich unruhig.«

»Da hättest du ihn neulich sehen müssen. Da bin ich mit ihm und zwei anderen autistischen Kindern im Park spazieren gegangen …« Die Psychomotorikerin unterbrach sich und zupfte wieder am Laken. Dann massierte sie sich die Schläfe und schenkte Erica ein verschwörerisches Lächeln. »Michelino schien völlig apathisch«, flüsterte sie dann. »Er gab mir die Hand, ganz brav und vertrauensvoll … Autistische Kinder darf man nie allein lassen, weißt du? Sie könnten sich sonst verletzen … Wir waren also zu viert mit den drei Kindern: alle im gleichen bedauernswerten Zustand wie Michelino, alle stumm und ihrer Umwelt gegenüber völlig gleichgültig …« Wieder eine Pause, diesmal länger. »Schließlich kommen wir zu unserem Aussichtspunkt, von wo man das Meer sieht. Unter uns die Via 5 Maggio und hinter uns die Eisenbahnschienen … Kannst du dir die Situation vorstellen?«

»Ich glaube schon.«

»Es war schrecklich. Zuerst schien Michelino zum Zombie zu werden, dann trat und schlug er um sich und schrie wie ein Besessener. Da fingen die anderen zwei auch an zu schreien und wälzten sich in blinder Panik auf dem Boden. Es war schrecklich … Und das Ganze während der Besuchszeit.«

»Und wie ging es weiter?«

»Zwei Pfleger kamen uns zu Hilfe, die gerade Schichtende hatten. Sie haben sich um die anderen Kinder gekümmert und ich und die Kolleginnen um Michelino. Es war schrecklich«, sagte sie zum dritten Mal.

»Hast du Ärger bekommen?«

Patrizia winkte ab. »Diese Spaziergänge gehören zum Alltag, außerdem hatte die Psychiaterin uns getriezt, dass wir mal mit den Kindern rausgehen. Ich glaube aber immer noch, dass vielleicht nichts passiert wäre, wenn wir hier in der Nähe geblieben wären.«

»Vielleicht war es gar nicht so schlecht. Wenn Michelino wirklich dabei ist, die Ereignisse zu verarbeiten ...«

Erica schwieg und rieb sich die Augen, ärgerlich über sich selbst, weil sie so kaltherzig über das Kind sprechen konnte. Einen Moment lang schien ihre ganze Welt, ihre Gefühle, Hoffnungen, Träume, auf dieses eine Zimmer zusammenzuschrumpfen, in dem Michelino vor sich hin dämmerte und die übrigen Kinder still und resigniert die blaue Tapete anstarrten. Jemand hatte Poster von Mickey Mouse und Donald Duck aufgehängt, in einem weißen Regal saßen ein paar Puppen, die die Kinder ignorierten, wenn sie sie nicht gerade in der entsprechenden Laune gegen die Wände und die bruchsicheren Fensterscheiben warfen. Erica hatte plötzlich das Gefühl, keine Luft mehr zu bekommen.

»Alles in Ordnung?«, fragte Patrizia.

Sie nickte, obwohl ihr schlecht und schwindelig war. ›Ich kriege dich‹, dachte sie, während sie Michelino ansah, der sich unruhig hin und her wälzte. ›Ich kriege dich und dann wird abgerechnet.‹

In der U-Bahn saß ein Junge, der Michelino ähnlich sah. Breitbeinig, die Hände in den Taschen der Jeansjacke vergraben, blickte er Erica anmaßend und neugierig an. Er hatte feines, glattes, zu einem Bob geschnittenes Haar und wieselflinke Augen. Als Erica ihn anlächelte, zog er eine Grimasse. Die Mutter versetzte ihm einen kleinen Klaps, woraufhin er sich abwandte.

Drache …

Warum war Michelino so auf Drachen fixiert? Was hatte er gesehen? Eine Assoziation, hatten sowohl Antonelli als auch Maffina gesagt, die Inkarnation aller kindlichen Ängste. Trotzdem …

Auf dem Phantombild sah man ein ganz normales Gesicht, aber vielleicht hatte Michelino noch etwas anderes erblickt? Vielleicht fehlte dem Phantombild ja eine Besonderheit?

Der Tunnel zwischen den Stadtvierteln Di Negro und Brin war lang und gut beleuchtet und der Zug bewegte sich schnell auf den Ausgang zu, während er die roten Ampeln hinter sich ließ. Rote Lichter, die immer kleiner wurden, wie winzige Pünktchen in der Glut.

Rote Lichter …

Auf einmal wusste Erica, warum ihr das Phantombild so unfertig vorgekommen war, und sie wusste auch, warum Michelino immer von Drachen träumte und Drachen malte.

In Brin herrschte eine hohe Luftfeuchtigkeit und die Eisenkonstruktion der U-Bahn speicherte die Hitze des Tages. Die Häuser rund um den Bahnhof waren übereinander getürmt, in den Schluchten dazwischen hin und wieder ein Garten mit Bäumen, die in der Hitze schmachteten.

Der Smog hatte die Blätter mit einer dicken Schicht schwarzen Staubs überzogen, doch würde bald ein Wind aufkommen und mit ihm, da war Erica sicher, würden die ersten Sterne am aufgeklarten Himmel erscheinen.

41

»Dottor Beneventi, Franzoni hier. Entschuldigung, dass ich Sie zu Hause anrufe, aber es ist wichtig.«

»Was ist denn los?«

Erica beschloss, den resignierten Unterton in Beneventis Stimme zu überhören. Sie öffnete eine Dose Coca-Cola und setzte sich auf die Terrasse. Der Abend breitete sich über dem Viertel aus, doch einige Straßen waren noch ins Sonnenlicht getaucht, als könnten sie sich nur mühsam vom Tag lösen, und in den Fenstern der Polizeischule brannte ein Flammenmeer aus Rot, Orange und Ocker.

»Sie haben doch seinerzeit diesen Ruben vernommen, oder?«

»Gewiss, warum?«

Erica formulierte ihre Frage so klar wie möglich und lauschte dann mit klopfendem Herzen der Antwort.

Ja, Rubens Augen waren tatsächlich ungewöhnlich, erklärte Beneventi. Wahrscheinlich ein Glaukom, gewiss. »Ist das so wichtig?«

»Sehr wichtig, Dottore. Ich danke Ihnen für Ihre Mühe.«

»Grüßen Sie Maffina von mir«, sagte der Richter andeutungsvoll.

Nächster Anruf. »Dottor Ruggeri, hier spricht Hauptkommissarin Franzoni. Störe ich?«

»Wie schön, Sie zu hören, Dottoressa. Geht es Ihnen gut?«

»Ja, danke. Ich rufe wegen Ruben an …« Wieder stellte sie ihre Frage. Vor lauter Anspannung spürte sie eine Leere im Magen, eine Art Übelkeit, die an Schwindel grenzte.

»Ja, Dottoressa Franzoni, er hatte häufig gerötete, geschwollene Augen. Das war grüner Star, glaube ich. Ruben trug zwar abgedunkelte Brillengläser, nahm sie aber auch hin und wieder mal ab …«

Erica bedankte sich und wählte eine neue Nummer.

»Pergolizzi, Erica hier«, meldete sie sich knapp.

»Was ist los, Erica?«

Sie lächelte, dieses Erica hörte sich entschieden besser an als das ewige Dottoressa Franzoni.

»Wegen Digheros Aussage. Er sprach doch von dunklen Brillengläsern, stimmt's?«

»Stimmt … Ich prüfe das am besten gleich noch einmal. Ehe ich Ihnen etwas Falsches erzähle, nicht wahr?«

»Klar, lassen Sie sich Zeit.«

»Hier ist es. Also, ja, dunkle Sonnenbrille …«

»Und etwas anderes ist Dighero nicht aufgefallen? Was weiß ich, eine geschwollene Lippe, ein diffuses Ödem …«

»Nein, tut mir Leid, hier ist nur von der Brille die Rede.« Pergolizzis Stimme rutschte ein paar Tonlagen tiefer. »Montag muss ich zum Staatsanwalt«, verkündete er düster.

»Das macht Ihnen Sorgen, kann ich mir vorstellen.«

»Ein bisschen«, gab er zu.

Erica stellte ihn sich in seinem kahlen Büro vor, wie er über die Vernehmung am nächsten Tag nachgrübelte. »Es wird schon alles gut gehen, bestimmt, Inspektor.«

»Das will ich hoffen, das will ich wirklich hoffen.«

Erica setzte sich auf den Fußboden und rief Maffina an. Als der Anrufbeantworter dranging, lauschte sie der Stimme mit einem Gefühl der Enttäuschung, die fast schon an Panik grenzte. »Ich bin's. Ich wollte Sie über den neuesten Stand der Ermittlungen aufklären. Vielleicht haben wir einen Wendepunkt erreicht.« Sie legte auf und dachte, dass das vielleicht ein wenig zu siegessicher geklungen habe und der »Wendepunkt« eventuell nur in ihrer Fantasie existierte. Unbehaglich sah sie sich um: auf dem Tisch Zettel und Ordner, auf dem Couchtischchen ein Stapel Bücher, der darauf wartete, gelesen zu werden, auf dem Sofa die graue, offen stehende Tasche, aus der der Inhalt herausquoll, auf der Küchenbank neben dem Obstkorb ihre Beretta.

»Oh, Mist!«, sagte sie laut. Sie nahm ihr Handy und schrieb eine SMS an Lo Pascio.

»Dein Problem ist, dass du zu viel arbeitest«, murmelte Lo Pascio, während er in einen Apfel biss. »Du arbeitest zu viel und ernährst dich zu schlecht … Du hast Glück, dass es mich gibt.«

Es hatte ihn vollkommen unvorbereitet getroffen, Erica am Rande des Nervenzusammenbruchs und in einem verwaschenen T-Shirt anzutreffen. Gerade sie, die immer ein Vorbild an Ruhe und Ausgeglichenheit war, machte an diesem Abend einen eingeschüchterten, hilflosen Eindruck, als könne sie die Last der Ereignisse nicht mehr ertragen.

»Ich mache das schon«, mit diesen Worten hatte er die Initiative ergriffen. Mit abwesendem Blick hatte sie die Spaghetti auf ihre Gabel gedreht und nach jedem Bissen »lecker« gesagt, aber es war offensichtlich gewesen, dass sie mit den Gedanken weit weg war.

»Du arbeitest zu viel und ernährst dich zu schlecht«, wiederholte er im Brustton der Überzeugung.

Sie sah ihn mit einem dünnen Lächeln an. »Heute Abend nicht«, sagte sie. Und nahm einen kleinen Bissen von ihrem Apfel.

Die Maus glitt mit winzigen Bewegungen über die glatte Tischfläche, während sich auf dem Bildschirm das Gesicht nach und nach veränderte. Mit fast unmerklichen Verschiebungen, minimalen Änderungen im Aussehen: Die eben noch fleischigen Lippen wurden etwas feiner, um die Augen tauchten Falten auf, die Ohren waren nicht mehr unter den Haaren verborgen ...

Lo Pascio war ganz in seine Arbeit vertieft, darauf bedacht, das Ausgangsbild nicht zu verlieren. Eine einzige größere Veränderung und schon wäre das Gesicht ein ganz anderes und er müsste von vorne anfangen. Das war ihm heute Abend schon zweimal passiert.

Neben ihm kauerte Erica auf einem Hocker, hatte ihre Hände in den Haaren vergraben und verfolgte unter lauten Selbstgesprächen seine Operationen. »Ein Glaukom ... Vielleicht war es das, was Michelino gesehen hat. Ruggeri hat mir gesagt, dass Ruben in der Regel eine Brille trug, sie aber manchmal abnahm. Das ist auch Beneventi aufgefallen, ebenso Dighero. An jenem Tag muss er sie abgenommen haben ... Wahrscheinlich, bevor er die Maske aufsetzte und Celeste Dalton ermordete, sonst wäre Michelino nicht auf diese Assoziation gekommen. Ja, so muss es gewesen sein ... Und außerdem, Lopà: Vielleicht zieht Ruben ja die Maske auf, um sich normal zu fühlen, um seinen Makel zu verstecken …« Sie stand auf und begann auf und ab zu laufen, nicht ohne ununterbrochen ihre Haare zu kneten. »Wir müssen sofort Dragoncelli und Macciò anrufen, die Zeugenaussagen bestätigen, ein neues Phantombild erstellen und es nach Alessandria und Turin faxen. Hörst du mir überhaupt zu, Lopà?«

Er antwortete nicht. Die Zeichnung war jetzt farbig: blasses, längliches Gesicht, dünne Haare, glühende Augen. ›Drachenaugen‹, dachte sie und erschauerte.

Auch sie betrachtete jetzt das Bild und knetete dabei unbewusst den Saum ihres T-Shirts, unter dem der Rand ihres Slips zu sehen war. Ein roter Spitzenslip.

Lo Pascio legte ihr einen Arm um die Hüfte, aber sie entwand sich ihm wie eine Schlange. »Mensch, Lopà, dafür habe ich jetzt grad gar keinen Nerv.«

Doch sie wusste, dass das eine Lüge war.

Sehr viel später fragte er sie, ob sie wirklich Maffinas Geliebte war. »Das erzählt man sich zumindest im Polizeipräsidium.«

»Ach, tatsächlich?«

»Jetzt reg dich bloß nicht auf.« Lo Pascio legte ihr einen Arm um die Schultern und zog sie zu sich heran.

Sie schüttelte ihn grob ab. »Ich entscheide immer noch selbst, wie, mit wem und wann«, sagte sie barsch. Ihr war zum Weinen zumute, doch wollte sie sich vor ihm keine Blöße geben. »Erzählt man sich das wirklich?«, fragte sie dann, erschrocken darüber, dass tatsächlich jemand denken könne, zwischen ihr und Maffina sei etwas. Sie sah Lo Pascio ernst an. »Bleibst du heute Nacht bei mir?«, fragte sie mit so leiser Stimme, dass er einen Moment glaubte, alles nur geträumt zu haben.

Er hatte Sonia aus seinem Leben gestrichen, als wäre sie nie ein Teil davon gewesen. Dallorto hatte er nicht mehr wiedergesehen, als wäre er ihm nie begegnet … Er hatte versucht, ein normales Leben zu führen, als seien seine Probleme nur Hirngespinste …

Er hatte versucht, er selbst zu sein: einmal als Sonia, die sich willig fesseln ließ, ein anderes Mal als ihr Peiniger – denn er selbst war eine Mischung aus beiden.

42

Die Hose des Unbekannten aus Serravalle musste aus einem edlen Stoff gewesen sein, höchstwahrscheinlich grau. Qualitätsware, obwohl das viele Blut eine gesicherte Aussage unmöglich machte. Allem Anschein nach gab es weder Spuren von Latex noch von anderem fremden Gewebe, doch Teresa Ricci wollte nicht so schnell aufgeben. Mit ihrer langen, geschwungenen Zange drehte sie behutsam die Hosentaschen auf links. »Sieh mal einer an!«, entfuhr es ihr und sie griff zum Telefon. Ohne nach Erica zu fragen (»diese anmaßende Neunmalkluge«), ließ sie sich gleich zu Maffina durchstellen. Mit gedehnter Stimme und genüsslich rollenden Rs erklärte sie ihm, dass sie in den Hosentaschen eine bemerkenswerte Konzentration an Latexpartikeln gefunden hatte. »Wie kann das sein, Antonio, mein Lieber?«

Ja, wie konnte das sein?

Erica kehrte nie besonders gern nach Turin zurück, wo viele alte Wunden wieder aufrissen: die Erinnerung an ihre anonyme Kindheit im Corso Giulio Cesare, die schwierige Beziehung zu ihrer Mutter, die langen Abwesenheiten des Vaters … ›Eine traurige Kindheit‹, dachte sie oft und verspürte Wut und Neid auf all jene, die ihre eigenen Erinnerungen verklärten, als sei die Vergangenheit grundsätzlich besser als die Gegenwart. Sie war ein sehr einsames und scheues Mädchen gewesen, das aber genau wusste, was es wollte, nämlich immer das Gegenteil dessen, was ihre Freundinnen oder die anderen Menschen in ihrer Umgebung wollten.

Nach Turin zurückzukehren, und sei es auch nur aus beruflichen Gründen und für einen halben Tag, bedeutete, mit einem Leben konfrontiert zu werden, das nicht mehr das ihre war. Genauso wenig wie die Stadt, die ihr vollkommen verändert vorkam.

In solche Gedanken vertieft, lief Erica den Corso Vittorio entlang. Etwas benommen hielt sie ihre Umhängetasche fest umklammert, die Haare hatte sie mit einem Seidenband am Hinterkopf zusammengebunden. Im Gehen aß sie einen Müsliriegel und war ungefähr genauso traurig wie der graue, kühle, fremde Tag.

Der Palazzo auf dem Corso San Martino war eingerüstet und hinter einem etwas kitschigen Riesenplakat verborgen. Im Eingang standen Fahrräder und im Garten goss ein alter Mann in Hausschuhen die Rabatten. Das musste der Pförtner sein, den Pergolizzi befragt hatte. Erica trat lächelnd auf ihn zu.

Der Mann schüttelte den Kopf und meinte, er könne sich

an keinen Mieter mit dem Namen Valerio Ruben erinnern. »Ich habe ein Elefantengedächtnis. Noch Jahre später kenne ich alle Namen und Gesichter.«

Erica zeigte ihm das Phantombild. »Kennen Sie vielleicht auch ihn hier?«

Der Alte betrachtete das Bild und kratzte sich am Kopf. »Kommt mir irgendwie vertraut vor.« Er musterte Erica misstrauisch. »Ich habe schon mit einem Kollegen von Ihnen gesprochen, wissen Sie das?«

»Darüber bin ich informiert.« Wieder ein Lächeln. »Also, Signor …«

»Eugenio Bonardi, zu Ihren Diensten.«

»Also, Signor Bonardi?«

»Es könnte ein Bekannter der Signora Ambrogi sein. Versuchen Sie es mal bei ihr. Sie müsste zu Hause sein, ich habe sie zumindest nicht weggehen sehen.«

»Dann ist sie also aus der Kur zurück, wie?«, meinte Erica immer noch lächelnd, um ihn zu bestätigen und ihm das Gefühl zu geben, wichtig zu sein.

Signora Ambrogi trug ihre zahlreichen Lebensjahre mit einer gewissen Koketterie. Sie führte Erica in einen Salon voll mit alten, staubigen Möbeln. Die schweren Vorhänge waren zugezogen, und obwohl sie bis auf den Boden reichten und die Fenster fest verschlossen waren, konnten sie den Verkehrslärm nicht am Eindringen hindern. Dafür war er aber auch das einzige Lebenszeichen in der gesamten Wohnung, die ansonsten komplett verlassen wirkte.

Die Ambrogi zeigte auf einen großen Damastsessel und fragte, ob sie Erica etwas anbieten könne. So wie sie die Frage aussprach, klang es eher wie eine Floskel aus einem

Drehbuch, und als ihre Besucherin höflich ablehnte, hakte sie auch nicht weiter nach, sondern musterte die junge Frau mit seniler Gleichgültigkeit. Begonnen bei den Füßen (Erica trug ihre dicken Schnürstiefel), wanderte der triefäugige Blick der alten Ambrogi die Jeans hinauf und blieb an der Spitzenbluse hängen. »Schöne Spitze, die ist doch alt, oder?«

»Wahrscheinlich. Ich habe die Bluse auf einem Secondhandmarkt gekauft.«

Die Frau nickte mit Kennermiene. »Heutzutage gibt es ja kaum mehr handgeklöppelte Spitze, sondern nur noch diese Massenware … made in China!« Sie schüttelte skeptisch den Kopf. »Die haben Turin fest in der Hand.«

»Die Chinesen?«

»Chinesen, Albaner, Kosovaren … Welchen Unterschied macht das schon? Die haben Turin fest in der Hand«, wiederholte sie im Brustton der Überzeugung.

Erica zeigte ihr das Phantombild. »Kennen Sie diesen Mann?«

Die Frau setzte die Brille auf und besah sich das Bild lange, bevor sie antwortete.

»Er wohnte etwa ein Jahr lang in dem Zimmer. Er meinte, seine alte Wohnung würde renoviert und er bräuchte ein wenig Ruhe«, erzählte Signora Ambrogi, während sie die Tür öffnete. »Hier, das ist das Zimmer.«

Ein sehr großer Raum, der penetrant nach Mottenkugeln roch. In der Mitte ein Doppelbett (den Decken auf der Matratze entstieg wahrscheinlich auch der unangenehme Geruch), zwei Nachtschränkchen, ein Regal mit alten Büchern, ein Tisch mit einer Keramiklampe darauf und zwei geblümte Sessel. Trotz des Geruchs war das Zimmer nicht hässlich. Die antiken Möbel waren solide gearbeitet und durch die zwei Fenster sah man die Platanen auf dem Corso San Martino.

»Valerio konnte stundenlang lesen«, sagte die Ambrogi unvermittelt und zeigte auf das Bücherregal. »Er ging selten aus und las viel. Es tat mir sehr Leid, dass er auszog ... Es ist doch immer gut, einen Mann im Haus zu haben, vor allem wenn man so alt ist wie ich.«

»Und Sie haben ihn danach nicht mehr wiedergesehen?«

»Nein.« Sie musterte Erica misstrauisch. »Warum fragen Sie mich das alles?«

Erica schwieg. Sie ließ den Blick durch das Zimmer schweifen, über die verstaubten Möbel, über die Fenster, durch die ein schmutziges, trübes Licht fiel, und über die langen Bücherreihen, die auch eine dünne Abdeckfolie nicht vor dem Staub schützen konnte. Sie überflog die Titel: bekannte Romane, Klassiker, Sachbücher und Gedichtbände. Zum größten Teil billige Taschenbuchausgaben, ab und zu ein wertvollerer Band. Als sie auf die Gedichte von Keats stieß, war sie wie elektrisiert. »Dürfte ich das mitnehmen?«, fragte sie mit wild klopfendem Herzen.

Ist der Tod ein Schlaf, wenn Leben selbst ein Traum
Und alles Glück geht wie ein Hauch vorbei?
Das Spiel der Freuden gleicht dem Spukbild kaum,
Doch scheints, daß größte Qual zu sterben sei.

Die Verse waren dick unterstrichen und am Rand mit Anmerkungen versehen, die sich alle auf eine gewisse Sonia bezogen. Erica legte sich das Buch auf den Schoß und streifte ihre Baumwollhandschuhe über, die sie immer in der Tasche trug.

Ist Tod ein Schlaf, wenn Leben selbst ein Traum?

Sie sprach diese Worte ein paarmal leise vor sich hin und entdeckte jedes Mal eine neue Bedeutung in ihnen. Es war, als umkreise sie einen Gedanken, eine Art mentalen Knoten, etwas, das sie in eine andere Welt entführte, in eine andere Dimension, wo das Gras stärker glänzte und die Farben kräftiger leuchteten. Das Glück darin schien etwas Quälendes und der Schmerz eine leichte und reinigende Pein.

»Warum hast du das getan? Warum?«, flüsterte sie leise. Sie weinte und ihre Tränen schmeckten bitter.

»Signorina, geht es Ihnen gut?« Die alte Frau sah Erica mit betretener Miene an.

Sie nickte.

Graziella Moronis triefäugiges Gesicht war vom Leid gezeichnet. Obwohl sie ein schlecht sitzendes Seidenkleid trug, lag doch eine gewisse Anmut in ihrer Haltung.

›Eine alte Frau‹, dachte Erica, als sie sich ihr gegenüber niederließ.

Auch die Frau setzte sich. »Ich bekomme nie Besuch«, sagte sie mit einer angenehm warmen, tiefen Stimme. »Und im Gegensatz zu gewissen anderen Personen habe ich meine gesamte Haftstrafe abgesessen, von Anfang bis Ende!« Sie legte solchen Nachdruck in ihre Worte, als bereite ihr die Sache Freude. »Im Übrigen ist das alles lange her, das interessiert niemanden mehr, nicht wahr?«

Erica schüttelte den Kopf. »Kannten Sie Alessandro Dallorto?«, fragte sie dann ohne Umschweife.

43

›Wie viele Menschen habe ich ermordet, ohne es wirklich zu wollen?‹, dachte er oft. Er betrachtete den Fluss, die Wolken, die langsam vorüberzogen, das Grün der Wiese.

›Wie viele Menschen?‹

Warum waren nur in den Hosentaschen Latexpartikel in erheblicher Menge gefunden worden? Wie hatte Teresa sich am Telefon noch ausgedrückt? »Eine bemerkenswerte Konzentration«, hatte sie im Plauderton verkündet.

»Warum?«, fragte sich Maffina.

War diese »bemerkenswerte Konzentration« von Bedeutung? Was genau hatte sich in dem Zug abgespielt? Die Gutachten waren noch nicht fertig, da tauchten schon einige Widersprüche auf wie beispielsweise die Sache mit der Tür. Fest verschlossen, ohne irgendwelche Spuren, die Licht in diese Tragödie bringen konnten. Abgesehen von dem Blut natürlich …

Der Waggon war praktisch leer gewesen und niemand hatte etwas bemerkt. Die Kinder waren sich jedoch alle einig gewesen, dass der Unbekannte sich an der Tür festgeklammert hatte. Doch woran hatte er sich festgehalten, wenn es außen keine Türgriffe gab und alle Fenster fest verschlossen waren? Jedenfalls befanden sich blutige Fingerabdrücke an der Tür und die Hände des Unbekannten wiesen zahlreiche Kratzer und Abschürfungen auf.

»Wirklich rätselhaft«, brummte Maffina und trommelte ungeduldig auf den Schreibtisch. Es gab da noch eine andere Hypothese, eine Idee, die ihm im Anschluss an das Telefonat mit Teresa gekommen war. Eine merkwürdige und unwahrscheinlich klingende Idee, aber das Leben war ja auch oft merkwürdig und unwahrscheinlich …

Er versuchte, Erica über das interne Telefon zu erreichen. Aber Erica war in Turin und verfolgte die Spur von Valerio Ruben und niemand wusste, wann sie wieder zurück sein würde. »Sie können sie ja auf dem Handy anrufen«, schlug Lo Pascio vor.

Was bei Maffina eine weitere Synapse einschnappen ließ. »Hör mal, Lopà, kannst du mir mal was sagen …«

Während Lo Pascio redete, trat ein Lächeln auf Maffinas Gesicht. Doch es war ein trauriges, bitteres Lächeln. Fast eine Fratze.

Die Angst verfolgte Pergolizzi schon seit dem Aufwachen. In dieser Nacht hatte er kaum zwei Stunden geschlafen und beim Klingeln des Weckers war er aus einem unruhigen Schlummer geschreckt. Leise war er aufgestanden, um seine Frau nicht zu wecken, die quer im Bett lag, während die Katze Albertina sich an ihren Rücken kuschelte. Pergolizzi hatte beide zärtlich angeblickt und der Katze über das Fell gestreichelt. Dann war er brummend und schnaufend ins Bad gegangen, wo ihm der Spiegel das teigige Gesicht einer Wasserleiche entgegenwarf. In dem kleinen Badezimmer war es schwül und stickig wie in einem türkischen Bad und durch den heruntergezogenen Rollladen fiel das erste

Morgenlicht: ein graues, fast herbstliches und ungemütliches Licht.

»Verflucht noch mal!«, hatte er geschimpft, als er sich in die Wanne gestellt und darauf gewartet hatte, dass das Wasser die Schwere des Nachtschlafs von ihm abspülte. Anschließend hatte er sich sorgfältig angezogen, ein neues Hemd und graue Socken, um dann scheinbar heiter und in Frieden mit sich selbst das Haus zu verlassen.

Doch nun, während er im Wagen in Richtung Zentrum fuhr, neben ihm Dighero mit düsterer Leidensmiene, kehrte die Unsicherheit mit aller Wucht zurück.

›Ich habe mir nichts vorzuwerfen‹, dachte er. Er sah wieder zu Dighero hinüber. »Du überlässt das Reden mir, klar?«

Der andere nickte zustimmend.

Die gefürchtete Audienz hatte mehr den Charakter einer informellen Plauderei. Staatsanwalt Ferro schien guter Dinge zu sein und nickte verständnisvoll, als Dighero die Begegnung mit dem vermeintlichen Gino Bianchi schilderte. Obwohl er wie ein verträumter großer Junge wirkte, sprach Dighero flüssig und ohne zu stocken und bediente sich eines gewählten und präzisen Vokabulars.

›Wer hat ihm das bloß eingetrichtert?!‹, dachte Pergolizzi, war aber dennoch froh, dass sein Beamter sich nicht lächerlich machte.

»Es war reine Nachlässigkeit meinerseits, niemals wollte ich den Arm des Gesetzes an der Ausübung seiner Pflicht hindern«, schloss er mit einem halbherzigen Lächeln.

Ferro entließ den Beamten, bat aber Pergolizzi noch kurz zu bleiben: »Nur ein paar Minuten. Ich müsste da noch ein, zwei Punkte klären, das werden Sie sicher verstehen.«

Pergolizzi willigte mit einem Kopfnicken ein.

»Glauben Sie, dass es, hätte der Beamte Dighero sofort die Angaben des vermeintlichen Bianchi überprüft, nicht zu diesen Morden gekommen wäre?« Der Staatsanwalt stellte die Frage mit höflicher Zurückhaltung, doch sein forschender Blick lag streng auf Pergolizzi, der in einer hilflosen Geste die Arme hob.

»Der Zwischenfall hat erst im Licht der jüngsten Ereignisse solche Bedeutung erlangt, Signor Giudice.«

»Sicher. Aber Sie werden doch eine Meinung dazu haben, nehme ich an.«

»Meiner Meinung nach … ähm … wollte die fragliche Person uns auf die Probe stellen.« Pergolizzi sah Ferro mit leichtem Stirnrunzeln an. Dann aber, als hielte er es nicht länger aus, als gewännen die Worte die Übermacht über seine Gedanken, begann er zu erzählen. Er sprach mit ruhiger Stimme, knetete jedoch ununterbrochen seine Hände. Er erzählte von Dallorto, dem niemand Beachtung schenken wollte, von Paola Carpi, von dem schlimm zugerichteten Körper Celeste Daltons und von Roberta Direnzo. Er sprach vom letzten Unfall, vom roten Faden (»Latexpartikel, verstehen Sie?«), der das verbindende Element zwischen den Toten und den schon länger zurückliegenden Diebstählen darstellte. »Selbst wenn wir die Zeugenaussage dieses Gino Bianchi überprüft hätten, und ich bin bereit, für diese Nachlässigkeit die volle Verantwortung zu übernehmen, hätte sich niemand vorstellen können, was passieren würde«, endete er entschieden.

Der Staatsanwalt nickte nachdenklich, doch als er sprach, hielt er den Blick abgewandt. »Eine heikle Sache, Inspektor Pergolizzi, wirklich sehr heikel, das werden Sie einsehen.

Ich bin von Ihren guten Absichten überzeugt und doch kann ich das nicht auf sich beruhen lassen, verstehen Sie? Es gibt zu viele dunkle Punkte in dieser Angelegenheit und, wenn ich so frei sein darf, kam mir der Beamte Dighero nicht sehr einsichtig vor. Er befindet sich in einer äußerst heiklen Lage, meinen Sie nicht auch?«

Pergolizzi nickte zweimal. Mit gesenkten Augen spürte er, wie ihm das Blut in den Kopf schoss, versuchte aber ruhig zu bleiben. »Was soll ich tun?«, fragte er und hob den Blick.

»Erica, man hat mir den Fall entzogen«, verkündete Pergolizzi am Handy. Seine Stimme war rau und er tat Erica Leid.

»Und Dighero?«

Pergolizzi zögerte. »Der Richter sprach von Disziplinarmaßnahmen«, rückte er schließlich heraus.

»Disziplinarmaßnahmen?« Erica rollte mit dem Wagen in eine Parklücke und hörte ihm konzentriert zu, während sie eine Zigarette nach der anderen rauchte. Die Luft erbebte mit jedem vorüberfahrenden Wagen und sie hatte Schwierigkeiten, Pergolizzi zu verstehen. »Aber was wird ihm denn zur Last gelegt?«, fragte sie am Ende.

»Erst einmal Nachlässigkeit im Amt. Aber das wäre ja noch das Geringste, glauben Sie mir … Ferro sprach von schwerer Verantwortungslosigkeit, von Uneinsichtigkeit, von unlauterem Verhalten.«

»Mist!«

»Eben, Erica.«

»Und was werden Sie jetzt tun?«

Er zögerte mit der Antwort. »Zur Tagesordnung übergehen, Dottoressa Franzoni«, erwiderte er dann, wieder gefasst und förmlich.

»Hören Sie, Pergolizzi, nehmen Sie es nicht zu schwer ... das hilft nichts. Ich werde Sie jederzeit auf dem Laufenden halten, einverstanden?«

»Was das noch bringen soll ... Aber danke, Erica, wirklich vielen Dank.«

Sie legte auf und verzehrte einen abgepackten Schokokuchen, während sie mit abwesendem Blick den Verkehr auf der Stadtautobahn betrachtete. Ihre Gedanken waren bei Pergolizzi und sie fühlte sich mitschuldig, weil sie es nicht geschafft hatte, ihm die Schwierigkeiten vom Hals zu halten. Sie fragte sich, wie sie selbst reagiert hätte, wenn ihr etwas Derartiges passiert wäre.

44

Macciò schloss Erica in die Arme, als wären sie seit Ewigkeiten dicke Freunde. Etwas verlegen entwand sie sich seiner Umklammerung und sah ihn um Fassung ringend an. »Hast du von Pergolizzi gehört?«

Er nickte. »Er hat mich eben angerufen. Schlimme Geschichte, was?«

Doch seinen Worten zum Trotz sah er ziemlich zufrieden aus und Erica fragte sich, ob er bei der Sache vielleicht irgendwie die Hände im Spiel hatte. »Druck von oben«, hatte Pergolizzi gesagt. Sollte es etwa Macciò gewesen sein, der seinen Kopf gewollt hatte?

»Ja, echt schlimme Geschichte«, sagte sie und sah ihm direkt ins Gesicht.

Macciò ging nicht weiter darauf ein, sondern war schon mit anderen Dingen beschäftigt. »Erzähl mir lieber mal von diesem Valerio Ruben. Der ist wohl dein Ass im Ärmel, wie?«

»Nicht ganz. Maffina hat ihn ausgegraben.«

›Ehre, wem Ehre gebührt‹, dachte sie, doch trotz der korrekten Quellenangabe nahm ihre Verwirrung mehr zu als ab. Wo wäre sie wohl mit all ihren brillanten Schlussfolgerungen gelandet ohne Maffinas Hilfe? Sie klappte das Ringbuch auf und begann zu erzählen, unwillkürlich Macciòs Reaktion fürchtend.

Doch er verzichtete ausnahmsweise auf seine rüpelhaften Kommentare und hörte ihr aufmerksam zu. »Dann kannten Ruben und Dallorto sich also?«

»Sieht ganz so aus.«

»Und warum hast du mir nichts von dieser Adresse gesagt, die du bei Dallortos Sachen gefunden hast?«

Erica wurde unmerklich rot. »Erstens weil ich noch nicht wusste, dass es sich um eine Adresse handelte, und zweitens weil du keinen Penny auf diese Fährte gesetzt hättest. Stimmt's?«

»Trotzdem hättest du mich darüber informieren müssen«, wiederholte Macciò herausfordernd.

Erica wurde noch röter. Um ihre Verlegenheit zu verbergen, kramte sie eifrig in ihrer Tasche. Schließlich hob sie den Kopf. »Niemand hat mich bei dieser Theorie unterstützt. Für die Carabinieri aus Alessandria war es stets Selbstmord, mehr nicht!«

»Du musst wohl immer die Klassenbeste spielen, wie?«

Macciò äußerte den Vorwurf fast beiläufig, doch sein Blick verhieß nichts Gutes.

Erica war zu müde, um sich zu verteidigen. Sie lehnte sich im Sessel zurück und griff zu ihrem Block. »Das ist eine lange Geschichte.«

»Ich habe Zeit«, erwiderte er.

»Können wir uns auf die Zeugenaussage der Moroni berufen?« Macciò trommelte nervös auf die Schreibtischplatte.

»Ich sehe keinen Grund, warum nicht.«

»Weil die Moroni es sich vielleicht anders überlegt und alles zurückzieht. Warum an alten Geschichten rühren, die ihr nur neue Schwierigkeiten bereiten könnten? Sie hat Dallorto zehn Jahre lang gedeckt ... Warum will sie gerade jetzt gegen ihn aussagen?«

»Weil er jetzt tot ist, und weil es wahrscheinlich Ruben war, der ihn umgebracht hat.«

»Eben, ›wahrscheinlich‹.« Macciò sah sie kopfschüttelnd an. »Manchmal beneide ich dich um deine Sicherheit«, entfuhr es ihm.

Sie bewaffnete sich mit Zigarette und Feuerzeug, bevor sie antwortete. »Ich stütze mich dabei nur auf konkrete Fakten, Macciò, und nicht auf irgendwelche Vermutungen.«

Er kratzte sich am Kinn. »Und welches wären diese konkreten Fakten?«

»Erstens einmal war es Dallorto, der Ruben in den Prostitutionsring eingeführt hat. Ruben scheint auf jüngere Frauen zu stehen, wenn nicht sogar Kinder ... Die Moroni kann sich nicht mehr erinnern, wann und wie Dallorto und Ruben sich kennen gelernt haben, aber das ist auch nicht wichtig. Entscheidend ist, dass sie sich kannten, und zwar gut! Der Moroni zufolge ist Ruben eine komplexbeladene Persönlichkeit, wahrscheinlich impotent. Und dann ist da die Sache mit der Brille. Ruben leidet an einem Glaukom, dieses Detail kommt in allen Zeugenaussagen vor. Genügt das?« Erica hob den Blick und versuchte zu lächeln, aber sie war zu aufgeregt. Sie zündete sich eine Zigarette an und zwang sich zur Ruhe.

»Das sind alles bloß Annahmen. Nein, das genügt nicht, wenn du meine Meinung hören willst.«

»Ruben hat fünf Menschen umgebracht und er wird es höchstwahrscheinlich wieder tun. Und du hältst dich mit Haarspaltereien auf … Mensch, Macciò!«

»Wir wissen ja nicht einmal, wo wir nach ihm suchen sollen.«

Erica dachte an den abgeschiedenen, Wahnsinn verströmenden Landstrich. Nervös drückte sie ihre Zigarette aus. »Ruben versteckt sich in irgendeinem Hof in der Nähe des Po, in der Gegend von Stradella.«

»Und woher weißt du das?«

»Wir haben einen Informanten …«

»Ach!«

Erica stieg die Zornesröte ins Gesicht. »Liest du unsere Faxe eigentlich grundsätzlich nicht, oder was?«

Macciò ging nicht darauf ein. »Du weißt doch, was das heißt? Wir müssen die Staatsanwaltschaft von Pavia einschalten. Es wird eine Weile dauern, bis wir einen Richter haben, der bereit ist, uns anzuhören. Kennst du jemanden in Pavia?«

»Niemanden.«

»Ich habe einen Freund bei den Carabinieri, Paoletti. Ich könnte ihn auf halbamtlichem Weg fragen. Du bist dir sicher mit dem, was du sagst, nicht wahr? Ich könnte ein paar Leute zusammentrommeln, sagen wir mal morgen, wenn es dir passt, und ich möchte mich nur ungern blamieren. Kannst du einen Tag in Turin bleiben?«

»Aber natürlich.«

Macciò kratzte sich wieder am Kinn. »Dragoncelli hat mich angerufen«, sagte er dann unvermittelt.

»Ach ja? Was wollte er?«

»Er hat mir von Bornacini erzählt.«

»Bornacini hat mit der ganzen Geschichte nichts zu tun.«

»Ja, das glaube ich eigentlich auch. Aber trotzdem …«

Ein neuer Unterton schwang in seiner Stimme mit, der Erica aufblicken ließ.

»In seinem Haus wurde eine Maske gefunden«, fuhr Macciò mit müder Stimme fort. »Nicht von dem Hersteller, den wir suchen, aber immerhin eine Maske und das ist doch Grund genug, Bornacini erst einmal in U-Haft zu lassen und nicht so sehr auf deine Theorie zu setzen … Hörst du mir überhaupt zu?«

»Natürlich höre ich dir zu. Aber das ist nur ein kleines Hindernis. Nicht mehr und nicht weniger.« Doch während sie das sagte, wusste sie, dass sie sich selbst belog und all ihre Theorien ohne konkrete Beweise ganz schnell zusammenbrechen und sie heillos blamieren konnten.

45

Bevor sie zu ihrer Mutter ging, betrat Erica ein Geschäft auf der Piazza Castello und kaufte sich ein Kostüm für den nächsten Tag: einen sachlichen schwarzen Hosenanzug mit weißem Seidentop. Die Kombination stand ihr sehr gut, passte allerdings nicht zu ihren klobigen Stiefeln.

»Ich habe hier noch ein paar feinere Schuhe, die Ihnen bestimmt hervorragend passen«, sagte die Verkäuferin zuvorkommend.

Schuhe auch noch? Erica stöhnte leise, willigte dann aber in eine Anprobe ein. Sie hatten ein wenig Absatz und standen ihr tatsächlich gut. »Die nehme ich noch dazu«, entschied sie schließlich.

Ihre Mutter fand, sie sei ja schlimmer als die Zigeuner. »Man fährt doch nicht einfach so los ohne eine Montur zum Wechseln. Wahrscheinlich hast du nicht mal ein Nachthemd dabei, wie?«

»Ich wollte ja eigentlich nur einen halben Tag bleiben.«

»Ein, zwei Sachen zum Wechseln können aber nie schaden. Du packst sie einfach in die Tasche, was macht das schon?«

»Mama!«

»Dann kommst du also morgen noch einmal vorbei?«, fragte sie, um das Thema zu wechseln, froh und dankbar über den Überraschungsbesuch.

»Ich weiß noch nicht, wie es morgen aussieht … Diese Sitzungen können ziemlich lang dauern, da weiß man nie, wann man rauskommt.«

»Wird denn der Polizeipräsident auch da sein?«

»Wahrscheinlich.«

»Toll! Und du unter all diesen wichtigen Leuten, die auch immer im Fernsehen sind?«

»Ich denke, ja.«

Ihre Mutter nickte und Erica vermutete, dass sie wie üblich der halben Welt davon erzählen würde: allen voran ihrer Großmutter, dann der Cousine aus Moncalieri und so fort bis zum Gemüsehändler nebenan. Sie überlegte, ob sie das irgendwie unterbinden konnte, ließ den Gedanken aber sofort wieder fallen. Ihre Mutter hätte kein Verständnis dafür, würde sich nur sinnlos aufregen und sofort irgendeine Gefahr argwöhnen. So lauschte sie dem Unsinn, den ihre Mutter erzählte (sie sah immer die Vorabendserie *Polizeieinsatz* und war überzeugt, alles über die Ermittlungsarbeit zu wissen), und sah zu, wie sie Minestrone kochte.

Erst nach dem Abendessen kam die Mutter auf das Kleiderthema zurück. Sie reichte Erica eine zerknitterte weiße Tüte. »Mein Geburtstagsgeschenk für dich«, sagte sie mit einem Lächeln. »Wer weiß, was deine Wohnung in Genua monatlich so kostet ... Papas Pension ist für mich mehr als genug. Was soll ich denn mit dem ganzen Geld, hm? Sag du es mir, denn ich weiß wirklich nicht, wofür ich das alles ausgeben soll. Also mach nicht so ein Gesicht, sondern nutze es einfach so gut wie möglich.«

Ihr Zimmer sah noch genauso aus wie zu der Zeit, als sie in Turin gewohnt hatte, außer einem neuen Schrank anstelle des alten, der immer über ihr zusammenzubrechen drohte, sobald sie die Tür aufmachte. Es war ein ziemlich großer Raum, weiß und kahl wie das ganze Haus, mit einer riesigen tropischen Pflanze, die bis an die Decke reichte. In den vergangenen Jahren war sie enorm gewachsen, hatte sich ausgebreitet und verdeckte nun einen Teil des Fensters und des Schreibtischs.

›Ein fremdes Zimmer‹, dachte Erica, als sie sich auszog und ins Bett schlüpfte. Die Laken waren kalt und sie fröstelte. Sie zündete sich eine Zigarette an und nahm ihr Ringbuch. Wie eine Neonreklame leuchtete in ihrem Kopf das weiß-rosa Haus auf, das man von der Telefonzelle aus sehen konnte. Sie begriff einfach nicht den Sinn dieser Anrufe, die so detailliert und zugleich ausweichend und zweideutig waren. Nur in einem war sie sich sicher: Der Unbekannte hatte sie nach Arena geschickt, damit sie die weiß-rosa Villa fand …

»Du bist da, stimmt's?«, flüsterte Erica verlegen, als spräche sie mit einem Geliebten. »Du bist da und willst mir nicht antworten, nicht wahr?« In einem leisen Singsang wiederholte sie die erste Zeile aus dem Gedicht von Keats: »›Ist Tod ein Schlaf, wenn Leben selbst ein Traum …?‹ Was ist dein privater Traum? Warum willst du sterben? Warum?«

Entnervt griff sie zum Handy und rief Maffina an.

»Wo bist du denn?«, fragte er mürrisch. »Ich versuche schon den ganzen Tag, dich zu erreichen.«

Erica schob sich das Kissen im Rücken zurecht. »Ich bin in Turin bei meiner Mutter«, erwiderte sie und betrachtete dabei ein kleines Spinnennetz an der Zimmerdecke. Sie hätte ihm so viel zu erzählen gehabt, von ihrer traurigen Rückkehr nach Turin, von den Ängsten ihrer Mutter, von dem alten Haus, das ihr fremd und feindselig vorkam, von ihren Hirngespinsten.

»Morgen findet eine Sitzung statt, um die Lage auf den

Punkt zu bringen. Sie werden doch auch kommen, oder?«, fragte sie stattdessen, den Blick immer noch auf dem Spinnennetz.

»Macciò hat mich darüber informiert. Die halbe Welt scheint zu kommen.«

»Und Sie?«

»Ich habe hier die Ergebnisse einiger Untersuchungen vorliegen«, wich Maffina der Frage aus. »Hast du etwas Zeit oder bist du zu müde?«

Erica lehnte sich bequem zurück. »Ich höre«, sagte sie und zündete sich eine neue Zigarette an.

46

Der Wagen der Carabinieri rumpelte über die ungeteerte Straße und zog eine dicke, weiße Staubwolke hinter sich her, die aussah wie Nebelschwaden an einem Herbstmorgen. Paoletti, der vor wenigen Monaten befördert worden war, sah mit abwesendem Blick aus dem Fenster, während der Fahrer, ein gewisser Pace, den nicht zu verachtenden Schlaglöchern auszuweichen versuchte.

»Diese Straße führt nirgendwohin.«

Paoletti hegte allmählich denselben Verdacht, aber eine Ortsbegehung war nun mal eine Ortsbegehung und Macciò hatte am Telefon sehr eindringlich geklungen. ›Eindringlich und besonnen‹, dachte Paoletti mit Blick auf die graue, reglos daliegende Landschaft. Kein Lüftchen ging, kein Blatt bewegte sich, die Stille war bedrückend.

»Schlimme Geschichte, nicht wahr?«, sagte Pace ins Blaue hinein. Das Schweigen lastete auf ihm.

»Allerdings.«

»Serienmörder sind ja gerade in Mode«, fuhr Pace fort, während er weiter die Schlaglöcher umschiffte und Staub aufwirbelte. »Es gibt sogar eine Internetseite dazu mit aktuellen Fällen und Fahndungsfotos. Mein Matteo, der ist erst zehn, ist neulich abends mal zufällig auf so einer Seite gelandet. Ich halte das für eine Schweinerei, vor der man die Kinder bewahren muss. Finden Sie nicht?«

»Doch.«

»Wissen Sie übrigens, dass mein Matteo auf dieselbe Art schon mal auf eine Seite für Pädophile geraten ist? Er hat glücklicherweise nur ein Bild gesehen, aber allein davon hatte er den ganzen Sommer über Alpträume. Ich habe das natürlich sofort dem Maresciallo gemeldet …« Er verstummte, weil die Straße noch schmaler wurde. Sie sah nun wie ein Tunnel aus mit dem hohen Schilfrohr zu beiden Seiten, das Paoletti an einen chinesischen Film erinnerte, den er vor Jahren gesehen hatte. In dem Film war es nicht Schilf gewesen, sondern Pflanzen, die wie Mais aussahen. Die Wirkung war allerdings dieselbe gewesen, bedrückend und einengend.

»Hoffen wir das Beste«, sagte er.

Im selben Moment tauchte das Haus auf.

›Eine völlig überfüllte Sitzung‹, dachte Maffina. ›Da hat Macciò ja ganz groß aufgefahren.‹

Tatsächlich waren alle da, einschließlich Commissario Amalfitano, der sich besorgt umschaute, und dem Carabiniere-Maresciallo Battaglia mit seinem üblichen gleichgültigen und überheblichen Getue. Erica war natürlich auch anwesend. Sie saß aufrecht neben dem Fenster etwas abseits von den anderen, als fühle sie sich fehl am Platz. Die junge Frau wirkte wie ausgewechselt, als sei sie im Laufe der Ermittlungen gewachsen und habe sich von ihm entfernt. Heute Nachmittag trug sie einen schwarzen Hosenanzug und Schuhe mit Absätzen, die Haare hatte sie zu einem langen, festen Zopf geflochten.

›Immerhin kann sie dann während der Sitzung nicht darin herumspielen‹, dachte er belustigt.

Er ließ sich weit entfernt von ihr auf einem Stuhl nieder und sah sich um. Zu seiner Zeit bei der Turiner Kriminalpolizei hatte dieser Raum als Archiv gedient. Jetzt waren die Wände weiß gestrichen, bequeme Stühle mit breiten Armlehnen zum Schreiben standen herum, an den Fenstern hingen blaue Faltgardinen und an einer Raumseite stand ein langer Glastisch voller Mikrofone und Wasserflaschen. Dort saßen Macciò und ein paar hohe Tiere aus der Via Grattona der Versammlung mit gewichtigen Mienen vor.

»Ich habe mir erlaubt, die Kollegen von Pavia dazuzubitten, da sich auch für sie einige interessante Aspekte ergeben haben«, sagte Macciò. Er lächelte kameradschaftlich, doch sein Blick, bemerkte Maffina, blieb eisig.

Paoletti betrachtete die weiß-rosa Villa, die sich vor der Wand aus Bäumen abhob. Ein schönes, solides Haus, umgeben von einem perfekt gemähten, seidig glänzenden Rasen. Eine lange Ziegelmauer umgab das anscheinend weitläufige Grundstück. Die Fensterläden waren alle verschlossen, doch angesichts dieses Rasens musste dort jemand wohnen.

Dann hörte man ein unterdrücktes Summen und an verschiedenen Punkten begann Wasser zu sprudeln.

»Wie schön!«, kommentierte Pace.

Paoletti lächelte der Immobilienmaklerin zu und wiederholte seine Frage.

Die Frau sah ihn erstaunt an. »Eine aktualisierte Liste, meinen Sie? Natürlich habe ich das alles im Computer.«

Er lächelte noch einmal, obwohl er allmählich die Geduld verlor. »Dann dürfte es doch nicht allzu schwer sein, zehn Jahre zurückzugehen, oder?«

»Sie möchten wissen, ob ich in Arena Po, Gemeinde Ponte, ein Anwesen verkauft habe?«

»Nicht nur in Arena Po, sondern in der gesamten Gegend nördlich vom Fluss.«

»Es gibt nicht allzu viele Häuser in dieser Gegend.«

»Dann dürfte es ja relativ einfach sein, oder?«, wiederholte Paoletti und sah sie böse an.

Sie ließ sich nicht aus der Ruhe bringen. »Und Sie wollen diese Liste jetzt sofort?«

»Jetzt sofort, genau.«

»Es ist etwas passiert, oder?«, sagte die Frau, während sie ihre Brille aufsetzte und gelangweilt einen Befehl in den Computer eingab.

In diesem Haus hatte er zum ersten Mal von Sonia gehört …

Der einfache Beamte Grande betrat den Sitzungssaal, suchte mit dem Blick Macciò und eilte mit wichtiger Miene zu ihm.

»Entschuldigen Sie mich eine Sekunde«, sagte Macciò

und stand auf. Als er zurückkam, wirkte er aufgeregt, doch ließ er zuerst Dragoncelli zu Ende referieren, ehe er verkündete: Paoletti vom Einsatzkommando der Paveser Carabinieri habe ein Landhaus entdeckt, in dem sich aller Wahrscheinlichkeit nach Valerio Ruben versteckt hielt.

»Eine Villa am Fluss aus dem neunzehnten Jahrhundert, genau an der Peripherie von Stradella.«

›Der Begriff Peripherie ist ja wohl subjektiv‹, sagte Erica sich und dachte an das Haus (um das es sich ihrer Überzeugung nach handeln musste), das versteckt am Ende des Röhrichts stand. Sie hörte aufmerksam zu.

Macciò rühmte sich gerade, der Entdecker der Villa zu sein und den Carabinieri von Pavia den entscheidenden Tipp gegeben zu haben und überhaupt schon immer an eine Verbindung zwischen dem Mord an Dallorto und den anderen Verbrechen geglaubt zu haben. Er sah die Kollegen an und hob demonstrativ die Arme. »Wenn wir natürlich früher eingeschaltet worden wären und die Zusammenarbeit zwischen den verschiedenen Bezirken besser funktioniert hätte, hätte dieser letzte Tote vielleicht vermieden werden können.«

»Meinst du etwa den Unbekannten von Serravalle?«, fragte Erica ungläubig.

»Haargenau. Außerdem muss ich an die Leichtfertigkeit erinnern, mit der die Ermittlungen durchgeführt wurden. Ich möchte die Kollegen nur daran erinnern, dass der Mörder vor einem Jahr bei der Bahnpolizei von Asti vorstellig geworden ist und falsche Angaben zu seiner Person gemacht hat. Auch hier gilt: Wenn seine Aussage sorgfältiger überprüft worden wäre, hätten vielleicht all diese Morde verhindert werden können.«

Erica war sich nun sicher, dass er es gewesen war, der Druck gemacht hatte, Pergolizzi den Fall zu entziehen.

Sonia war noch keine achtzehn Jahre alt gewesen, als sie starb. Ungläubig hatte er den Artikel gelesen und dabei an den weißen, seidenweichen Körper des Mädchens gedacht, an ihren wässrigen Blick, an den Mund, der sich immer ein wenig verzog, wenn ihr etwas nicht passte.

Sonia …

Sein Schlaf, sein Traum …

47

»Ich weiß nicht, wie ich nur so blöd sein konnte!«, rief Erica aus und stieß mit dem Fuß nach einem Stein. Ohne auf ihre feinen Schuhe und das schwarze Kostüm zu achten. »Blöd und naiv …«

Maffina hätte ihr gern etwas Aufmunterndes gesagt, um sie aus ihrem selbstzerstörerischen Anfall herauszuholen. Doch er wusste, dass Worte in solchen Fällen nichts ausrichten konnten, deshalb hakte er sich einfach bei ihr ein und schwieg. Sie hatten gerade die Via Grattona verlassen und spazierten nun umher, als hätten sie sonst nichts zu tun. »Möchtest du sofort zu Annalisa?«, fragte er.

Sie schüttelte den Kopf. Der lange Zopf baumelte ihr über den Rücken herab und er fragte sich, wann sie anfangen würde, ihn aufzudröseln.

»Mist!«, stieß Erica mit zitternder Stimme aus.

Sie gingen gerade an den Toren des Museums für moderne Kunst vorüber; das letzte Mal war er mit Annalisa hier gewesen und sie hatten fast gestritten wegen dieses Gemäldes von Morbelli. »Wollen wir hineingehen? Es gibt keinen besseren Ort, um über unsere vermeintlichen oder realen Fehler nachzudenken«, sagte er spontan und schob sie, bevor sie noch etwas einwenden konnte, mit festem Griff auf den Eingang zu.

»Ich hoffe, du wirfst wegen dem bisschen nicht gleich das Handtuch. Macciò hat dich verarscht, das stimmt, wie auch Pergolizzi, aber vielleicht wollte er nur die eigene Haut retten, verstehst du? *Bon*, die Sache mit Dallorto muss ihn mächtig gewurmt haben.«

Sie nickte zustimmend, zog die Nase hoch und fuhr sich mit der Hand über die Haare.

Maffina legte ihr eine Hand auf die Schulter, doch sie entzog sich ihm.

»Ich habe ihm vertraut«, sagte Erica leise und schüttelte immer noch ungläubig den Kopf. Ohne etwas zu sehen, starrte sie auf ein Bild von Morbelli. Es trug den Titel *La prima messa a Burano* – das Licht tanzte auf einer Brücke, die über einen Kanal geschlagen war.

Auch Maffina besah sich das Gemälde. »Unglaublich, dieses Licht, nicht wahr?«, flüsterte er. Wie viel Einsamkeit, wie viel Verzweiflung lagen in diesem vormittäglichen Licht.

Erica nickte zerstreut. »Mit diesem Fall von Serravalle aufzutrumpfen, dessen genaue Umstände wir noch gar nicht kennen … Und dann so zu tun, als sei alles sein Verdienst … Ich hatte ihm gesagt, dass Sie auf Rubens Namen gestoßen sind, weil ich mich nicht mit fremden Federn schmücken wollte. Haben Sie gehört, wie er von der Moroni sprach? ›Eine wichtige Zeugin‹ … Was für ein Arschloch!« Sie putzte sich die Nase und sah Maffina an. »Wie geht es jetzt weiter?«

Er ließ sich Zeit mit der Antwort. Die Wand mit Morbellis Gemälden vor sich, vertiefte er sich in das Bild, das er so liebte. »Du hast alles getan, was du tun konntest«, sagte er schließlich. »Wenn du dich nicht auf Dallorto kapriziert hättest, würden wir immer noch im Dunkeln tappen, daher …« Er ließ den Satz offen und konzentrierte sich wieder auf das Gemälde.

»Und was machen wir mit Pergolizzi? Macciò hat ihn ja praktisch vor versammelter Mannschaft verunglimpft.«

Maffina ließ seinen Blick über die übrigen Bilder schweifen. »Pergolizzi hat eine Dummheit gemacht, Erica.«

»Er ist ein ehrlicher und aufrechter Mensch, warum muss Macciò so auf ihm herumhacken?«

»Weil Macciò Karriere machen und aufsteigen will, darum. Mich wundert, dass du nicht selbst darauf kommst. Wir leben nun mal in einer Welt von Wölfen, das weißt du doch, oder?«

Sie nickte. »Werden die aus Pavia dann Ruben festnehmen?«, flüsterte sie schließlich.

»Das ist wahrscheinlich, da sein Haus in ihrem Zuständigkeitsbereich liegt, aber ich verspreche dir, dass du dabei sein wirst, wenn wir ihn fassen.«

»*Wenn* wir ihn jemals fassen«, sagte Erica immer noch flüsternd. »Ich hätte da eine Idee, wissen Sie? Eine etwas verrückte Idee, aber sie könnte sich als richtig erweisen, vor allem nach dem, was Sie mir gestern Abend erzählt haben. Möchten Sie sie hören?« Sie rückte näher an ihn heran, zupfte an seinem Ärmel und sah ihn mit neuer Hoffnung im Blick an.

Annalisas Haus lag am Ende vom Corso Dante, also praktisch direkt am Po. Es war eine Jugendstilvilla mit großen bemalten Fenstern und einer winzigen Veranda zum Garten hin. Annalisa liebte dieses Haus. Sie hatte es mit Bildern und Geschichtsbüchern gefüllt, die aus den Regalen quollen und sich auf langen, schmalen Tischen an den Wänden stapelten. Eine Wendeltreppe aus Stahlbeton verband das Erdgeschoss mit dem ersten Stock, durch dessen Fenster man auf den Hügel, den Fluss und zwei hohe, rosa-orange blühende Albizien blickte. Annalisa wartete im Garten auf sie. »Ich habe dir schon dein Zimmer zurechtgemacht«, sagte sie zu Erica. »Du willst ja hoffentlich nicht heute Nacht noch nach Hause fahren.« Dann umarmte sie Maffina. Eine unschuldige und zurückhaltende Umarmung, ohne jede ausgrenzende Intimität.

Erica war ihr dafür dankbar.

Erica konnte sich nicht an die vielen Lichtergirlanden auf dem Fluss und die fröhlich leuchtende Wasserspur von einer Brücke zur nächsten erinnern. Obwohl es schon sehr spät war, herrschte am anderen Ufer noch dichter Verkehr und sie fragte sich, wo all die Autos hinfuhren, die sich in einer chaotischen Schlange voranschoben. Plötzlich wünschte sie sich, dort draußen zu sein, durch die Straßen zu laufen, Leute zu sehen. Sie hatte keine Freunde mehr in Turin, ihr fehlten jegliche Bezugspunkte. Wo gingen die Leute in ihrem Alter abends hin? Wo trafen sie sich? Celeste Dalton war ganz verrückt nach ausländischen Lokalen gewesen, vor allem chinesischen, wo sie den Abend wahrscheinlich mit Tee und Krabbenbrot verbrachte. Wer weiß, ob Michelino diese milchig weißen Dinger auch mochte, die luftig und knusprig zugleich waren?

Das war jetzt alles vorbei. Wer würde sich nun um das Kind kümmern, das am Rande des Autismus stand? Bestimmt nicht Celestes Freundinnen, die hatten sich nur einmal im Gaslini blicken lassen. ›Dumme Gänse!‹, dachte Erica, doch sie wusste, dass sie ihnen Unrecht tat.

Sie stand noch lange am Fenster, einsam und unglücklich wie seit Jahren nicht mehr.

48

›Turin bei Regen ist deprimierend‹, dachte Erica und beobachtete, wie das Wasser auf die Bäume im Garten herabströmte. Die Gartentür war in einen weichen, wattigen Nebel gehüllt, der auch den dahinter liegenden Corso Dante schon fast verschwinden ließ; nur undeutlich sah man ein Stück menschenleere Straße. Erica fröstelte und schloss das Fenster. Sorgfältig faltete sie das schwarze Kostüm und packte es zusammen mit den neuen Schuhen und dem weißen Top zurück in die Tüte vom Laden. Dann duschte sie und schlüpfte in ihre schwarze Jeans und das Spitzenhemd, das der alten Ambrogi so gut gefallen hatte. Die Hose war ihr ein bisschen weit, als hätte sie in den letzten zwei Tagen schon wieder abgenommen, doch sie gefiel sich ganz gut so.

Obwohl sie wenig geschlafen hatte, fühlte sie sich ausgeruht und bereit, es mit der ganzen Welt aufzunehmen. Was war in den paar Stunden geschehen? Sie wusste es selbst nicht, aber sie spürte vage, dass etwas passiert war, das ihr einen neuen Blick auf die Welt geschenkt hatte. »Scheiß auf Macciò!«, sagte sie mit lauter Stimme, während sie eine Nummer in ihr Handy tippte.

Sie verließ Annalisas kleine Villa um Punkt acht, ohne sich von Maffina und Annalisa zu verabschieden, die noch schliefen.

Dem Treffen, das sie gerade vereinbart hatte, sah sie mit gewisser Sorge entgegen. Pandolfi konnte sich als harter Knochen erweisen. Sie kannte ihn noch aus der Schulzeit und hatte geglaubt, alles über ihn zu wissen, doch am Tag zuvor bei der Sitzung in der Via Grattona hatten sie sich kaum und nur sehr förmlich begrüßt. Sie vermutete, dass es wegen Daniele war; Pandolfi und Daniele waren gut miteinander befreundet und Pandolfi hatte ihnen, als sie noch in Turin wohnte, häufig seine Mansarde in der Nähe der Via Po zur Verfügung gestellt. »Eigentlich ein Bordell«, hatte er immer mit spöttischem Grinsen gesagt. In dieser Mansarde hatte Erica das erste Mal gefickt. Mit Daniele. In ihrem ersten Jahr auf der höheren Schule.

»Wie wär's mit einem Käffchen?«, fragte Ermittlungsrichter Pandolfi, als er Erica unterhakte. Mit großer Vertrautheit, einem liebenswürdigen Lächeln und ihrem altvertrauten Sprachgebrauch.

Sie seufzte erleichtert auf und folgte ihm ins Caffè del Carmine, wo sie mühsam einen freien Tisch bei den großen Fenstern ergatterten. Pandolfi hielt immer noch ihren

Arm und grüßte eifrig ein paar Leute, wahrscheinlich Anwälte, die sie neugierig anstarrten.

Erica geriet über diese forschenden Blicke in Verlegenheit, lächelte aber, als sie sich setzte. Sie stellte die Tasche auf den Boden und kontrollierte, ob das Mobiltelefon angeschaltet war.

»Monica hat mich verlassen«, sagte Pandolfi unvermittelt. »Von einem Tag auf den anderen, mehr oder weniger.« Er sah sie fragend an. »Das wusstest du, oder?«

»Daniele hat so etwas angedeutet.«

»Den du nebenbei bemerkt vor zwei Monaten ebenso abgeschossen hast.«

Sie wurde rot. »Also, von abgeschossen kann keine Rede sein.«

»Ach nein? Es kam mir so vor.«

»Wir haben uns nicht ausgesprochen und ...«

»Ja, ja, kann ich mir denken. Monica erzählt wahrscheinlich genau dasselbe Zeug.«

Erica wurde wieder rot. »Hör zu, könnten wir vielleicht das Thema wechseln?«

Er machte dem Kellner ein Zeichen. »Ist mir recht, es bringt sowieso nichts, über Monica zu reden. Erzähl mir lieber von dir. Macciò hat dir gestern nicht gerade einen Gefallen getan, was?«

Erica blickte durch die Fenster hinaus. Die Bogengänge bildeten eine Flucht aus Rundungen und Ziegelsteinen, die nicht einmal der prasselnde Regen abnutzen konnte. Wenige Passanten, dafür massenhaft Autos, die sich auf der Straße zu einer beachtlichen Schlange stauten.

»Macciò will nur Zeit gewinnen«, sagte Erica schließlich und zündete sich eine Zigarette an.

»Und du?«

»Ich will den Fall lösen.«

»Wie alle, nehme ich an.«

Erica betrachtete noch einmal die Bogengänge, die ihr eigentlich ein heimeliges Gefühl hätten vermitteln müssen, die sie jedoch nur abstießen. »Ich möchte ihn aber auf meine Art lösen.« Sie errötete und drückte mit einer schnellen Bewegung die Zigarette aus.

Pandolfi hob eine Augenbraue. »Was soll das heißen, ›auf meine Art‹? Ich halte nichts von Handstreichen. Du hast dich schon über Macciò geärgert …«

»Macciò hat sich auch ordentlich danebenbenommen.«

»Keine Frage! Er hat versucht, dich auszustechen, na und? Daran ist noch niemand gestorben und außerdem machst du gerade genau dasselbe, oder irre ich mich?«

»Du irrst dich.«

»Quatsch! Du möchtest ihm beweisen, wie toll du bist, und ihm mit der Festnahme des Mörders eine großartige Retourkutsche verpassen. Was du natürlich jederzeit tun kannst, aber zieh mich bitte nicht in deine Machtspielchen hinein.«

Erica fühlte, wie ihr die Tränen in die Augen stiegen. »Dann hilfst du mir also nicht?«, fragte sie leise.

»Helfen, dir selbst eine Grube zu graben? Auf gar keinen Fall!«

»Ruben könnte es wieder versuchen.«

Pandolfi seufzte. »Hör mir mal gut zu, Erica. Gestern habe ich sehr interessiert deinen Ausführungen gelauscht, aber wenn ich ehrlich sein soll, haben sie mich nicht restlos überzeugt. Was haben wir denn konkret in der Hand? Nur ein paar Telefonanrufe, die wahrscheinlich von einem

Wichtigtuer stammen. Damit wir uns richtig verstehen: Wichtigtuer und nicht Informant … Du weißt, wie das läuft!«

»Ruben und Dallorto kannten sich …«

»Na und? Was mich betrifft, ist das Schnee von gestern. Zehn Jahre sind seit Rubens Spielchen vergangen. Er könnte in der Zwischenzeit Trappistenmönch geworden sein.« Pandolfi verzog den Mund und sah sich im Raum um. Das Caffè leerte sich langsam, während draußen immer noch monoton der Regen herabprasselte. Der Blick des Richters blieb an der großen Keramikuhr hängen. »Verflixt!«, fluchte er. »Ich müsste schon längst bei Gericht sein.« Dennoch blieb er sitzen und betrachtete Erica kopfschüttelnd. »Stehen dir gut, die langen Haare und die Locken. Sehr gut. Monica lässt sie sich jetzt auch wachsen …« Er begann, seine Sachen zusammenzusuchen: Zigaretten, Feuerzeug und ein kleiner Terminkalender verschwanden in den Jackentaschen.

»Also?«, fragte sie.

»Also was?«

»Hilfst du mir? Kann ich auf dich zählen?«

Er schwieg hartnäckig.

Erica nahm einen Schluck von ihrem kalt gewordenen Kaffee. »Ich habe dir auch noch nicht alles erzählt.« Langsam begann sie zu sprechen, während sie den Blick keine Sekunde von seinen Augen abwandte.

Ein grauer, starker Luftzug, der nach Eisen und Rost roch, brach sich an den Seitenwänden der Züge, die auf den Gleisen des Bahnhofs Torino Lingotto standen.

In seine Windjacke vermummt, ließ Maffina den Blick

über die leeren Bürgersteige schweifen, den Zeitschriftenstand und die von Regen und Feuchtigkeit beschlagenen Scheiben der Bar. Er hielt ein kleines schwarzes Büchlein in der Hand, das bei weitem nicht an Ericas hochentwickeltes Ringbuch heranreichte, und schrieb hin und wieder etwas auf. Er kritzelte und brummte vor sich hin, wie er es immer tat, scheinbar ungeachtet des Regens und des schneidenden Windes. Dabei war ihm kalt und die dunkelgrüne Jacke, die er in Annalisas Kleiderschrank gefunden hatte, nützte nicht viel. Ihm war kalt, aber er blieb am Bahnsteig stehen und machte sich mit jedem vorüberfahrenden Zug seine Notizen. Er suchte immer dasselbe kleine Detail und notierte es penibel. Wie viele Züge waren schon vorbeigefahren? Das wusste er selbst nicht und es war auch nicht wichtig. Viel wichtiger war dieses Detail, das er klären musste, um zu erfahren, ob seine Vermutung zutraf.

Letztlich war auch Erica zu derselben Schlussfolgerung gekommen, doch anstatt sich darüber zu freuen, beunruhigte es ihn, weil er ahnte, dass sie alle anderen gegen sich haben würden, angefangen bei Macciò.

Plötzlich stand Erica vor ihm: mit regennassen Haaren und vom Laufen gerötetem Gesicht. Sie lächelte und schien ganz entspannt. »Annalisa hat mir gesagt, dass ich Sie hier finden würde.« Sie hakte sich bei ihm ein und fügte dann, den nassen Kopf schüttelnd, eilig hinzu: »Pandolfi ist bereit, mir zu helfen. Er hat zugesagt, bis morgen alles zu stoppen. Ob das genügt?«

Maffina murmelte etwas Unverständliches. Er sah Erica ernst an. »In einer Viertelstunde kommt ein Zug, den wollte ich eigentlich nehmen.«

Sie sah ihn enttäuscht an. »Kommen Sie denn nicht mit?«

Er schüttelte den Kopf. »Ich muss in zwei Stunden in Genua sein.« Er erwähnte eine Gerichtsverhandlung. »Aber du kannst mit Lopà rechnen.«

Sie ließ ihn los. »Lopà?«

»Er wartet in Alessandria auf dich, um die Mittagszeit. Beim Ospedale Nuovo.« Obwohl Maffina diese Dinge eher nebensächlich verkündete, war er im tiefsten Innern so gut wie sicher, dass sie wütend werden würde.

»Sie müssen wohl immer meinen Tagesablauf organisieren, wie?«, sagte Erica bitter, die Hände in den Taschen ihrer Windjacke vergraben, die Kapuze auf dem Kopf, weil es wieder zu regnen begonnen hatte. »Glauben Sie, ich kann das nicht selbst?«

»Ich mag dich nicht, wenn du die Feministin spielst.«

Sie lächelte unvermittelt. »Ich kann mich manchmal auch nicht leiden.«

»*Bon*. Dann ist also alles klar, oder?«

»Vielleicht«, erwiderte Erica geheimnisvoll. Sie öffnete ihre Tasche und nahm eine kleine Plastiktüte heraus. »Das ist das Buch, von dem ich sprach. Glauben Sie, dass die Ricci da irgendwas rausholen kann?«

»Fängst du jetzt schon an, Beweise zu unterschlagen?«

»Vielleicht ist es ja gar kein Beweis, vielleicht ist er das nur in unserer Fantasie«, erwiderte Erica, doch sie wusste, dass sie log.

Sie schwiegen, bis der Zug einfuhr. »Mach bloß keine Dummheiten«, sagte Maffina, während er sie umarmte. Sie sahen sich verlegen an. »Mach bloß keine Dummheiten«, wiederholte er leise.

SECHSTER TEIL
(AUGUST–SEPTEMBER 2000)

… dass sie in ihrem Kampf um ihr Selbst
weder allein noch in Gefahr sind.
Bruno Bettelheim, *Die leere Festung*

49

Dann wäre alles vorbei. Für immer.

In Alessandria schien die Sonne und die warme, staubige Luft machte einen ganz benommen. Vor dem Eingang des Krankenhauses erwartete Lopà sie in klassischer Polizistenpose: etwas breitbeinig, aber nicht zu sehr, kerniger, entschlossener Blick, die Pistolentasche unter der aufgeknöpften Jacke zu erahnen, das Handy am Ohr wie eine merkwürdige bunte Plastikprothese.

Aus der Deckung des Wagens heraus betrachtete Erica ihn eine Weile und fragte sich, wie sie sich nur auf eine Bettgeschichte mit ihm hatte einlassen können. Lo Pascio war zwar ganz gut beim Sex, aber sie wusste, dass dies nicht der wahre Grund sein konnte; auch Daniele war ein zärtlicher und leidenschaftlicher Liebhaber gewesen und dennoch war ihre Beziehung zur Erleichterung beider Seiten auseinander gegangen.

Was also suchte sie?

Einen kurzen Moment tauchten die Verse von Keats vor ihrem inneren Auge auf, doch sie verjagte sie schaudernd.

›Was ist bloß los mit mir?‹, fragte sie sich verwirrt. Dann löste sie den Sicherheitsgurt, steckte ihr Mobiltelefon in die Tasche und stieg aus.

Der Pathologe sah Erica und Lo Pascio mit einem bedauernden Lächeln an. »Es ist gerade etwas ungünstig. Gestern Nachmittag ist ein kleiner Junge im Fluss ertrunken. In der Nähe von Marengo. Die Feuerwehr hat ihn erst vor einer halben Stunde aus dem Wasser gefischt … Haben Sie es eilig? Ich müsste nämlich in wenigen Minuten mit dem Jungen anfangen.«

Erica schüttelte den Kopf. »Wir wollten nur einen Blick auf den Unbekannten werfen.«

»Wenn es nur ein Blick ist, können Sie vielleicht auch auf mich verzichten, was meinen Sie? Ich schicke Ihnen meine Laborantin Annamaria, sie müsste irgendwo in der Nähe sein.«

Etwas außer Atem kam Annamaria angelaufen und beschwerte sich ohne Gruß und Vorstellung sogleich über die Hitze und die vielen Überstunden. »Ich müsste schon längst zu Hause sein«, jammerte sie. »Unmöglich so was … wir beeilen uns, einverstanden?« Sie riss die Tür auf, als wolle sie sie aus den Angeln heben.

Selbst der Tod vermochte die Spuren der erlittenen Qualen nicht auszulöschen.

Die sterblichen Überreste des Unbekannten lagen in einem langen, schmalen Kasten, den Annamaria unter Ächzen öffnete. Der Pathologe, beziehungsweise Annamaria, oder auch beide gemeinsam, hatten mit wenig Erfolg versucht, die einzelnen Teile des Körpers wie ein makabres Puzzle zusammenzufügen: Beine, Arme und Rumpf. Das Ergebnis war eine Leiche ohne Geschichte. Die Verletzungen waren klaffende, schmutzige Wunden, die auch das warme Wasser nicht hatte säubern können. Erica erkannte

Reste von Erde und bräunlichem Staub in den breiteren Schnitten. Eine grobe, flüchtig zusammengeflickte Naht verlief quer über das Becken und endete wenige Zentimeter über dem Schamhaar. Die Arme waren zwei schwärzliche, fleischlose Anhängsel, an denen aus einer Laune des Schicksals heraus nur die Hände noch erhalten waren, auch sie mit tiefen Schnittverletzungen.

Erica sah erstaunt auf. »Da ist ja gar kein Kopf«, sagte sie und schluckte mühsam.

Der kleine Krankenhauskiosk war trotz der Besuchszeit menschenleer. Erica und Lo Pascio bestellten zwei Pizzen und setzten sich an ein Tischchen neben dem Eingang. In dem Raum stank es nach Frittieröl und Reinigungsmittel und Erica verzog angewidert das Gesicht. Als die lauwarmen, labbrig aussehenden Pizzen kamen, wiederholte sie die Grimasse.

»Die schmecken bestimmt nicht«, meinte Lo Pascio, biss aber trotzdem mit Appetit in seine hinein. »Willst du nichts essen?«, fragte er mit vollem Mund.

Sie antwortete nicht. »Ich habe gerade überlegt, dass wir die Ricci noch einmal anrufen müssen, damit sie die Blutgruppe bestimmt und eine DNA-Analyse vornimmt, außerdem sollten wir die RIS kontaktieren.«

»Und die Bahnpolizei?«

»Muss das sein?«

Lo Pascio schob seinen Teller weg. »Ich glaube schon«, sagte er und blickte sie ernst an.

Commissario Amalfitano hielt den Telefonhörer, als handele es sich um hochexplosives Material. »Ich verstehe deine

Frage nicht«, sagte er schließlich. »Dazu bräuchte ich mehr Informationen …« Er schwieg abwartend.

»Ich hätte nur gern eine umfassende Auflistung aller Vorgänge, die du in Serravalle vor Ort durchgeführt hast.« In der Stimme der Franzoni schwang ein Ton mit, der ihm gar nicht gefiel. »Du warst doch vor Dragoncelli da, oder?«

»Mindestens zwanzig Minuten. Dragoncelli war an diesem Tag nicht im Büro.« Amalfitano lockerte sich den Krawattenknoten und starrte wütend auf die Glastür, wo die hellen Sonnenstrahlen dicke Schichten von Schmutz und Staub offenbarten. Dann begann er, mit größtmöglicher Klarheit von besagtem Tag zu erzählen, und legte dabei besonderen Wert auf das vor Ort herrschende Chaos, auf das Hin und Her von Befehlen und Gegenbefehlen und auf den Zustand der Leiche mit Fliegen und allem.

Die Franzoni unterbrach ihn, dass sie das nicht interessiere. Obwohl sie gewohnt höflich blieb, verriet ihre Sprechweise doch eine fast fiebrige Aufregung. Amalfitano seufzte. »Was willst du denn hören?«

»Erzähl mir zum Beispiel von den Zeugen, von den Leuten, die am Bahnsteig standen, von auffälligen Verhaltensweisen oder so etwas.«

›Und warum hast du mich das nicht gestern gefragt?‹, dachte Amalfitano. ›Aber vielleicht warst du da ja ganz mit Macciò beschäftigt, wie?‹

»Amalfitano, bist du noch dran?«

Er kratzte sich am Kopf. »Ja, ja, ich bin hier.«

»Also?«

»Wegen der Zeugen müsstest du Dragoncelli fragen. Er hat die Kinder vernommen. Leute am Bahnsteig, meinst du? Da war niemand außer diesem Rucksacktouristen.«

»Ein Rucksacktourist? Der taucht aber in den Protokollen nicht auf.«

»Weil er keine Aussage gemacht hat, deswegen. Der konnte nur Deutsch und …«

»Was ist mit ihm geschehen?«

»Wie meinst du das?«

»Mit dem Rucksacktouristen. Dem Deutschen. Was ist mit ihm geschehen?«

Amalfitano verlor allmählich die Geduld. »Das weiß ich doch nicht«, erwiderte er.

»Dann können wir ihn also nicht mehr ausfindig machen?«

»Ich weiß nicht einmal, wie der hieß … Nein, warte einen Moment. Lass mich nachdenken …« Er versuchte sich an den jungen Mann mit den roten Shorts und dem weißen Basketballshirt zu erinnern und an die junge Polizeibeamtin, der er ihn übergeben hatte. Mit einem erleichterten Aufatmen erzählte er Erica davon. »Sprich mal mit Dragoncelli. So wie ich das sehe, müsste der mehr darüber wissen.«

Die Beamtin, die an jenem Sonntag, als der Unfall geschah, Dienst hatte, hieß Loredana Marini. Dragoncelli, erhitzt und schweißgebadet, sah Erica müde an. »Sie hat heute frei, wahrscheinlich findest du sie zu Hause … Hör mal, Franzoni, was sollen wir mit diesem Bornacini machen? Irgendein Vorschlag?«

Erica fuhr sich mit der Hand durch die Haare. »Warum sollte ich einen Vorschlag haben?«

»Schon gut, ich dachte nur … nach allem, was sich gestern ergeben hat.«

»Wir lassen uns erst einmal Zeit mit ihm, okay?«

Dragoncelli schien erleichtert. »Das habe ich mir auch schon gedacht.« Dann setzte er hinzu, dass Bornacinis Festnahme die Familie Direnzo wenigstens eine Weile zum Schweigen gebracht habe. »In Serravalle wurde ein Komitee gegründet, das sogar einen nächtlichen Fackelmarsch organisiert hat, mit allen möglichen Assessoren und dem Bürgermeister. Im Klartext haben sie uns mit Scheiße überhäuft.«

»Kann ich mir vorstellen ...«

Dragoncelli sah sie besorgt an. »Lässt du mich dann wissen, wenn es was Neues gibt? Hast du meine Handynummer? Ruf mich an, sobald du etwas weißt«, wiederholte er.

Erica nickte zustimmend. Als sie das Kommissariat verließ, schien die Luft sich zu verflüssigen und der Himmel verschwand im Dunst. Sie zündete sich eine Zigarette an und nahm ein paar tiefe Züge, bevor sie zu dem wartenden Lo Pascio ins Auto stieg.

Loredana Marini sagte, der Rucksackreisende habe Günter Vogel geheißen. »Irgendwo habe ich mir den Namen notiert. Einen Moment, ich sehe mal nach.«

Die Marini bewohnte ein Einzimmerapartment in einem Altbau im Zentrum von Alessandria. Singlewohnungen, stellte Erica fest, sahen doch alle mehr oder weniger gleich aus, egal ob mit nutzlosen Dingen voll gestopft oder schlicht gehalten wie die von Loredana Marini. Zwischenstationen für Durchreisende, als spiele sich das wahre Leben ihrer Bewohner woanders ab.

›Wer weiß, wie *dein* Haus eingerichtet ist‹, dachte sie plötzlich. ›Es ist bestimmt ein schönes Haus, nicht wahr?

Und von deinem Schlafzimmer aus sieht man den Po, ist es nicht so?‹

»Hier«, sagte Loredana, »der Name stimmt: Günter Vogel. Mein Deutsch ist ziemlich schlecht, aber ich glaube, er sagte, dass er auf dem Weg zum Gardasee sei, zu einem Campingplatz. Soll ich mich darum kümmern? Es dürfte nicht allzu schwer sein, die Adresse ausfindig zu machen.«

›Wenn du ihn schon laufen lässt, hilf uns halt zumindest jetzt‹, dachte Erica. Sie war zu müde, um über ihren unbeabsichtigten Reim zu lächeln.

Als ihr der Wind durchs Haar gefahren war, hatte er gedacht, dass sie Sonia ähnelte.

Aber Sonia war nicht mehr da ... Und niemand würde sie mehr an das Kopfende des Bettes fesseln. Niemand.

50

Fünf Uhr nachmittags auf der Landstraße Richtung Piacenza. Ein Teil von Erica döste vor sich hin, eingelullt von dem monotonen Brummen des Wagens, während der andere Teil die Namen der Ortschaften registrierte, die Industrieanlagen, die Armeen von Gipszwergen, die aus den Vorgärten hervorschauten. Überall dasselbe: Zwerge, Gärten, Zweifamilienhäuser, kleine Fabriken mit abstrusen Abkürzungen. Alle wie vom Fließband, eintönig und vorhersehbar wie das Avemaria. »Die Umleitung beginnt da vorne, hinter der Fabrik.«

»Du solltest mal den Chef anrufen, meinst du nicht?«, warf ihr Lo Pascio hin. Er setzte den Blinker und ging schwungvoll in die Kurve.

Erica warf ihm einen vorwurfsvollen Blick zu. Dann tippte sie ein paar Minuten in ihr Handy, bevor sie endlich eine Verbindung bekam. »Dottore, ich bin's.«

»*Bon*, Erica. Gute Reise gehabt?«

»Ich bin noch gar nicht zurück.«

»Du steckst doch hoffentlich nicht schon wieder in Schwierigkeiten?«

»Aber nein …« Erica betrachtete das Autolager zu ihrer Linken; die Sonne blitzte auf den Karosserien und die Luft war von Abgasen erfüllt. »Wir brauchen konkrete Beweise. Ohne verlässliche Beweise kommen wir einfach nicht weiter.«

»Das weiß ich … Ich habe gerade mit Teresa gesprochen. Sie sitzt schon über dem Buch.«

Erica verzog genervt das Gesicht. »Die Verbindung ist zu schlecht, wir sprechen uns später wieder.« Schnell unterbrach sie das Gespräch, bevor er noch etwas erwidern konnte.

»Wie hat er reagiert?«, erkundigte sich Lo Pascio.

»Er wusste es schon, als könne er meine Gedanken lesen.«

Er verkniff sich jeden Kommentar. Nachdem der Wagen einige Kilometer an dem Autolager entlanggefahren war, bog er in eine von Pflanzen überwucherte Straße ein. Lopà sah Erica zweifelnd an. »Bist du sicher, dass dies der richtige Weg ist?«

Sie nickte.

»Was machen wir jetzt?«, fragte Lo Pascio. Misstrauisch betrachtete er die hermetisch verriegelten Fensterläden und die Einbruchsicherung neben der Haustür. »Ziemlich teures Ding. Wahrscheinlich ist die sogar an eine Telekamera und den Computer angeschlossen. Also, Erica? Irgendwelche Vorschläge?«

Sie schüttelte den Kopf. Die Hände in den Taschen, die Jacke um die Hüften geschlungen, betrachtete sie abwesend das Anwesen. Ihr Herz klopfte wild, doch sie wollte nicht, dass Lo Pascio ihre Aufregung bemerkte. Warum war Maffina nicht hier bei ihr? Er hätte sicher gewusst, was zu tun war, hätte nicht wie angenagelt und mit dem Ausdruck dumpfer Fassungslosigkeit herumgestanden, so wie Lo Pascio.

»Mist!«, sagte sie leise. Ihr Blick registrierte jedes Detail: den penibel gemähten Rasen, der mit dem Lauf der Wolken seine Farbe wechselte, die Ziegelmauer, die das Grundstück säumte, das offene Tor, als müsse Ruben jeden Augenblick hereingefahren kommen …

Ericas Augen kehrten zum Haus zurück, zu den verriegelten Fenstern, dem Holzunterstand mit ein paar Mülltonnen. Die Tonnen hatten verschiedene Farben und ein paar Sekunden starrte sie mit leerem Blick darauf. Dann flog ein Lächeln über ihr Gesicht.

Ruben musste ein sehr gewissenhafter und methodischer Mensch sein. In den drei Mülltonnen fanden sie verschiedene Abfallarten: Kunststoff in der gelben, Papier in der weißen, Kompost in der grünen. Er trank viel Mineralwasser und presste die Flaschen zusammen, um Platz zu sparen, er liebte Fruchtjoghurt und Puffreis. Er las eher rechtsgerichtete Zeitungen und benutzte Wegwerfklingen zum Rasieren.

»Verflucht noch mal!«, brummte Lo Pascio fasziniert.

Die Rasierklinge landete in einem Plastiktütchen, das Erica zusammen mit den Stoffhandschuhen und einer Pinzette in der Tasche hatte.

»Volltreffer!«, sagte er und schloss vorsichtig die letzte Tonne. Die Essensreste verströmten einen solchen Gestank, dass er das Gesicht verzog. Jetzt, wo sie endlich etwas Konkretes in der Hand hatten, konnte er es kaum erwarten zurückzufahren. Die Einsamkeit lastete schwer auf ihm, als könne jeden Augenblick etwas Schreckliches passieren.

Aber Erica schien andere Pläne zu haben. Sie war ein Stück in den Garten hineingegangen, als hätten sie alle Zeit der Welt, und schritt mit gesenktem Kopf voran. Sie schien genau zu wissen, wo sie hinwollte. Der Garten führte mit einer leichten Neigung bis hinunter an den Po. Dort stand eine Bank, von der man einen großen Abschnitt des Flusses überblicken konnte, das gegenüberliegende Ufer mit seinen kleinen Kieselbuchten und flussabwärts in der Ferne die Brücke mit der Telefonzelle.

»Er liebt den Blick auf den Fluss«, sagte Erica unvermittelt. »Das Haus hat er wegen der Nähe zum Po gekauft. Er schaut gern aufs Wasser und denkt nach … und es sind keine glücklichen Gedanken. Er denkt häufig an den Tod als seinen Befreier. Und er muss sich sehr einsam fühlen … sehr. In diesem Luxusbordell gab es ein Mädchen. Sie hieß Sonia.«

»Woher weißt du das?«

»Die Moroni hat es mir erzählt. Ruben war leidenschaftlich in sie verliebt; er fragte immer nur nach ihr, wenn er in Lavagna war. Sonia hatte sich bei der Moroni darüber beklagt. Er fesselte sie wohl ans Bett, weil er sie unterwürfig und passiv wollte. Mit roten und weißen Seidenbändern. Und sie machte sich über ihn lustig … weil er impotent war. Das Einzige, das ihn erregte, war Sonias Angst … Verstehst du jetzt?«

Erica blickte mit gläsernem Blick ins Nichts und schien den Tränen nahe.

»Verstehst du jetzt?«, wiederholte sie.

Lo Pascio sah sie mit düsterer Miene an.

Er wusste, was er tun musste, er hatte es immer gewusst …

Der Wagen der Carabinieri tauchte ganz unerwartet auf der Straße auf, eine dicke Staubwolke hinter sich herziehend. Sprachlos vor Staunen sah Erica zwei Carabinieri auf sich zukommen, die Waffen im Anschlag, mit den Stiefeln Dreck aufwirbelnd, und einen Moment lang fürchtete sie, dass sie trotz ihrer erhobenen Hände einfach wie Tiere abgeknallt würden. Lopà schrie atemlos: »WaszumTeufelhabtihrvor?!«

»Ich bin Hauptkommissarin Franzoni von der Kripo Genua«, sagte Erica. Auch sie wagte kaum Luft zu holen und versuchte, ihrer Stimme so viel Autorität wie möglich zu geben und die Beamten mit festem Blick anzusehen.

Die Angreifer schienen nicht weniger verwirrt als sie.

»Sie müssen Paoletti sein«, sagte Erica. Sie wickelte einen Kaugummi aus, steckte ihn in den Mund und kaute nervös darauf herum. »Hat Macciò Sie geschickt?«

Der Beamte machte eine verneinende Handbewegung. »Wir wollten nur mal einen Blick auf das Haus werfen.«

Erica sah ihn skeptisch an. »Mit den Waffen im Anschlag?«

Paoletti zuckte die Schultern. »Das ist nun mal so üblich, Dottoressa.«

Zugleich mit dem provozierenden »Dottoressa« strich er zärtlich über seine Waffe, eine beredte Handbewegung, die Erica irritierte. »Und wenn Sie jemand anderen angetroffen hätten? Ein Liebespärchen vielleicht?«, fragte sie weiter, ohne Lopàs Blicke zu beachten.

»Das ist nun mal so üblich«, wiederholte Paoletti stur. »Das müssten Sie doch wissen. Uns wurde aufgetragen, das Haus zu überprüfen. Tut mir Leid, wenn wir Sie erschreckt haben.«

»Sie haben mich nicht erschreckt. Ich mag nur bestimmte Vorgehensweisen nicht, das ist alles.« Sie wurde feuerrot im Gesicht und war sich der heiklen Lage durchaus bewusst.

»Ich vermute, Sie wollten auch nur mal einen Blick auf das Haus werfen, stimmt's?«, fuhr Paoletti fort und sah sich mit Besitz ergreifender Miene um.

Erica zuckte die Schultern und kaute etwas zu laut auf ihrem Kaugummi herum.

Paolettis Kollege, ein kräftiger Typ mit geschwellter Brust, war ein Stück den Pfad zum Fluss hinabgelaufen. »Hier gibt es einen Strand«, hörten sie ihn sagen. »Vielleicht ist er mit einem Boot geflohen?«

Paoletti sah Erica fragend an und sie schüttelte den Kopf. »Was werden Sie jetzt tun, Dottoressa?«

Sie schüttelte noch einmal den Kopf. »Ich bin todmüde«, antwortete sie und knetete ihre Haare. »Am liebsten wäre ich jetzt zu Hause.«

Paoletti schien das zu beruhigen. »Heute wird nichts mehr passieren«, meinte er und zog sich die Jacke zurecht.

Es wirkte wie eine mechanische Geste, doch Erica ahnte, dass sie das nicht war. ›Er hat Angst‹, schoss es ihr zu ihrer Verwunderung durch den Kopf. ›Er hat Angst und weiß nicht, was er tun soll.‹ Sie sah ihn etwas freundlicher an, ohne die Aggressivität von zuvor.

Auch Paoletti schien das zu merken. Er lächelte ihr zu und machte eine bedauernde Handbewegung. Dann ließ er seinen Blick über das Haus, das Schilfrohr und den Fluss wandern. »Schön hier, nicht wahr?«

Erica deutete ein Lächeln an. »Ja«, sagte sie leise.

Als der Gedanke an sie zur Obsession geworden war, hatte er sich entschlossen, zurückzukehren …

51

Erica erwachte mit heftigen Kopfschmerzen, ihr Rücken schien entzweigebrochen. Einen Moment lang glaubte sie, noch in Turin zu sein, dann aber sah sie das Fenster (ein warmes, beruhigendes Licht fiel ins Zimmer) und atmete erleichtert auf. Das war ihre Wohnung, das waren ihr Schlafzimmer und ihre Habseligkeiten, denen sie zwar selten Beachtung schenkte, die sie aber dennoch liebte. Das Unwohlsein blieb allerdings und die Kopfschmerzen besserten ihre Laune auch nicht gerade. Als sie aufstand, sah sie die Blutflecken im Laken. Das war ihr ja schon seit Jahren nicht mehr passiert! Ihre Unachtsamkeit verfluchend, steckte sie das Laken in die Waschmaschine, nahm zwei

Aspirin, zog sich eine saubere Hose und den erstbesten Pulli an und trat dann hinaus in den frischen frühmorgendlichen Wind. Der klare, wolkenlose Himmel und der kompakte Glanz des Meeres in der Ferne begrüßten sie.

›Einfache, vertraute Dinge‹, dachte sie, während sie mit entschiedenen Schritten die Bar der Polizeischule betrat. Sie war der einzige Gast und schlürfte langsam ihren Kaffee. Das Kopfweh ließ allmählich nach, ebenso die Rückenschmerzen. Sie bestellte zwei Schokoladenbrioches und verzehrte sie mit Appetit, den Blick auf die Bodenfliesen geheftet und dankbar für die Stille und den Moment der Einsamkeit.

Der Morgen war für Maffina die beste Zeit des Tages. Je älter er wurde, desto weniger schlief er. Er liebte es, früh hinauszugehen, durch die Gassen zu laufen, die zur Piazza Caricamento führten, stets in derselben kleinen Bar zu frühstücken und schließlich zu Fuß weiter bis zum Polizeipräsidium zu wandern. Trotz des Verkehrs und des Smogs mochte er diesen Weg. Schwer atmend erreichte er die Kuppe von Corso Aurelio Saffi, doch sobald es auf der anderen Seite wieder hinunterging, zündete er sich die erste Zigarette des Tages an und sog den Rauch genussvoll ein, so tief, dass er sich manchmal fast die Lippen verbrannte.

An diesem Vormittag wehte der Schirokko durch die Stadt und erfüllte die Luft mit seiner salzigen Feuchtigkeit. Maffina sah, wie eine Fähre die Mole umschiffte und auf das offene Meer zuhielt. Wie gern würde er sich mit Annalisa einschiffen, mit ihr über Deck schlendern und entspannt über Nichtigkeiten plaudern, während sie auf das Abendessen warteten …

In seine Träume versunken, merkte er erst an der langen Schlange von Nordafrikanern vor dem Einwanderungsbüro, dass er bereits da war. Sie erinnerte ihn außerdem daran, dass er vergessen hatte, mit Antonelli zu sprechen, und er hoffte, dass Erica dies für ihn erledigt hatte. In letzter Zeit schien er doppelt so viel zu tun zu haben und er lebte in der ständigen Angst, etwas Wichtiges zu übersehen.

Auf seinem Schreibtisch lag ein Fax von Pergolizzi. Obwohl er dessen Inhalt bereits kannte, las er es aufmerksam durch. »Eine Welt von Wölfen«, murmelte er und zündete sich eine Zigarette an.

Zwei Tage nicht im Büro und schon welkten die Anemonen traurig vor sich hin und verströmten einen süßlichen Friedhofsgeruch. Erica schob die Vase mechanisch zur Seite und schaltete lustlos den Computer an. Unter ihren E-Mails fand sie eine Nachricht von Pergolizzi (ERICA, JEDES BÖSE HAT SEIN GUTES!!!) und die Genehmigung von den Gerichten Turin und Genua, weiter zu ermitteln. Während sie mit einem Auge die Nachricht überflog, suchte sie mit dem anderen das dazugehörige Fax. Es lag noch im Drucker und mit zitternden Händen und wild klopfendem Herzen nahm sie es heraus.

»Die Zeugenaussage von diesem Jungen, diesem Vogel oder wie er heißt, ist jetzt von fundamentaler Bedeutung«, meinte Maffina und drückte sorgfältig seine Zigarette aus. »Was sagt Dragoncelli?«

»Dass sie ihn gefunden haben, aber er scheint nicht aussagen zu wollen, ohne einen Anwalt konsultiert zu haben.«

»Dann beschaffe ihm einen.«

»Das ist nicht so einfach. Dragoncelli sagt, dass dieser Vogel völlig eingeschüchtert ist und Angst hat, in irgendetwas hineingezogen zu werden … Kurz gesagt, wir müssen behutsam vorgehen.«

Maffina zündete sich eine neue Zigarette an. »Dann fahr erst einmal nach Alessandria, danach sehen wir weiter, was meinst du?« Er reichte ihr eine braune Aktenmappe. »Die Fotokopien von Teresas Analysen und dem Gutachten. Du wirst sie brauchen, falls irgendwelche Einwände auftauchen.«

»Warum das? Kommen Sie etwa nicht mit?« Erica sah ihn enttäuscht an und wurde ein klein wenig rot.

Maffina zuckte mit den Schultern. »Es ist dein Fall, vergiss das nicht.«

»Das vergesse ich keine Sekunde«, erwiderte sie leise.

War es zu gewagt, in den Wald zurückzukehren, in dem er Roberta Direnzo ermordet hatte? Auch heute Morgen war der Wald menschenleer, und obwohl es ihm enormes Vergnügen bereitete, ihn zu durchqueren, hatte er Schwierigkeiten, sich an das zu erinnern, was vorgefallen war …

War dies der Baum, an den er sich »danach« gelehnt hatte?

Er hatte ihn nicht so belaubt in Erinnerung, doch das Licht und die Blätter schienen dieselben. Er suchte mit den Augen irgendeine Spur, die ihn an Roberta Direnzo erinnerte, doch konnte er nichts entdecken außer der dichten Wand aus Bäumen. Hinter der, das wusste er genau, der Fluss war, die Straße, die bunten Anlagen des Freibades …

Plötzlich fühlte er sich wehrlos den Blicken ausgesetzt.

Er wollte, dass es aufhörte, aber er wollte nicht gefasst werden.

Er wollte nicht, dass es so aufhörte …

Sorgfältig suchte sie die Anziehsachen aus, obwohl ihre Rückenschmerzen zurückgekehrt waren. Sie entschied sich für eine graue Hose, einen engen, schwarzen Pullover und eine weiße Bluse aus weichem Stoff. Sie legte die Kleider aufs Bett und daneben die übrigen Dinge, um sicherzugehen, dass sie zum Polizeianorak passten. Dann wusch sie sich noch einmal die Haare und flocht sie zu einem lockeren Zopf, putzte ihre Stiefel und zog ein Paar weiße Socken an. Um zwei Uhr nachmittags verließ sie die Wohnung. Lamberti wartete im Dienstwagen auf sie. Die ganze Fahrt über las sie in den Gutachten und Analysen von Teresa Ricci.

Als die Turmuhr drei schlug, erwachte er endlich aus seiner Lähmung, die ihn in dem Wäldchen festgehalten hatte. Anders als beim ersten Mal nahm er den Pfad bergauf und ging bis zu der Brücke, die über den Fluss zu der Ortschaft führte.

Das Licht blendete seine Augen und die Zikaden schienen verrückt zu spielen. Er empfand das alles als äußerst störend und war sich unangenehm der Hitze und des Schweißes bewusst, der sein schönes Seidenhemd ruinierte.

In der bleiernen Luft hallte das Getöse eines nahenden Zuges wider.

Er beobachtete, wie er, ohne anzuhalten, durch den Bahnhof fuhr …

52

»Die Untersuchungsergebnisse stimmen alle überein«, sagte Erica und tippte mit dem Finger auf die Aktenmappe. »Ich habe auch eine DNA-Analyse angefordert und um ganz sicherzugehen auch eine Prüfung des digitalen Fingerabdrucks. Das dürfte kein Problem sein, weil die Hände noch relativ gut erhalten sind.«

Dragoncelli nahm einen großen Schluck von seiner Cola. »Und die Latexpartikel?«

»Scheinen dieselben zu sein wie die an den Leichen. Und sie finden sich nur in den Hosentaschen, wie du hier deutlich sehen kannst.« Sie reichte ihm eine Reihe von Diagrammen. »Chromatografie, Fluoreszenzprobe, chemische Zusammensetzung … Hier, siehst du? Dieselben Werte.«

Dragoncelli wirkte erstaunt. »Das verstehe ich nicht«, rückte er schließlich heraus. »Und nur in den Taschen, wie?«

»Scheint so. Immerhin haben wir damit eine Menge Probleme weniger, oder?«

Dragoncelli schenkte sich Cola nach. »Möchtest du auch etwas?«

Sie schüttelte den Kopf. »Die Blutgruppe ist ebenfalls dieselbe …« Sie brach ab und konzentrierte sich auf ihren Rücken, in dem der Schmerz wieder heftig pochte. An diesem warmen Septembertag wirkte sie frisch und ausgeruht, als gehöre ihr schmerzender Körper jemand anderem. Sie lächelte Dragoncelli zu und betrachtete das hässliche Gebäude gegenüber, das durch das offene Fenster zu sehen war. »Und Vogel?«, fragte sie schließlich.

»Ich habe die Marini hochgeschickt.«

»Hoch wohin?«

»An den Gardasee, wo er wohl an einem Meeting der Globalisierungsgegner teilnimmt … Hast du davon gehört?« Er erwartete keine Antwort. »Ich jedenfalls nicht, interessiert mich auch nicht die Bohne. Dieser Vogel scheint Aktivist bei irgendeiner Friedensbewegung zu sein …«

»Und woher weißt du das?«

»Ich habe ein bisschen recherchiert. Immerhin gibt uns das einen schönen Vorwand, ihn zu verhören, verstehst du?«

»Ich fürchte, ja.«

»Nur keine Skrupel. Irgendeine Ausrede hätten wir sowieso finden müssen, meinst du nicht?«

»Und Bornacini?«

»Der sitzt noch, fürs Erste.«

Erica sah auf die Uhr. »Wann fahren wir los?«

Dragoncelli stand ruhig auf. »Sobald Vogel da ist«, sagte er und griff zum Telefonhörer.

Günter Vogel wirkte jünger, als er war. Er hatte ein von der Sonne gerötetes Gesicht und melancholische dunkle Augen. Er war mit einem Anwalt gekommen, der gleichzeitig als Übersetzer fungierte und stets mild lächelte. Er sagte sofort, dass ihm die Vorgehensweise nicht korrekt erschien und sein Mandant jederzeit das Recht habe, die Aussage zu verweigern, wenn er es für angebracht halte.

Erica sah ihn kalt an. »Das muss sich erst noch herausstellen«, sagte sie. Ihr Blick fiel auf das Lederband, das Vogel um seinen knochigen Hals trug. »Haben Sie diese Person schon einmal gesehen?«, fragte sie und reichte ihm das von Lo Pascio überarbeitete Phantombild.

Vogel sah sie mit düsterer Miene an.

»Könnten Sie das bitte übersetzen?«

»Sofort, Frau Polizistin«, sagte der Anwalt.

»Kriminalhauptkommissarin, wenn ich bitten darf«, korrigierte ihn Erica.

Er rannte zum Bahnhof, ohne darauf zu achten, ob ihn jemand sah oder nicht. Ein einziger Gedanke beherrschte ihn: dem Ganzen ein für alle Mal ein Ende zu machen, dem Leben zu entfliehen wie in Kriegszeiten dem Feind. Bei dem Gedanken musste er lächeln, doch dann verformte sich das Lächeln zu einer grotesken Fratze.

Was hatte Celeste Dalton gefühlt, als sie aus dem Zug gestürzt war? Er hatte gesehen, wie ihr Körper schwer aufprallte, wie sie sich mühsam aufrappelte und in die falsche Richtung davonlief, auf das versteckte Herz des Tunnels zu, während die Rettung nur wenige Meter entfernt lag, zu erschrocken, um zu verstehen, um zu ahnen. Ein Hase, der über ein nächtliches Feld hoppelt …

Und nun war er dieser Hase …

»Fragen Sie ihn, ob er diese Person schon einmal gesehen hat«, wiederholte Erica ungeduldig.

Der Anwalt schien eine halbe Ewigkeit für die Übersetzung zu brauchen. ›Mist!‹, dachte Erica und ließ ihren Blick zwischen dem angespannt dasitzenden Vogel und dem Anwalt hin- und herschweifen.

Endlich schien der junge Mann sich zu entspannen. Mit angenehm weicher Stimme sagte er etwas auf Deutsch. Dann wandte er sich an Erica. »Ja, das ist er.«

Sein Italienisch war schleppend langsam und er ließ sie dabei nicht aus den Augen: »Was passieren jetzt?«, erkundigte er sich dann besorgt.

Warum war er dem Zug hinterhergelaufen? Warum wollte er, dass es so endete?

›Was für eine dumme Art zu sterben!‹, hatte er gedacht.

Wie viele Augenblicke würde er dem Tod noch trotzen können? Jetzt erschien ihm das Leben als das kostbarste Gut überhaupt, doch er wusste, dass es bald vorbei war …

Sein Haus, versteckt im Schilfrohr, die Bäume, der Glanz des Rasens, der Fluss …

Und Dallorto, der sein ganzes Leben verändert hatte.

Sonia …

Tofano …

Wenn er nur diese Tür aufbekäme, könnte er es vielleicht schaffen.

Sein Haus …

Wie schön war es, das nasse Gras unter den nackten Füßen zu spüren …

Sein Haus, seine Zuflucht. Heimkehren, heimkehren, heimkehren …

Sonia …

Die Laterne traf ihn völlig unerwartet.

Günter Vogel identifizierte Valerio Rubens Leiche am Mittwoch, dem 3. September, um 18 Uhr.

Pergolizzi war der Erste, der es erfuhr. Während Erica redete, machte er sich Notizen in sein schwarzes Büchlein. »Ich will alle Einzelheiten wissen, Dottoressa«, sagte er und versuchte, seine Angst zu beherrschen. Er wollte sofort nach Baldichieri fahren, um mit Dighero zu reden, um ihn endlich zu beruhigen! Bevor er das Büro verließ, schickte er Staatsanwalt Ferro eine E-Mail, dann rief er seine Frau an. »Es wird etwas später heute«, sagte er und auf seinem Gesicht erschien ein Lächeln. Er lächelte immer noch, als er in den Wagen stieg. ›Es ist vorbei‹, dachte er erleichtert. ›Es ist vorbei!‹

53

Am selben Abend betraten Erica, Dragoncelli, Macciò und Richter Pandolfi das Haus in Arena Po, Gemeinde Ponte. Die weitläufigen Räumlichkeiten, die von großen, tropfenförmigen Lüstern taghell erleuchtet wurden, sahen aus, als warteten sie auf geladene Gäste. Erica entdeckte ein paar wertvolle Möbel, doch ansonsten war das Haus relativ kahl; die taghell erleuchteten Zimmerfluchten schienen auf den ersten Blick weder Geheimnisse noch Bedrohungen bereitzuhalten. Auf der anderen Seite der Fensterscheiben durchdrangen die Lichter des Gartens das tiefe Dunkel der Landschaft.

›Wie eine Bühne‹, dachte Erica mit ungutem Gefühl. Ihr war kalt und übel, doch sie wusste, dass das nur die Nerven waren. Schon als Dragoncelli den Schlüssel ins Schloss gesteckt hatte (»Beweisstück C« stand auf einem kleinen Schildchen), hatte sie ihre Aufregung kaum beherrschen können. Ihr Herz klopfte so laut, dass sie kurz befürchtete, die anderen könnten es hören.

»Da sind wir!«, hatte Dragoncelli ausgerufen. »Wie dumm von uns, dass wir nicht sofort darauf gekommen sind, was?«

Erica hatte nichts erwidert, so sehr war sie damit beschäftigt, ihre Angst und das beklemmende Gefühl unter Kontrolle zu halten. Doch Dragoncelli hatte Recht. Wie hatte sie sich wegen der fehlenden Beweise gequält und dabei doch einen quasi permanent vor Augen gehabt. Mit düsterem Blick hatte sie Beweisstück C gemustert und war dann wortlos ins Haus geschlüpft – immer noch mit wild pochendem Herzen.

Nun schien all dieses Licht, das kalt auf den Wänden lag, die Abwesenheit geradezu herauszuschreien, die Leere, den Tod. Beinahe panisch betrachtete sie die kahlen und abweisenden Räumlichkeiten. Nicht einmal das gleichmäßige Quaken der Frösche konnte sie beruhigen.

»›Ist Tod ein Schlaf, wenn Leben selbst ein Traum? …‹«, murmelte sie fast ehrfürchtig.

Pandolfi sah sie kopfschüttelnd an.

In einem Zimmer im oberen Stockwerk, von dem man tatsächlich auf den Po sehen konnte, fanden sie etwa ein Dutzend Masken, den Koffer der Puggioni, Roberta Direnzos kleinen Rucksack und ein Kettchen mit dem Verschluss in Form eines Halbmondes, das Celeste Dalton gehört haben musste. Außerdem Zeitungen relativ jungen Datums, in denen über Tofano und das Massaker an seiner Familie berichtet wurde.

Erica hatte sich die Handschuhe übergezogen und durchforstete nun systematisch Schubladen und Schränke. Obwohl ihr kalt war, schwitzte sie am ganzen Leib und sonderte einen unangenehmen Geruch ab.

»Hat jemand eine Ahnung, wann die Spurensicherung loslegt?«, fragte Macciò in die Runde.

»Sie müssten jeden Moment hier sein«, erwiderte Pandolfi. Er hatte die Hände in den Taschen vergraben, um keine Fingerabdrücke zu hinterlassen, und guckte sich erschöpft um. »Ich mag solche Fälle nicht«, sagte er ohne Zusammenhang. »Mit Verbrechen aus Leidenschaft komme ich irgendwie besser zurecht.« Er verstrickte sich in eine unfruchtbare Diskussion mit Macciò und Dragoncelli, während Erica weiter das Haus durchsuchte.

Er hatte kein einziges Foto von sich aufgehoben, außer einer Momentaufnahme aus Jugendjahren, als sein Blick noch klar und rein war. Dennoch glaubte Erica ein gemeines Funkeln in diesen Augen zu erkennen, wie die Andeutung einer Niedertracht, die auch das Antlitz der Jugend nicht verhehlen konnte.

Unter einem Stapel Seidenhemden fand sie ein paar Polaroidbilder. Auf allen dasselbe Motiv: ein junges Mädchen, fast noch ein Kind, mit obszön zur Schau gestellter Scham und Vagina auf ein Bett gefesselt.

Das Mädchen hatte die Augen geschlossen und einen unergründlichen Gesichtsausdruck.

›Wahrscheinlich Sonia‹, dachte Erica. Fieberhaft wühlte sie weiter, bis sie auf ein weiteres Bündel Fotos stieß. Mit wachsendem Erstaunen betrachtete sie eines nach dem anderen. »Mist!«, sagte sie laut.

»Brauchen Sie Hilfe?« Pandolfis Stimme erklang ganz aus der Nähe.

»Alles in Ordnung«, erwiderte sie. Die Fotos wanderten tief in ihre Tasche unter die Pistole und das Portemonnaie.

Bald würde die Spurensicherung hier sein, hatte Pandolfi gesagt. Sie würde alles durchsuchen und mitnehmen, was es mitzunehmen gab: Gewebe, Haare, Staub und Essensreste würden in die üblichen Plastiktütchen wandern, um analysiert und seziert zu werden, zusammen mit den Beweisen, durch die Ruben in die Geschichte des Verbrechens einging. Wer weiß, ob auch über ihn etwas im Internet stehen würde?

Erica betrachtete noch einmal Sonias Bild, um es dann mit einem kleinen befreienden Aufatmen zu den übrigen in die Tasche zu stecken.

Erica saß auf einer Bank am Po und spürte, wie der kalte Wind über sie hinwegfegte und die Anstrengungen der letzten Tage mit sich zu nehmen schien. Jenseits des Flusses, am anderen Ufer, leuchtete ein kleines Licht auf, dann noch eines und irgendwo schrie ein Käuzchen sein Liebeswerben in die Nacht.

»Wie bist du darauf gekommen?«, hörte sie aus dem Nichts Macciò fragen. Hoch aufragend zeichnete sich seine Gestalt vor dem Schein der Gartenlaternen ab. Er hatte die Hände in den Taschen vergraben und den Kragen aufgestellt. »Ganz schön kalt, was? Dabei haben wir erst Anfang September …«

Erica antwortete nicht. Sie zündete sich eine Zigarette an und rauchte still mit Blick auf den Fluss.

»Ich darf doch, oder?«, fuhr Macciò fort und ließ sich neben ihr nieder. »Also?«, drängte er.

»Ich weiß nicht, wie ich darauf gekommen bin«, erwiderte Erica schließlich. »Und vielleicht ist das auch gar nicht wichtig.«

»Für mich schon.«

»Was willst du denn hören? Ich habe einfach die Fakten so zusammengesetzt, wie es am sinnvollsten schien, mehr nicht.«

Sie hatte keine Lust, mit Macciò zu reden, er würde sie sowieso nicht verstehen, trotzdem fügte sie mit hauchdünner Stimme hinzu: »Er wollte sterben, wollte sterben wie seine Opfer …« Als sie merkte, wie melodramatisch ihre Worte klangen, errötete sie gleich einem Schulmädchen.

»Du wirst schnell Karriere machen«, sagte Macciò. »Dieser Fall ist dein persönlicher Erfolg …«

»Könnten wir bitte das Thema wechseln?«

»Aber die Sache mit dem Schlüssel hattest du auch übersehen, nicht wahr?«

Erica drückte mit dem Fuß die Zigarette aus und hob dann die Kippe auf. »Es ist wirklich ganz schön kalt, ich setze mich lieber ins Auto.«

Den Rest der Nacht verbrachte sie auf der Rückbank des Dienstwagens gekauert, den Anorak als Kissen unter den Kopf geschoben, den Blick starr auf das Haus gerichtet, in das Ruben nie wieder zurückkehren würde.

54

Erst am Nachmittag des nächsten Tages erinnerte sie sich an die Fotos. Die ganze Zeit hatte ihr Geist sich geweigert, an sie zu denken, als ob sie nicht existierten. Dabei machten diese Bilder alle bisher entworfenen Szenarien zunichte, eröffneten völlig neue Perspektiven, brachten Stücke der Wahrheit (die sie geahnt, aber sofort verdrängt hatte) gewaltsam an den Tag, füllten alle Leerstellen. Dennoch ließ sie sie in ihrer Tasche, während sich das Haus in Arena Po mit Beamten der Spurensicherung füllte und am Gartentor die Journalisten warteten, um ein Foto zu schießen, einen kleinen Ausschnitt des Geschehens zu erhaschen, ein winziges Detail. Auch ein paar Schaulustige waren gekommen, hielten sich aber diskret im Hintergrund, als ginge die Sache sie nichts an. An die täglichen Dokusoaps gewöhnt, suchten sie nun nach Übereinstimmungen zwischen Realität und Fiktion, wahrscheinlich enttäuscht darüber, dass die Wirklichkeit mit ihrer allgegenwärtigen Müdigkeit und ihrem Schweißgeruch sich wesentlich prosaischer darstellte als die Fernsehwelt.

»Frau Hauptkommissarin, wussten Sie, dass Sie eine Leiche jagen?«, wurde sie von einem Journalisten gefragt, der ihr sein Mikrofon fast in den Mund stieß. War da etwa ein höhnischer Unterton in seiner Stimme? Erica war sich beinah sicher und dennoch beantwortete sie geduldig die Frage und versuchte, ihre Nervosität und Beklemmung im Zaum zu halten. Die Bilder in ihrer Tasche wogen schwer wie Mühlsteine.

Die Schwester lächelte Erica schüchtern an und sagte, dass sie sie in den Nachrichten gesehen habe. »Armes Mädchen. Sie müssen sehr müde sein, wie? Soll ich Ihnen etwas bringen, bis Signora Moroni sich angekleidet hat? Es ging ihr nicht besonders gut in den letzten Tagen. Erhöhte Temperatur, wissen Sie? Die ganze Sache hat sie sehr mitgenommen ... Sie hat mir gesagt, dass sie diesen Ruben kannte.« Sie schüttelte traurig den Kopf und ihr Gesicht lief rot an. »Schlimme Geschichte, wie?«

Erica schwieg und betrachtete die alten Leute, die in ordentlichen Zweierreihen wie Grundschüler den Vorführungsraum verließen. Trotz der peniblen Sauberkeit und der Grünpflanzen auf den Fensterbrettern hing ein unangenehmer Geruch über dem Flur, eine Mischung aus schmuddeliger Unterwäsche, menschlichen Ausscheidungen und benutzten Taschentüchern, die in den Tiefen von Manteltaschen vor sich hin gammelten.

»Die Schwester hat mir gesagt, dass Sie auf mich warten«, begann Graziella Moroni, die wie aus dem Nichts plötzlich vor ihr stand. Auch dieses Mal trug sie ein Seidenkleid und sah Erica mit einem schmalen Lächeln an, während sie einigen älteren Herrschaften zuwinkte, die den Flur heraufeilten, als hätten sie besonders wichtige Dinge zu erledigen. »Ich bin immer so allein, dass selbst ein Polizeibesuch eine angenehme Abwechslung darstellt«, sagte sie mit leiser Stimme. »Sollen wir in mein Zimmer gehen oder möchten Sie lieber einen Spaziergang durch den Garten machen? Wissen Sie, dass er an den Park der Villa Cavour grenzt? Waren Sie schon einmal da?«

Erica schüttelte den Kopf.

»Wir haben die Villa vor ein paar Tagen besichtigt. Zusammen mit einer Schulklasse … Wir alten Leute und so kleine Stöpsel. Schön, nicht wahr?«

»Und wie ist das Haus von Cavour?«, fragte Erica zu ihrem eigenen Erstaunen.

»Grauenhaft! Aber es war schön, es gesehen zu haben.«

Erica betrachtete den nun wieder leeren Flur. »Erzählen Sie mir von Sonia«, sagte sie dann und kramte in ihrer Handtasche, bis sie das dicke Bündel Fotos zwischen den Händen spürte.

»Hauptkommissarin Franzoni hat ihren großen Auftritt«, sagte Gatti, während er sich mit einem Zahnstocher im Gebiss herumwerkelte. »Sie ist in allen Zeitungen.«

»Sie hat gute Arbeit geleistet«, erwiderte Pergolizzi. Auch er hatte die Zeitungen gelesen, doch mehr, um zu sehen, ob auch Dighero darin erwähnt wurde, als aus Interesse an dem eigentlichen Fall. Die Ermittlungen schienen Lichtjahre von ihm entfernt, dabei war erst eine Woche vergangen, seitdem man ihm den Fall entzogen hatte …

›Ein Leben!‹, dachte er frustriert. Er blickte sich in dem hässlichen Zimmer, das sein Büro darstellte, um und betrachtete all die Scheußlichkeiten: antiquierte Schreibtische, unbequeme Stühle, schmutzig gelbe, abgegriffene Tapeten, schäbig aussehende Computer, die ständig abstürzten, ohne dass man sie wieder zum Laufen bekam, wie Maulesel, die ihre Last nicht mehr tragen wollen.

Er seufzte demonstrativ und beschloss, dass es für heute genug war. »Ich geh dann mal nach Hause«, sagte er und schlug mit der Maus laut auf die Schreibtischplatte. Im selben Moment wurde zaghaft an die Tür geklopft und Erica stand im Zimmer. Das Ringbuch in der Hand, die langen Haare im Nacken zusammengebunden, das Gesicht grau vor Müdigkeit. Sie ließ sich auf einen Stuhl fallen und sagte in den Raum hinein, ohne jemanden direkt anzusprechen: »Lieber Himmel, was für ein Stress! Ich habe seit zwei Tagen nicht geschlafen. Und wie geht es Ihnen, Inspektor Pergolizzi?«

Er zuckte mit den Schultern.

»Was werden Sie jetzt tun?«

»Das wüsste ich selbst gern. Ich bin völlig durcheinander!«

Pergolizzi erlaubte sich ein Lächeln. »Warum folgen Sie nicht einfach Ihrem Instinkt?« Er wies auf die Reihe von Bildern, die säuberlich nebeneinander auf dem Schreibtisch lagen.

»Würden Sie das tun?«

»Ja.«

»Auf die Gefahr hin, alle gegen sich zu haben?«

»Sie werden nicht alle gegen sich haben. Das wissen Sie sehr gut.«

»Zurzeit weiß ich nur, dass ich völlig durcheinander bin«, sagte sie noch einmal. »Und dass Ruben tot ist, macht es nur noch schlimmer. Ich habe noch so viele ungeklärte Fragen.«

Pergolizzi reichte ihr eine Aktenmappe.

»Was ist das?«

»Eine mögliche Antwort auf Ihre Fragen.«

»Dallorto pflegte einen recht aufwändigen Lebensstil«, stellte Erica fest.

»Das finde ich auch. Auslandsreisen, lange Aufenthalte in Kunststädten, zweimal jährlich Thermalkuren und wer weiß was noch alles. Was halten Sie davon? Ist es mir gelungen, Sie zu überraschen?«

»Darauf können Sie wetten!« Erica blätterte weiter in dem Bericht, der mit winziger, fast weiblich anmutender Handschrift geschrieben war. »Und wo haben Sie diese Ermittlungen durchgeführt?«

»Hier in Asti, außerdem in Chianciano und Florenz. Ich hatte ja etwas mehr Zeit in den letzten Tagen ...« Er schwieg verlegen.

»Und wie kamen Sie auf Florenz?«

»Durch die Cousine. Sie hat mir erzählt, dass Dallorto sich immer wieder für längere Zeit in Florenz aufhielt, und so bin ich eben einen Tag hingefahren.«

Erica unterdrückte ein Lächeln. »Und was haben Sie entdeckt?«

»Unter anderem, dass er sich in einer Pension am Arno einmietete, in der Nähe des Ponte Vecchio. Nicht gerade Zimmer mit Aussicht, aber fast: sehr vornehmes, diskretes Ambiente, hauptsächlich von amerikanischen Touristen frequentiert, dreihunderttausend Lire am Tag ohne Abendessen – rechnen Sie selbst. In dieser Pension wohnte er mit einer gewissen Maria Badalich aus Pola zusammen.«

»Konnten Sie die aufspüren?«

»Leider nein.«

»Wie hoch war Dallortos Rente?«

»Zweieinhalb Millionen im Monat.«

»Wenn er in Pension war, wird er doch sicherlich eine Abfindung bekommen haben. Haben Sie das überprüft?«

»Einen Teil davon, über die Hälfte hat er für die Therapien seiner Frau ausgegeben. Der Rest, etwa zwanzig Millionen, sind für Renovierungsarbeiten an dem Haus draufgegangen.«

»Eigentum?«

»Keines.« Pergolizzi schüttelte den Kopf. »Eigentum ist eine Belastung, Dottoressa. Früher oder später ist man daran gebunden, aber wenn man flüssige Gelder besitzt und klug genug ist, sie dort einzusetzen, wo einen keiner kennt, funktioniert das schon eher. Ich habe sofort an Erpressung gedacht … Was meinen Sie?«

»Wäre die logischste Erklärung.«

Pergolizzi sah Erica gerührt an. »Ich freue mich, dass Sie das sagen. Natürlich können Sie ganz nach Belieben mit diesen Informationen verfahren. Ich habe mit der Geschichte abgeschlossen.«

Darauf wusste Erica keine Antwort.

55

›Du hast eine schöne Stimme, sie erinnert mich an Gras. An den Glanz von Gras … Deine Augen sind wahrscheinlich auch grün. Wie eine Wiese. Sie sind doch grün, oder? Ich bin so einsam, so schrecklich einsam. Oh, wenn ich dich nur einmal treffen könnte …‹

Erica schaltete den Rekorder aus und trommelte mit den Fingern nervös auf den Schreibtisch, wo das Licht der Lampe auf Staub, Kippen und Kaffeereste in Plastikbechern fiel: alles Zeugnisse langer Stunden vor dem Computer, während draußen das Leben seinen gewohnten Gang nahm. Noch ein Kaffee, noch ein Müsliriegel. Mit schmerzendem Rücken und geröteten Augen, einem heißkalten Gefühl am Mageneingang, die eine Hand in den Haaren vergraben.

»Mist!«, sagte sie und zündete sich eine neue Zigarette an.

›Ich habe wenig Zeit, Dottoressa. Sie werden mittlerweile die Gegend lokalisiert haben, nehme ich an. Deshalb wird es Ihnen nicht schwer fallen, noch ein wenig weiterzuermitteln, hier und dort herumzuschnüffeln … Auf wiederhören, Erica.‹

Der erste Anruf war am 15. Juli eingegangen (einen Monat nach Celeste Daltons Tod und zwei Tage nach der Ermordung von Roberta Direnzo), der zweite wenige Tage später, genauer gesagt am 22. Juli. Zwischen dem zweiten und dem letzten lagen wiederum rund drei Wochen. Es war der 7. August, ein Donnerstagabend, und Valerio Ruben war bereits eine Woche tot … Irgendjemand, der den genauen Ablauf der Dinge kannte, hatte Erica dazu gebracht, in Arena Po zu forschen, jemand, der Ruben so gut kannte, dass er seinen Lieblingsdichter zitieren konnte, der wusste, wo er sich versteckt hielt, aber nicht über seinen Tod informiert war. Ergab das alles einen Sinn oder rannte sie wieder einmal einem Hirngespinst nach?

Erica vertiefte sich noch einmal in ihre Notizen.

»Bist du immer noch hier? Oben in der Schule suchen sie nach dir. Die Jungs haben dir zu Ehren eine kleine Feier organisiert.«

Maffina ließ seinen Blick über den chaotischen Schreibtisch und den vor Kippen überquellenden Aschenbecher schweifen. Er schüttelte den Kopf, sagte aber nichts. Er fragte nur, ob sie noch einen Kaffee wolle, und sie nickte schweigend, ohne den Blick von Computer und Ringbuch abzuwenden.

Maffina ging durch den langen, zu dieser nächtlichen Stunde leeren Flur und versuchte sich seinen ersten selbständig gelösten Fall ins Gedächtnis zu rufen. Nach all den Jahren erinnerte er sich noch genau an die Euphorie, das Hochgefühl und die Freude, die er verspürt hatte. Erica schien von all dem meilenweit entfernt. Müde und schmollend schlug sie sich in dem einsamen Büro die Nacht um die Ohren, während man oben in Begato auf sie wartete. Gleichgültig ihrer Umwelt gegenüber, schien sie einem Phantom nachzujagen, das nur sie kannte oder erahnte.

Als er ins Büro zurückkam, verbrannte er sich an der heißen Brühe fast die Finger und verschüttete ein wenig. Erica hatte gerade alle Fenster aufgerissen und die frische Nachtluft vermischte sich mit dem schweren Zigarettenqualm.

Sie rieb sich die Augen und lächelte endlich. »Wie gut!«, sagte sie, als sie einen Schluck Kaffee nahm. Dann lehnte sie sich bequem zurück und löste sich die Haare. »Paola Carpi ist aufgrund eines Irrtums gestorben und es war nicht Ruben, der sie umgebracht hat«, sagte sie ruhig. Sie holte tief Luft und tippte mit der Fußspitze gegen das Metallbein des Schreibtischs. »Und Dallorto wurde ebenfalls nicht von Ruben ermordet … Komisch, nicht? Kopierte Verbrechen. Und das kann ich sogar beweisen. Witzig, nicht?«

Maffina zündete sich eine Zigarette an. »Alles noch mal von vorn, bitte«, sagte er und ließ sich neben ihr nieder.

Als sie in Begato ankam, dämmerte es bereits und ein rötlicher Schimmer lag über den Gipfeln der Berge. Menschenleere Straßen, ein leichter Wind an ihren Beinen, Sand in den Augen. Der Aufzug war kaputt und Erica stieg die dreizehn Stockwerke zu Fuß hinauf mit ein paar Pausen, um Luft zu schöpfen. Endlich zu Hause!

Im Licht der ersten Morgendämmerung fand sie ihre Wohnung wunderschön, genau der richtige Ort, um sich zurückzuziehen, wenn das Leben einen zu verschlingen und den Atem zu nehmen drohte. Sie füllte die Kaffeemaschine und stellte sich unter die Dusche. Noch tropfnass frühstückte sie, ohne sich darum zu kümmern, dass der Sofabezug feucht wurde. Anschließend legte sie sich ins Bett und schlief zwölf Stunden am Stück. Ohne zu träumen, ohne dass das Telefon klingelte, ohne dass irgendetwas ihre Ruhe störte.

56

Beneventi verzog das Gesicht, als er Erica und Maffina in das Restaurant kommen sah, doch dann verwandelte sich seine Grimasse in ein Lächeln. Er dachte, dass Antonio schließlich schlafen konnte, mit wem er wollte und wann er wollte, und dass er nicht das Recht hatte, den Moralapostel zu spielen. Dennoch tat es ihm Leid, vor allem für Annalisa, die am Ende als die Dumme dastehen würde oder als diejenige, die dem Ganzen auch noch Vorschub geleistet hatte. ›Was noch unangenehmer wäre‹, dachte er.

»Deine Sekretärin meinte, dass ich dich hier finden würde«, sagte Maffina, als er sich setzte.

»Mariarosa meint viel, wenn der Tag lang ist. Ich bin rein zufällig hier gelandet, bis vor zehn Minuten hatte ich noch ganz andere Pläne. Aber du, beziehungsweise ihr …« Verlegen brach er ab und wartete erst einmal ab, im Geheimen froh darüber, dass Maffina so gelöst wirkte. Auch Erica sah entspannt aus, etwas angeschlagen vielleicht, was aber auch an ihrer nachlässigen Kleidung liegen mochte: weite Schlaghosen und enger Pullover. Über der Schulter hing ihr eine dieser unförmigen Strickjacken, die Beneventi so verabscheute. »Also? Sie sind sicher froh, vermute ich. Seid ihr zum Feiern hier?« Er bereute diese Frage sofort, doch keiner der beiden ging darauf ein.

»Wir sind hier, weil wir Ihren Rat brauchen«, antwortete Erica und schenkte sich ein Mineralwasser ein, während sie den Wein ablehnte, den er ihr anbot. »Ich brauche Ihre Hilfe, Dottor Beneventi. Es ist wichtig.«

Er entspannte sich, weil er sich auf seinem Terrain sicher

fühlte und wusste, dort auch der heikelsten Situationen Herr zu werden. »Dann lassen Sie mal hören«, sagte er und faltete seine Serviette auseinander.

Gegen vier Uhr nachmittags war sie aufgewacht und hatte als Erstes den Computer hochgefahren. Sie hatte eine Datei nach der anderen geöffnet, bis sie die ersten Dokumente, die ersten Protokolle, die ersten Anmerkungen vorliegen hatte, zwischen denen sie eine Antwort auf ihre Fragen suchte. Während sie im Bauch des Walfischs wühlte, spürte sie, dass sie kurz vor dem Ziel war. Noch wenige Züge, dann wäre alles vorbei. Und dieses Mal für immer.

Erica traf Duccio auf der Piazza Fossatello in seinem Bezirk an, wo er sich gerade in der Bar an der Ecke ein Bier genehmigte. Groß und dünn, in Armeehosen und halbhohen Stiefeln. Ohrringe, Tätowierung und rasierter Schädel komplettierten seinen Look eines knallharten Machos.

»Erinnerst du dich noch an mich?«, fragte Erica. Sie hatte sich für diesen Anlass wie die Girls der alternativen Szene angezogen: Schlaghose, drei Nummern zu große Strickjacke, ein Bündel Plastikarmbänder um die dünnen Handgelenke.

Duccio schien das zu gefallen und in seinem Blick leuchtete vages Interesse auf.

»Wir haben vor einigen Monaten schon mal miteinander gesprochen, weißt du noch? Genauer gesagt im Mai.«

»Kann sein.«

»Ich hatte dich nach Paola Carpi gefragt.«

»Nette Person. Tut mir Leid, dass sie tot ist«, meinte er bedauernd. »Sie schlug sich ja ganz wendig durchs Leben, aber letztlich war sie ein armer Hund.« Duccio zahlte sein Bier und fragte, ob er ihr etwas anbieten könne.

»Ich hätte nichts gegen eine heiße Schokolade … Hör mal, können wir uns kurz setzen?«

Er zuckte gleichgültig mit den Schultern. »Ich habe dich im Fernsehen gesehen, als du diesen Verrückten festgenommen hast. Was willst du hier?« Er wies auf die volle Bar, in der sich jeder nur um sich selbst zu kümmern schien.

»Ich bin wegen Paola Carpi hier.«

»Aber ich habe dir doch schon alles gesagt, was ich weiß.«

»Ich würde es eben gern noch mal hören.«

Duccio seufzte. »Ich war hin und wieder zur Therapie bei ihr.«

»Was habt ihr da so gemacht?«

»Meistens hat sie mir einen geblasen.« Als er Ericas Blick sah, wurde er wieder ernst. »Wir haben geredet, ich erzählte ihr von mir und sie gab mir Ratschläge.«

»Und diese Person hast du nie bei ihr gesehen?« Erica zeigte ihm das Foto.

»Er kam sie manchmal abholen. Er wartete immer dort hinten auf sie.« Duccio machte eine Handbewegung die Via del Campo entlang, wo, obwohl es noch Tag war, schon grelle Leuchtschriften aufzuckten.

»Wann zum letzten Mal?«

Er kratzte sein beringtes Ohrläppchen.

»Also?«

»Am Tag vor Paolas Tod.« Er atmete tief ein, die Hand immer noch am Ohr. »Am 7. Mai, einem Samstag. Ich war zur Therapie bei Paola gewesen.«

»Wärst du bereit, das vor dem Richter auszusagen?«

Er sah sie lange an. »Und was habe ich davon?«, fragte er schließlich.

»Paola Carpi kümmerte sich um Menschen am Rande unserer Gesellschaft, Mittellose ohne festen Wohnsitz und Kleindealer. Duccio gehört zu dieser letzten Kategorie.« Erica schenkte sich ein Glas Wasser ein. »Eine arme Seele, die von ein paar Drogenbossen abhängig ist. Er hat zuerst eine Weile gedealt, dann kam er zur Prostitution. Zurzeit lässt er sich von zwei Ecuadorianerinnen aushalten.«

Beneventi enthielt sich jeglichen Kommentars. Die ganze Geschichte drohte allmählich eine Zeitbombe zu werden, dennoch steckte etwas Wahres in Ericas Worten. Er hatte die Sache nur am Rande verfolgt, konnte aber die Zweifel und seelischen Schmerzen, die sie gequält hatten, gut nachvollziehen. Daher versuchte er nun, sich nicht von Vorurteilen leiten zu lassen. »Fahren Sie fort«, sagte er und lächelte ermutigend.

Erica sprach weiter.

Die Männer der Spurensicherung sahen aus wie Balletttänzer bei einer etwas wunderlichen Choreografie. Mit langsamen Bewegungen und in raumanzugähnliche Gewänder gehüllt, zählten sie mit lauter Stimme alle Gegenstände auf, die in ihren Tütchen landeten.

Erica, die in der Mitte des großen Raumes im Erdgeschoss stand, fragte sich, wo wohl die Handtasche hingekommen war, die Paola an jenem Sonntag dabeigehabt hatte. Eine Markentasche, ziemlich groß, hatte Dorina gesagt. Diese Tasche war verschwunden, ebenso wie das neue Handy und das Buch mit Gedichten … Dabei bewahrte

Ruben doch alles auf, auch das zerknautschte Portemonnaie vom alten Paris und die kunstledernen Koffer der Puggioni. Die Unterwäsche duftete immer noch nach Maiglöckchen, ein starker, süßlicher Geruch.

›Warum?‹, hatte Erica sich gefragt, während das Ballett der Spurensicherung um sie herumtanzte. ›Warum?‹

»Damals kamen mir die ersten Zweifel. Ruben war geradezu manisch in dieser Hinsicht, wissen Sie? Er hob alle Dinge seiner Opfer in einem Schrank auf: Jedes Fach entsprach einem Namen und alles war in schönster Ordnung, kein Stäubchen, kein Fältchen ... Aber in dem Schrank war nichts, was der Carpi oder Dallorto gehört hatte. Gar nichts! Dabei hatten er und Dallorto sich gekannt ...« Erica wühlte in ihrer Tasche. »Und dann stieß ich fast zufällig auf diese Fotos.«

Die Fotos wechselten in Beneventis Hände, der sie schweigend ein paar Minuten betrachtete. »›Für Sonia mit all meiner Liebe‹«, las er schließlich erstaunt. »Weiß Pandolfi davon?«

Erica wurde knallrot und raufte sich die Haare. »Ehrlich gesagt, nein.«

»Und wieso haben Sie ihn nicht davon unterrichtet?«

»Ich weiß nicht ... Ich hatte gerade anderes im Kopf ... Tut mir Leid.«

Beneventi sah sie streng und ohne Mitleid an. »Sie würden gut daran tun, ihn sofort davon in Kenntnis zu setzen«, sagte er förmlich.

»Das werde ich.«

»Ich sage das nur in Ihrem eigenen Interesse, das ist Ihnen hoffentlich klar. Diese Sache wird auf allen Titelblättern landen und nicht jeder wird sich darüber freuen ... Kurz, Sie wissen selbst, wie diese Dinge laufen.«

»Pandolfi ist ein Freund.«

»Oh, na ja ...«

»Dann wäre da noch etwas.« Erica reichte ihm Pergolizzis Bericht.

»Pergolizzi ... Pergolizzi ... Ist das nicht dieser Inspektor aus Asti? Wurde der nicht von dem Fall abgezogen, oder verwechsle ich da etwas?«

»Tun Sie nicht. Es handelt sich hier um rein private Recherchen, die er in seiner freien Zeit durchgeführt hat, und ...«

Beneventi las Pergolizzis Notizen mit einer aufgesetzten Gleichgültigkeit, von der er in Wirklichkeit weit entfernt war. »Ich hoffe, dass Pergolizzi aufgrund fundierter Informationen zu diesen Ergebnissen gekommen ist.« Er wandte sich an Maffina, der die ganze Zeit etwas abseits gesessen, an seinem Wein genippt und im Gemüse gestochert hatte. »Hattest du nach der Sache mit Dighero noch einmal mit ihm geredet?«

Maffina musste ein Grinsen unterdrücken. Beneventi war trotz des zerstreuten Eindrucks, den er häufig machte, doch ein ausgekochter Hund. Ihm entging nichts und, was noch beunruhigender war, er wusste immer alles von allen. »Wir haben uns hin und wieder gehört, ja.«

»Und welchen Eindruck machte er auf dich?«

»Was soll ich sagen? Erbost, weil man ihm den Fall weggenommen hatte, aber nicht auf Rache sinnend. Ist es das, was dir Sorgen bereitet?«

Beneventi murmelte etwas, aus dem hervorging, dass das Thema damit für ihn erledigt war. Er beugte sich kurz über seinen kalt gewordenen Fisch und sah sich dann um. Der Raum hatte sich geleert und der Kellner schien nur darauf zu warten, dass auch die letzten Tische frei wurden. Auf eine Handbewegung Beneventis hin eilte er herbei und räumte die Teller ab.

»Ihre Vermutungen basieren auf der Annahme, dass jemand von den Raubüberfällen im vergangenen Jahr wusste und glauben machen wollte, die Verbrechen seien von ein und derselben Person begangen worden ... Entschuldigen Sie, aber wie passt Ruben in dieses Szenarium?«

»Ruben war ein Einzelgänger, er lebte in einer einsamen Gegend, weitab von allem. Mit großer Wahrscheinlichkeit hat er erst später von Dallortos Tod erfahren, als er die Dalton bereits ermordet hatte. Dafür spricht auch, dass er bei der Direnzo komplett seine Vorgehensweise geändert hat ... außer der Kleinigkeit mit der Maske natürlich. Ich habe mich häufig gefragt, warum er das Schema geändert hat, aber nie eine befriedigende Antwort gefunden. Jetzt glaube ich, die Antwort zu kennen.«

»Dann musste Ihr Anrufer Ruben also gut kennen und ihm die Schuld an den übrigen Verbrechen in die Schuhe schieben.« Beneventi kratzte sich am Kinn. »Ja, das scheint mir eine logische Erklärung zu sein. Haben Sie die Zeitungen kontrolliert?«

»Ja, klar. Die Berichte über die maskierten Überfälle stehen in allen Genueser Tagesblättern.«

»Und die Masken?«

»Diese Art von Masken gibt es überall.«

»Überall ist mir nicht genug. Nennen Sie mir die Namen einiger Läden hier in Genua, wo ...«

Erica unterbrach ihn. »Allein in Genua sind es mindestens

vier Geschäfte.« Penibel begann sie die Namen, Adressen und Telefonnummern aufzuzählen.

Beneventi hörte ihr zufrieden zu. Jedes Teilchen fand nun seinen Platz, jedes Warum sein Darum. Dennoch zögerte er noch. »Und das Motiv?«

Sie zeigte auf Pergolizzis Bericht.

›Ein wirklich zäher Knochen‹, dachte Beneventi.

Hinter Ronco gewann der Zug an Geschwindigkeit. Es war ein regnerischer, kalter Tag und in dem langen Eisenbahnwaggon war die Heizung ausgefallen. Er war den Zug zweimal von vorne bis hinten abgelaufen, dabei wusste er schon längst, wo Dallorto saß: in einem Abteil der ersten Klasse, allein, scheinbar wohlgemut und bester Dinge trotz der fruchtlosen Reise.

›Eine ideale Gelegenheit‹, hatte er gedacht.

Er sah, wie Dallorto aus dem Abteil kam und schweren Schrittes in Richtung Toilette ging, mit einer Hand an der Wand Halt suchend, um nicht das Gleichgewicht zu verlieren. Er dachte, dass er alt geworden war, alt und müde und aufgerieben von der Herzkrankheit, die er stets zu unterschätzen schien.

Dallorto tat immer noch so, als ob er dreißig sei und das ganze Leben vor sich habe. Als sie sich das letzte Mal gesehen hatten (zehn Millionen hatte ihn dieses Treffen gekostet!), hatte Dallorto ihm von einer Maria erzählt, mit der er sich in Florenz vergnügte.

»Die saugt mir das letzte Mark aus den Knochen«, hatte er selbstgefällig erzählt. Dann hatte er mit einem Hyänenlächeln schnell das Geld eingesteckt.

In diesem Moment war die Entscheidung gefallen. Eine Entscheidung, die er niemals bereut hatte. Niemals!

Die Maske aufzusetzen war eine Befreiung gewesen und für wenige Augenblicke war die Angst, die ihn den ganzen Tag gequält hatte, wie weggeblasen. Alles weggewischt von der bläulichen Maske und ihrem intensiven, süßlichen Geruch …

Dallorto hatte sich lange gewehrt, hatte keuchend in die Hand gebissen, die ihm den Mund zuhielt, während sein Blick auf der Suche nach Hilfe panisch hierhin und dorthin jagte. Schließlich hatte er schlaff in seinen Armen gehangen wie eine große Puppe.

Im fahrenden Zug schleifte er Dallorto bis ans Ende des Waggons. Die Furcht vor der Entdeckung trieb ihm den Angstschweiß aus den Poren und das Hemd klebte ihm am Leib. In Arquata wurde der Zug langsamer und einen schrecklichen Moment lang dachte er, er würde anhalten. Aber nein. Gleich hinter dem Bahnhof gewann der Zug wieder an Fahrt.

In diesen paar Sekunden öffnete er die Tür und warf Dallorto auf den Bahndamm.

Die Dämmerung brach schon herein und er war sicher, dass niemand etwas bemerkt hatte. Im Übrigen hatte alles kaum länger als einen Augenblick gedauert.

Der Zug fuhr schnell.

Quer über die Fenster peitschte der Regen herab und durchsichtige Nebelschwaden drückten warm und beruhigend an die Scheiben. In Alessandria würde er aussteigen und den Intercity nach Genua nehmen. Er hatte alles auf die Sekunde genau geplant und wusste, dass er es schaffen würde.

Sie würden ihn niemals fassen, weil er ihnen allen überlegen war. Es war unmöglich, auf ihn zu kommen …

57

»Entschuldigen Sie die Verspätung«, sagte Cristina von der Türschwelle aus, die Haare über den Rücken herabhängend und mit angenehm gebräuntem Gesicht.

»Warum setzen Sie sich nicht?«

»Das ist doch nicht Ihr Büro, oder?« Cristina ließ den Blick über die geschmacklose Einrichtung gleiten, die hauptsächlich aus Metallregalen bestand, und über das hermetisch verschlossene Fenster. Die Rollläden waren heruntergelassen und im Licht der Schreibtischlampe wirkte der Raum noch trister. »Das ist nicht Ihr Büro«, wiederholte sie mit einem Anflug von Panik in der Stimme.

»Meinen Raum teile ich mit einem Kollegen«, erklärte Erica, »und ich dachte, das könnte Ihnen unangenehm sein. Warum setzen Sie sich nicht?«

Cristina kam der Aufforderung nach. »Sie stehen in allen Zeitungen, wissen Sie das?«

»Ja.«

»Und, was ist das für ein Gefühl?«

Erica zuckte mit den Schultern.

»Geht es Ihnen gut?«

Cristina nickte zweimal. »Lediglich den ein oder anderen

Joint hin und wieder … Ich habe keinen Tropfen Wodka mehr getrunken.«

»Und gekokst?«

»Nein.«

»Gut. Da sind Sie sicher froh, kann ich mir vorstellen.«

»Manchmal überkommt mich die Angst, dass ich es nicht schaffe, aber ich halte durch.«

»Gut. Und Ihr Mann?«

Cristina winkte ab. Dann blickte sie Erica besorgt an. »Warum haben Sie mich herbestellt?«

Erica gab ihr eine Tüte. »Bitte schauen Sie hinein.«

»Aber …«

»Bitte.«

Cristina machte die Tüte auf. Ihr Blick fiel auf die Fotos und fuhr dann wie elektrisiert zu Erica. Sie zitterte und aus dem fragenden Blick sprach Angst.

Erica schenkte ihr Wasser ein. »Sonia war Ihre Schwester, nicht wahr?«

»Ich hatte gehofft, dass diese Geschichte niemals herauskäme«, sagte Cristina. »Wie haben Sie …« Ohne den Satz zu beenden, sah sie sie an. Ihre Augen hatten nun wieder die trübe, glanzlose Farbe angenommen wie unter dem Einfluss von Drogen.

»Was glauben Sie denn, wie ich darauf gekommen bin?«

»O Gott!«, rief Cristina aus. Eine Hand vor dem Mund, den Blick in der Ferne verloren.

»Ich verstehe nicht, wieso die Bilder bei Ruben waren. Alberto hat sie an Sonias Geburtstag gemacht … Als sie sechzehn wurde. Hier sind wir am Meer in Levanto und hier …« Cristina unterbrach sich und sah Erica verzweifelt an. »Warum? Warum hat Ruben diese Bilder aufbewahrt?«

Erica reagierte mit einer Gegenfrage. »Kann es sein, dass Sonia sie ihm gegeben hat?«

»Nein, absolut unmöglich. Viel wahrscheinlicher ist, dass Ruben sie aus ihrer Tasche gestohlen hat. Sonia war so zerstreut und nachlässig mit ihren Sachen!« Ihr Blick wanderte zum Fenster. »So nachlässig«, wiederholte sie mit dumpfer Stimme. »Aber ich habe sie geliebt. Ich hätte ihr helfen können …«

»Was Sie aber nicht getan haben.«

»Mir fehlte die Kraft dazu …« Cristina brach wieder ab und zündete sich eine Zigarette an, den Blick eigensinnig gesenkt und halb hinter ihren Haaren verborgen. »Alberto sagt, dass ich schwach bin, und vielleicht hat er Recht. Wie immer, übrigens.«

»Sie lieben Ihren Mann?«

»Warum fragen Sie mich das?«

»Weil ich mir häufig die Frage gestellt habe, was Sie beide eigentlich verbindet … Sie sind sehr verschieden.«

»Woher wollen Sie das wissen? Sie kennen uns doch gar nicht.«

»Und auch Paola Carpi und Ihr Mann waren verschieden. Und dennoch hatten sie etwas miteinander. Warum, Signora Paisano? Was verband die beiden? Und was verband Sie?«

Endlich hob Cristina den Blick. »Was haben Sie nur für einen schrecklichen Beruf! Immer im Dreck anderer Leute wühlen zu müssen …«

»Welches ist Ihr Dreck, Signora Paisano? Jeder trägt sein Päckchen, ich auch, und auch ich versuche mich so gut es geht dagegen zu verteidigen. Und Sie? Können Sie sich verteidigen?« Erica sprang auf und begann mit laut klappernden Absätzen auf und ab zu laufen. Hartnäckig und fest entschlossen, der Sache auf den Grund zu gehen. »Wie ist Ihre Schwester gestorben?«

Cristina brach in Tränen aus. Sie weinte leise, ohne zu schluchzen, und zog schniefend die Nase hoch, weil sie kein Taschentuch hatte. »Ein Unfall …«, brachte sie schließlich hervor.

Hinter der Bahnlinie lag das im Schein des Vollmondes weiß glänzende Meer. Ein Glanz, der nur von großen, dunklen Wolkenflecken unterbrochen wurde. Es lag still, ohne Wellen oder Brandung, lediglich ein leichtes Schwappen vermischte sich mit den trägen Geräuschen der Nacht. Sonia dachte, wenn es ihr nur gelänge, den Strand zu erreichen, wenn sie sich all das Blut vom Gesicht waschen könne, würde sie es vielleicht bis nach Hause schaffen. Sie würde sich eine Ausrede einfallen lassen, irgendeine, und vielleicht würde alles wieder werden wie früher. Doch ihr Auge tat so weh und sie zweifelte, dass ein nächtliches Bad das Problem lösen könnte. Bestimmt würde es anschwellen, bestimmt würde wieder diese Flüssigkeit austreten …

Aus der Tasche ihrer Jeans fischte sie ein Päckchen Zigaretten, doch schon beim ersten Zug merkte sie, dass es ihr nicht schmeckte. Mit der Zunge tastete sie vorsichtig nach einem Backenzahn. Erleichtert stellte sie fest, dass er unversehrt war. Aber wenn der Zahn in Ordnung war, wo kam dann das viele Blut her? Einen Moment überlegte sie, ob sie vielleicht lieber umkehren sollte, zu den Carabinieri gehen und alles erzählen sollte. Doch sie wusste, dass sie das niemals tun würde, weil der Preis, den sie dafür zahlen müsste, zu hoch war. Viel zu hoch!

Das Geräusch des Zuges durchbrach die Stille. Ein dumpfes, gleichmäßiges Geräusch, das Himmel und Erde erzittern ließ. Es war ein Güterzug und er war schnell. Sonia sah lange Reihen von Waggons, wie bunte Spielzeugwagen …

Es war das Letzte, was sie sah. Sie fühlte, wie sie gepackt und in Richtung der Gleise geschleudert wurde, wo der Zug vorbeiflog. Sie schlug heftig mit dem Kopf gegen einen Waggon, dann rollte ihr Körper weg und blieb für eine Zehntelsekunde an einem dicken Eisenpfahl hängen, rollte weiter und geriet schließlich unter den Zug.

»Sonia war auf dem Heimweg von einer Diskothek«, erklärte Cristina unter Tränen. »Damals gab es die Unterführung noch nicht … nur den ebenerdigen Bahnübergang. Wahrscheinlich war sie zerstreut und …« Sie schwieg benommen.

»Also ein Unfall?«

»Ja. Warum fragen Sie mich das?«

Erica begann wieder auf und ab zu laufen. »Nur so … Ich finde einfach, dass es ein ziemlich merkwürdiger Unfall ist. Das ist alles.«

»Nein, da ist nichts merkwürdig dran. In Lavagna passierte das damals häufiger.«

»Kann sein«, meinte Erica skeptisch. »Nahm Sonia Drogen?«

»Ich glaube nicht. Zumindest hat sie das immer behauptet.« Cristina stand ruckartig auf. »Warum quälen Sie mich damit? Ich möchte nicht, dass diese Geschichte die Runde macht, ich möchte nicht, dass Sonia mit Ruben in Verbindung gebracht wird«, sagte sie, ohne die ganze Tragweite ihrer Worte zu begreifen, ohne zu ahnen (oder noch nicht zu ahnen), was sie möglicherweise bedeuteten.

Erica seufzte. »Setzen Sie sich, bitte. Auch wenn es Ihnen herzlos vorkommen mag, ich möchte im Moment nicht über Sonia reden. Ich wusste bereits von dem Unfall.«

»Wenn es nicht wegen Sonia ist, dann verstehe ich nicht, warum ich hier bin.«

»Weil ich über Paola Carpi und Dallorto reden möchte. Verstehen Sie jetzt?«

Cristina schüttelte den Kopf. »Ich wüsste nicht, was ich Ihnen da sagen könnte, ich kannte sie ja nicht einmal.«

»Erzählen Sie mir etwas über den besagten Sonntag, den Sonntag, als Paola ermordet wurde. Wenn ich mich recht erinnere, ging es Ihnen nicht gut. Davon sprachen wir ja schon einmal vor einiger Zeit, erinnern Sie sich?«

»Aber um ehrlich zu sein, habe ich …«

»An dem Sonntag, als Paola starb, hatten Sie eine Überdosis genommen, nicht wahr?«

Cristina murmelte etwas vor sich hin.

»Wie bitte?«

»Nichts, ich meinte nur … Also eigentlich … ja«, gab sie schließlich zu.

»Und Ihr Mann?«

»Er hat mir eine Spritze gegeben … Es war ja nicht das erste Mal, dass so etwas passierte … Vielleicht ist das auch ein Grund, warum ich versuche aufzuhören.«

»Und Sie wissen genau, dass Ihr Mann den ganzen Tag zu Hause war?«

»Ich glaube, dass er bei mir war.«

»Aber ganz sicher sind Sie nicht, stimmt's?«

»Was soll die Fragerei? Es war doch Ruben, der Paola Carpi ermordet hat.«

»Sie hatten eine Überdosis genommen, Signora Paisano, und waren ganz gewiss nicht in der Lage, Ihren Mann zu kontrollieren. Nehmen wir einmal an, er wäre für ein paar Stunden weg gewesen, dann wäre Ihnen das gar nicht aufgefallen. Ist das so?«

Cristina konnte immer noch nicht aufhören zu weinen. Obwohl sie die Wahrheit zu sagen schien, wollte Erica sie noch nicht in Ruhe lassen. Sie zündete sich eine neue Zigarette an und sog den Rauch mit einer Vehemenz ein, als wolle sie sich die Lunge verbrennen. »Von wem bekommen Sie die Drogen?« Sie kannte die Antwort bereits, doch sie wollte sie von Cristina hören.

»Von einem Kerl in der Via del Campo. Einem gewissen Duccio.«

»Und Duccio kannte Paola Carpi … und auch Ihren Mann.«

»Was soll das heißen?«

»Genau das, was ich gesagt habe. Ich glaube, dass Ihr Mann Alessandro Dallorto umgebracht hat, weil er nicht länger erpresst werden wollte, und dass er danach Paola Carpi ermordet hat, weil er dachte, sie wisse über alles Bescheid. Dabei wusste Paola Carpi gar nichts, nicht das Geringste, Signora Paisano. Paola war aufrichtig in Ihren Mann verliebt und starb wegen etwas, das sie sich nicht einmal im Traum vorstellen konnte.«

»Das haben Sie doch alles erfunden! Sie wollen meine Schwäche ausnutzen … was Sie da erzählen, ist völlig absurd. Warum hätte Alberto diesen Dallorto umbringen sollen?«

»Das habe ich Ihnen gerade gesagt: Weil Dallorto Ihren Mann erpresste.«

Cristina sah sie ungläubig an: »Aber warum?«, fragte sie noch einmal.

»Weil Ihr Mann Ihre Schwester ermordet hat, Signora Paisano, und Dallorto das durchschaut hatte, wie Sie im Übrigen auch. Und das ist Ihr Problem, nicht wahr?«

»Nein, bitte … es war ein Unfall.«

»Nein, es war kein Unfall. Alberto war in Sonia verliebt, er wollte, dass sie mit diesem Leben Schluss machte, aber er ging trotzdem immer wieder zu ihr.«

»Er wollte ihr wirklich helfen …«

»Ihr Mann hat den Carabinieri einen Tipp gegeben, in der Hoffnung, dass es dann aufhörte. War es nicht so?«

»Es hat ja dann auch aufgehört!«

»Nur leider nicht für Sonia. Ihr Mann hat sie weiter verfolgt. Er wollte sie unterwürfig und verängstigt, stimmt's?«

»Sonia war durch Ruben verängstigt.«

»Unsinn! Ruben fesselte sie ans Bett, aber er hat ihr nie ein Haar gekrümmt … außerdem war er impotent. Ihr Mann hingegen steht auf gewalttätigen Sex und er schlägt fest zu, wenn er erregt ist. Das müssten Sie doch wissen, oder? Auch bei Sonia geilte er sich auf diese Art auf … Und es ist ziemlich merkwürdig, dass Sie nie etwas davon gemerkt haben wollen. Sogar die Moroni wusste das. Sie haben mir gesagt, dass Sonia panische Angst davor hatte, geschlagen zu werden, und ich dachte, Sie meinten Ruben. Aber in Wirklichkeit spielten Sie damit auf Alberto an.« Erica zeigte auf die Fotos. »Erst durch die Bilder habe ich begriffen, wie alles ablief.«

Cristina hatte aufgehört zu weinen und sah sie entgeistert an, dennoch glomm ein Funken Verständnis in ihren Augen auf, als sähe sie die Wirklichkeit nun klarer. Jahre des Betrugs, der Lügen, der Angst fanden nun ihre Rechtfertigung, und vielleicht auch ihre Befreiung, hier in diesem anonymen Raum vor einer Polizeibeamtin, die ihr die Rechnung präsentierte.

›Eine gesalzene Rechnung‹, dachte Cristina mit einem erneuten Blick auf die Fotos: Sonia im weißen Tanga auf den Felsen bei Levanto, Sonia in Albertos Armen, sie und Sonia kurz vor dem Kopfsprung, sie allein mit abwesendem Blick … Sie erinnerte sich an jenen Nachmittag. Sie hatte gedacht, dass Sonia wirklich Glück hatte, Alberto begegnet zu sein, einem so guten Menschen, und sie hatte sich den ganzen Tag wie Aschenbrödel gefühlt. Sie hatte Sonia beneidet, wollte sein wie sie. Sie hätte alles dafür gegeben, Alberto ganz für sich allein zu haben.

Sie seufzte tief und drückte dann die Schultern zurück. »Mir ging es schlecht an diesem Nachmittag, sehr schlecht, aber ich war nicht völlig weggetreten. Ich glaube, dass Alberto am frühen Nachmittag das Haus verlassen hat und erst gegen sechs wieder zurückkam.«

Als sei nichts gewesen, nachdem er Paola Carpi ermordet hatte, so wie er viele Jahre zuvor Sonia vor den Zug geworfen hatte.

58

Wann hatte alles begonnen? Vor zwei Jahren? Vor drei Jahren? Manchmal schien die Zeit ihre Zähne zu wetzen, um Tage und Wochen mit einem Mal zu verschlingen und nur graue Erinnerungsfetzen im Gedächtnis zurückzulassen. Manchmal dachte er, mit Sonias Tod das Gleichgewicht wiederhergestellt zu haben. Bis Paola Carpi auftauchte …

Er erinnerte sich bis ins kleinste Detail an den Tag: der beißende Geruch nach Farbe (im Büro nebenan wurden die Wände gestrichen), der Regen an den Fensterscheiben, Paolas furchtsamer Blick.

»Ich war noch nie beim Zahnarzt«, hatte sie gesagt, als sie sich in dem Stuhl niederließ. Im nackten Licht der Glühbirne wirkte ihr Gesicht wie aus Pergament. Sie machte unbeholfene Bewegungen und war sich der eigenen Plumpheit sehr wohl bewusst.

Alberto hatte Paola angesehen und gelächelt. »Entspannen Sie sich«, hatte er gesagt und den Stuhl hochgefahren.

Sie hatte angstvoll die Augen aufgerissen.

Bei der dritten Sitzung war es dann passiert. Sie hatte den Mund ausgespült, das Wasser in das kleine Becken gespuckt und den Satz gesagt, der ihr Todesurteil sein sollte: »Wir haben einen gemeinsamen Bekannten, wussten Sie das?«

»Ach ja?«, hatte er abwesend erwidert, in Gedanken schon beim nächsten Patienten.

»Ja«, hatte Paola vergnügt ausgerufen. »Alessandro Dallorto … Sie kennen ihn doch, oder? Seine Cousine ist die Freundin einer Freundin meiner Schwester …«

Die letzten Worte verloren sich im dichten Nebel, der sich vor seine Augen herabgesenkt hatte. Ohne sie wirklich wahrzunehmen, hatte er die plumpe, dicke Frau angesehen, die wie ein Opferlamm auf seinem Stuhl lag.

Da war die Entscheidung schon gefallen. Und es war eine befreiende Entscheidung gewesen, letztendlich.

Manchmal dachte er an Paola wie an eine Art Nemesis, etwas aus der griechischen Tragödie, das allem ein Ende bereiten würde, was er in den letzten Jahren erreicht hatte: Ansehen, Respekt, Macht. Dann holte er sie mit dem Wagen am Rehabilitationszentrum ab und versuchte sie zum Reden zu bringen. Aber sie wehrte sich, vermischte ihren Duft mit seinem, sagte, dass sie ihn liebe und glücklich mit ihm sei …

Er spionierte hinter ihr her, versuchte herauszufinden, was sie von Dallorto wusste, ob sie über sein Vorleben informiert war. Als Paola von den Prostituierten sprach, mit denen sie arbeitete, dachte er, sie spiele auf die Moroni an. Paola erzählte von Maria Sol und Marita und meinte doch eigentlich Sonia. Sonia, die er eines Abends unter den Zug gestoßen hatte, als ihm der Anblick von Blut allein nicht mehr reichte und er weiter gehen musste.

Paola und Dallorto … Dallorto und Paola. Er fand keine Ruhe mehr, solange diese beiden draußen herumliefen.

Er hatte alles genauestens geplant, hatte wie im Krieg jede mögliche Bewegung des Feindes durchgespielt. Und am Ende hatte er gewonnen.

Nach Paolas Tod war er endlich ruhiger geworden, und als überraschend Celeste Dalton ermordet wurde, hatte er gewusst, was zu tun war.

Valerio Ruben, der Pädophile. Valerio Ruben, der Verrückte. Valerio Ruben, der Sonia ans Bett fesselte.

Valerio Ruben, das Opferlamm …

Alberto Paisano verließ seine Praxis um acht Uhr abends. Der Himmel war sternenklar und die Luft angenehm kühl. Ein vollkommener Oktoberabend mit dem Duft nach welken Blättern und Salz.

Er fühlte sich großartig und dachte, dass er an die Riviera fahren würde, irgendwohin, wo es nett war.

Er fuhr nirgendwohin. Die Polizei erwartete ihn bei seinem Porsche, auf dem leeren Parkplatz. Nur sein eigener und ein französischer Kleinwagen standen noch da, aus dem plötzlich diese Polizistin ausstieg, die Cristina den ganzen Sommer über nicht in Ruhe gelassen hatte. Die Pistole in der Hand, den Oberkörper leicht vorgebeugt, schien sie einem schlechten Fernsehfilm entsprungen zu sein.

Doch es war kein Film und plötzlich war der Abend mit Lärm erfüllt: Martinshörner, quietschende Bremsen, aufgeregte Stimmen von Polizeibeamten, die auf ihn einschrien. Auch sie mit gezogenen Waffen, auch sie entschieden, ihn zu ruinieren.

Für immer.

Dann schlossen sich die Handschellen um seine Gelenke.

›Wie bei einem ganz gewöhnlichen Verbrecher‹, dachte Alberto.

EPILOG
(OKTOBER)

»Michelino Dalton ist nicht da«, sagte die Krankenschwester, die mit dem Medikamentenwagen vorbeikam. »Er ist oben bei Patrizia Buffetti. Sie kennen sie doch, die Patrizia? Unsere Psychomotorikerin.«

»Wo oben?«, fragte Erica enttäuscht. Sie hatte eine bunte Plastiktüte dabei, die sie nervös von einer Hand in die andere wechselte. Darin lagen Filzstifte, Buntstifte und Temperafarben.

Die Krankenschwester machte eine vage Handbewegung. »In Apparizione oder San Desiderio, ich weiß es nicht genau. Möchten Sie die Telefonnummer?«

»Da wäre ich Ihnen sehr dankbar«, sagte Erica und lächelte.

Patrizia wohnte in der Via Tanini am Fuße der Steigung nach Apparizione. Ihre Wohnung lag im Erdgeschoss mit Blick auf den Fluss und die Deichmauer, vier ziemlich geräumige Zimmer mit Ikeamöbeln, sandfarbenen Puffs und Kissen überall.

Sie trug eine schwarze Strumpfhose und war ohne Schuhe. Sie führte Erica ins Wohnzimmer, wo ein großer Mann mit schütterem Schläfenhaar zusammen mit Michelino ein

Fußballspiel ansah. Der Mann schaltete den Fernseher aus.

»Das ist mein Mann Sandro«, sagte Patrizia mit einem breiten Grinsen. »Und dies ist Dottoressa Franzoni.«

»Die berühmte Erica«, sagte Sandro ebenfalls grinsend. »Patrizia hat mir viel von Ihnen erzählt.«

Erica sah die beiden verlegen an. »Ich war im Krankenhaus, weil ich mich nach Michelino erkundigen wollte.«

»Wir haben die Pflege übertragen bekommen«, erklärte Patrizia und legte einen Arm um das Kind. »Deshalb ist er heute bei uns ... Und bleibt bis morgen hier, nicht wahr, Michelino?«

»Hallo«, sagte Erica und beugte sich zu ihm hinab. »Freut mich, dich zu sehen. Geht es dir gut? Ich habe dir Filzstifte und Farben mitgebracht, damit du so viel malen kannst, wie du willst. Freust du dich?«

Erica hielt ihm die bunte Plastiktüte hin, doch die Miene des Jungen veränderte sich nicht. Stattdessen ergriff er die Tüte und verstreute ihren Inhalt auf den Boden.

»Er hat große Fortschritte gemacht, weißt du?«, sagte Patrizia. »Vor einer Woche hätte er das nicht getan.«

»Dann geht es also bergauf?«

»Wir hoffen es, nicht wahr, Sandro?«

Er nickte und lächelte Michelino zärtlich an, der sich in seine Arme flüchtete.

»Sandro ist für Michelino eine wichtige Bezugsperson«, erklärte Patrizia, während sie Tassen und Kekse auf den Tisch stellte. »Er hat in wenigen Tagen mehr erreicht als ich in der ganzen Zeit davor.«

»Wird er denn jemals wieder da herauskommen?«, fragte Erica.

»Der Autismus ist eine schlimme Bestie«, erwiderte Patrizia mit gerunzelter Stirn. »Die Psychiaterin war jedoch ziemlich optimistisch und letztlich bin ich es auch, daher …« Sie betrachtete Erica voll Zuneigung. »Dann ist jetzt also alles vorbei?«

»Ja, alles.«

»Ich habe gelesen, was die Zeitungen über dich geschrieben haben. Das hast du sehr gut gemacht …«

Erica wurde rot und zündete sich eine Zigarette an, um ihre Verlegenheit zu überspielen. Sie nahm ein paar tiefe Züge und sah Patrizia beim Tischdecken zu. In der Küche standen Holzkonsolen und durch ein langes, schmales Fenster sah man auf den Fluss. Hier in der Küche, mit dem Duft nach frischem Kaffee und würzigem Kakao fühlte sie sich wohl. Sie merkte, wie nach all den aufregenden Monaten die Anspannung allmählich von ihr abfiel, und sie war glücklich darüber. Ihr Herz raste und sie spürte eine große Erleichterung wie nach überstandener Krankheit.

»Vielleicht schafft Michelino es ja wirklich«, sagte sie und ergriff die Tasse heiße Schokolade, die Patrizia ihr reichte.

Als sie ins Freie trat, wehte ein scharfer Wind und am Himmel funkelten die Sterne. Es war kalt. Erica machte ihren Anorak zu und setzte die Kapuze auf, während sie ihre Lunge mit der eisigen Luft voll pumpte. Ihr Handy begann zu vibrieren und sie hoffte inständig, dass es kein Notfall war.

»Hast du Lust, etwas essen zu gehen?«, fragte Lo Pascio.

Erica schüttelte den Kopf, als könne er das sehen. »Ich bin todmüde, Lopà.«

»Soll ich hochkommen?«

Wieder schüttelte sie den Kopf. »Lieber nicht, wirklich.«

»Willst du mich loswerden? Ich versuche schon seit drei Tagen, mit dir zu reden.«

Erica stieg in den Wagen ein. »Ich möchte allein sein, versteh das doch bitte.«

Lo Pascio bedrängte sie nicht weiter, und als sie losfuhr, fühlte sie sich so frei wie schon lange nicht mehr. Sie fuhr langsam quer durch die ganze Stadt bis nach Hause und ließ ein Viertel nach dem anderen hinter sich. Im Radio lief ein Sender mit Musik aus den Sechzigern. Irgendwann ertappte sie sich dabei, wie sie aus voller Kehle *Yellow Submarine* mitsang.

›Prähistorisch‹, dachte sie beim Singen, während das Auto Rivarolo hinter sich ließ und nach Val Torbella hinauffuhr.

Zu Hause klingelte das Telefon.

»Hier ist Maffina.«

»Ist was passiert?«

»Aber nein, wo denkst du hin? Ich wollte nur kurz auf einen Kaffee vorbeikommen.«

»Ich liege schon im Bett«, log Erica.

»*Bon*, dann ruh dich aus, ja?«

Sie versprach, das zu tun. Dann aber schaltete sie den Computer ein, schickte Pergolizzi eine E-Mail und wartete rauchend und zwei Dosen Coca-Cola trinkend auf seine Antwort. Sie fühlte sich pudelwohl, sah sich in ihrer Wohnung um und überlegte, wie sie die Möbel umgruppieren könnte und in welcher Farbe sie die Wände streichen sollte.

Sie fühlte sich pudelwohl.

Der einfache Beamte Dighero lehnte am Brückengeländer und sah auf den Po, der ruhig unter ihm vorüberfloss. Vom Himmel strömte ohne Unterlass der Regen herab und ließ Wasser und Land verschwimmen wie in dem Lied, das seine Mutter immer gesungen hatte, als er noch klein war. Er war bis auf die Haut durchnässt, ihm war kalt und doch wollte er nicht gehen. Noch nicht ...

Valerio Rubens Haus in seinem Rücken sah man an, dass die Spurensicherung da gewesen war: verriegelte Fensterläden, die Türen mit Schlössern gesichert, weiß-rotes Absperrband um das gesamte, völlig durchweichte Grundstück. Absolut trostlos.

Dighero dachte an Paola Carpi. Er sagte ihr Adieu und wusste, dass er damit das Richtige tat. Das einzig Richtige.

Der Busterminal war verlassen bis auf eine kleine Gruppe von Menschen, die vor dem Reisebus nach London warteten.

Cristina stellte ihre Tasche auf den Boden und zündete sich eine Zigarette an. In zehn Minuten würde sie abfahren, und dieses Mal wirklich ...

Am Nachmittag hatte sie zuerst Erica und dann den Richter angerufen, der mit dem Fall betraut war.

»Ich möchte verreisen«, hatte sie gesagt und auf die Reisetasche geblickt, in die sie ein paar Kleider gepackt hatte, vor allem Hosen und Blusen, dazu zwei Bücher, die Sonia gehört hatten. »Darf ich das?«

Erica hatte gesagt, das sei kein Problem. »Könnten Sie mir Ihre Anschrift hinterlassen? Wissen Sie schon, wohin Sie fahren?«

Cristina hatte gelächelt. »Ja, natürlich.«

»Dann ist das kein Problem.«

Der Richter hingegen hatte sich ein bisschen geziert. »Sie müssen beim Prozess aussagen«, hatte er beharrt.

»Aber zum Prozess kann ich doch wieder da sein! Wenn Sie das für nötig halten, rufe ich jeden Tag an.«

»Das ist nicht nötig, nein. Hinterlassen Sie mir nur Ihre Adresse. Sie müssen das bitte verstehen ...«

Cristina hatte ihm die Adresse genannt. »Ich habe eine gute Freundin in London, eine Lehrerin. Sie hat gesagt, sie kann mich beherbergen ...«

»Ja, ja, sehr gut ... Fliegen Sie?«

»Nein, ich fahre mit dem Bus.«

Beneventi hatte ungläubig den Kopf geschüttelt.

Pier Francesco Tofano fiel an diesem Abend ins Koma. Am Ende war es eine einfache Erkältung, die ihn dahinraffte, und nicht die Verletzung, die er sich zugefügt hatte.

Er starb kurz vor Mitternacht. Kurz vor Anbruch eines neuen Tages.

DANKSAGUNG

Ein Roman ist immer das Ergebnis zahlreicher Gespräche, Diskussionen, Überlegungen usw. usw. So auch dieser … Die zentrale Idee des Romans stammt von Giovanni Mazzetti, dem mein allerherzlichster Dank gilt. Außerdem möchte ich meinen jungen Freundinnen danken, denen ich dieses Buch widme: Jole Ottazzi für den beziehungsreichen Titel und dafür, dass sie unsere endlosen Diskussionen ertragen hat, Ilaria und Stefano für ihre Informationen über die Funktionsweise eines Polizeipräsidiums, Ed McBain für seine unermüdlichen Ermutigungen via E-Mail und allen Freunden, die, ohne es zu wissen, ihren Teil zu der Geschichte beigetragen haben.